JN089662

この世は常夢《とこゆめ》　なべて神獣の微睡《まどろみ》
夢中の我らは　眠りを醒ますことなきよう　安らかなることこそ運命《さだめ》

神獣が眼《まなこ》を閉じて、はじめに目にしたのは漆黒の闇であった。

闇は徐々に色づいて、いつしか果てしのない青となり、やがて蒼天と海原の二つに分かたれた。蒼天には太陽が昇り、海原には大地が現れた。太陽は月を吐き出し、その折りに数多《あまた》の欠片《かけら》が星となり、一部は大地に降り注いで人となった。大地は海流に東西を貫かれて、南天《なんてん》と北天《ほくてん》の二つに引き裂かれた。

これ以上の天変地異を恐れた人々は、神獣の安らかな夢見を願った。果たして神獣は彼らの祈りを聞き入れて、南天は耀《よう》の地底湖にその身を沈めた。

人々は神獣が眠るという地底湖を祀り、耀は社稷《しゃしょく》として南天北天を治めた。

耀の神官は広大なこの世を平らかにすべく、北天に玄《げん》王を、東に旻《びん》王を、南に燦《さん》王を封じ、西の耀と合わせて安んじた。

目次

# 神獣夢望伝

# 第一章　楽嘉村《らくかそん》

## 一

「賊が現れた、というのは真か《まこと》」

楽嘉村の長たる堂主・如春《じょしゅん》の問いに、守人衆《もりびとしゅう》――村の自警団の頭領を務める童樊《どうはん》は、太い眉をひそめて頷いた。

「山道の脇に残った焚き火跡を、縹《ひょう》が見つけました」

童樊がそう言って肩越しに振り返ると、縹と呼ばれた少年が、こちらは控えめな素振りで首を縦に振った。

「たまたま蹴躓《けつまず》いたところに、燃え残った枝の端が覗きまして」

「縹が倒《こ》けたお陰で気づけたようなもんです。それにしてもわざわざそんな真似をするってえと、今回は様子見で、後から仲間を引き連れてくる可能性が高い」

如春はふうむと呟きながら、馬のように長い顔をわずかにしかめた。

童樊はまだ若いが、これまでも守人衆を率いて何度も賊を撃退している。その彼の見立てが外れるとは考えにくい。そもそもこの辺りには人が集まるところといえば楽嘉村ぐらいしかないため、しばしば山に紛れた流人《るにん》や野盗に目をつけられる。こんな山奥の小村だというのに難儀なことだと、如春は嘆息した。

楽嘉村は、耀《よう》の中心部から見て東の外れにある、辺鄙な村だ。耀の都・嶺陽《れいよう》からは船で紅河《こうが》を三日ほど北へと下り、その途中の稜《りょう》から紅河の支流・余水《よすい》沿いをさらに馬車で半月ほど東へ進んで、ようやくたどり着くことができる。山間の限られた土地に収まった村で、窮屈そうに田畑を耕す老若男女は、百人に満たない。

村の中心には、この世を産み出したという神獣を祀るための、廟堂《びょうどう》と呼ばれる小規模な祭殿がある。その廟堂の主が村の長を兼ねるのが、楽嘉村のような小村の通例だ。十年以上前から楽嘉村の堂主を務める如春は、長い顔にいつも重たげな瞼の壮年の神官だが、この小村を長年預かるだけあって村人の信頼は厚い。

先日、如春は賊を見かけたという村人の訴えを受けて、童樊ら守人衆に確かめに行かせた。そこで村の外れ一帯を捜索した守人衆が、賊の姿は見つけられなかったものの、どうやら人が立ち入った痕跡を見つけたというわけだ。

「お前がそう言うなら、放ってはおけん。しばらくは守人衆総出で、賊への備えを怠らぬようにしてくれ」

集団の襲撃を危惧する童樊に、如春は警戒を指示してから下がらせた。堂主の前から退出する童樊の後を、縹が追う。頭頂部で髪の毛を頭巾で結《ゆ》わいた線の細い後ろ姿を見送りながら、如春はふと顔をつるりとひと撫でした。

縹という少年の顔も名前も、如春は当然よく知っている。だが、彼はいつからこの楽嘉村にいるのだったろうか。

いくら頭を捻っても、如春には思い出すことができなかった。

＊＊＊

楽嘉村の廟堂では、身寄りのない孤児や食い扶持からあぶれた子供たちを引き取って育てている。といっても如春がことさら慈愛に満ちているというわけではない。堂子《どうし》と呼ばれる彼らは衣食住を与えられる代わりに、村のあらゆる雑事に従事させられるのだ。とりわけ男子は村の警護を担う守人衆に、女子は神事に欠かせない祭踊姫《さいようき》となる者が多い。

童樊は守人衆を率いる、堂子たちにとっては兄貴分だ。精悍な顔つきに鍛え上げられた体軀からして一目置かれる彼は、賊たちを迎え撃つ際にこそ最も頼れる存在となる。

「礫《れき》、賊共の動きはどうだ」

月明かりも届かない夜半の山林に身を潜めながら、童樊が傍らの小男に尋ねる。礫と呼ばれた、おそらくまだ十代半ばであろう少年は、眉根をひそめて眇《すが》めつつ、囁くような声で答えた。

「賊は全部で七人。ばらけずに山道を進んでる」

「ということはこちらの目論見通りだな。相変わらず、お前のその目は頼りになるぜ」

そう言って童樊はぺろりと舌先で唇を湿らせた。それは彼が幸先良しと確信したときの癖だ。

そのまま待つこと半刻《はんとき》ほど、賊たちが彼らの前を通り過ぎるのを確かめてから、童樊はおもむろに弓を構えた。「かかれ！」という号令と共に、何本もの矢が闇夜から賊たちの背に射かけられる。

思いがけない方向から攻撃を受けた賊たちは、慌てふためきながら前へと駆け出した。

もっとも村で手に入る材料で拵えた程度の弓、しかも夜闇《やあん》の乱射だから、当たることは期待していない。童樊の目的は、賊たちを狙った方向に追いやることにあった。

果たして賊たちの行く先には、槍を抱えて草むらに隠れていた守人衆が、獲物が飛び込んでくるのを待ち構えていた。山道を倒けつ転《まろ》びつする賊たちは、暗闇の中から突如現れた槍先に一人また一人と突き倒されて、次第に数を減らしていく。

それでもなんとか三人が伏兵たちの槍先から逃れたが、彼らを追う童樊が「鐸《たく》、討ち漏らすな！」と叫ぶ。すると応という太い声と共に、巨大な人影が賊たちの前に立ちはだかった。

どうやら鎧《よろい》を着込んでいるらしい人影は、脇に抱えた巨木を軽々と持ち上げると、剣を構えたまま突進してくる賊共に向けてぶんと振り回した。

その勢いときたら、さながら竜巻の如し。二人の賊は避けようもなく、ひとまとめに吹き飛ばされてしまう。

だが残る一人は、辛うじて巨木が届く外にいた。仲間たちをことごとく討ち果たされた彼は、巨漢の背に向けてやけくそ気味に剣を振り下ろそうとして――不意に糸が切れたようにその場に崩れ落ちた。

賊の背には、一本の矢が突き刺さっている。その場に追いついた童樊が見上げると、弓を片手に樹上の枝に跨がる縹の姿があった。

「でかしたぞ、縹！」

童樊に褒められて、縹が照れ隠しに頭を掻いてみせる。

鐸は村一番の膂力《りょりょく》を誇り、そのためにいつも真正面からの賊の相手を担っている。万一に備えて村で唯一の鎧を着けてはいるが、それでも刀で斬りつけられれば相応の傷を負う。怪我人など出さないに越したことはない。童樊が縹にかけた言葉は世辞ではなかった。

　それにしても賊の下見の痕跡を発見したときといい、今回といい、縹はいつも良い頃合いで仕事をする。控えめに見えて、どうして気の利く小僧だと感心する童樊にとっては、だがそれ以上でも以下でもない。

　縹がいつから守人衆に加わったのか、童樊には思いを至らせるまでもないことであった。

＊＊＊

憧れの君が　振り向けど
大将首を　獲ろうとも
この世はなべて　彼奴《きゃつ》の夢
彼奴が目覚めりゃ　泡と消ゆ

　廟堂の敷地内には、大人数が集うための集会所がある。

賊たちを討ち果たし、その後始末も終えた翌日の、間もなく陽が落ちようとする頃。集会所はいずれの板戸も大きく開け放たれて、集まった堂子たちが守人衆を労《ねぎら》う宴が催されていた。

　村人たちから差し入れられた酒を呷《あお》りながら、守人衆の若者たちは顔を赤くして、こぞって調子の外れた声で気分良く歌う。その歌詞は廟堂が祀る神獣を揶揄したものだが、如春まで一緒になって歌うものだから、誰も気兼ねすることはない。

彼奴の寝床は　紅河の上
夢望《むぼう》の宮の　湖《みず》深く
日々侍《はべ》りしは　畏《おそ》る畏る
俺たちゃ忘れて　漫《そぞ》ろ漫ろ

守人衆と、彼らに酌をする祭踊姫たちは、集会所に輪になって座している。その中心には、歌に合わせて軽やかに舞う、若い女の姿があった。

長く艶やかな黒髪を垂らした瓜実顔の面持ちには、生命力に満ちた黒い瞳が映える。なにより柳の如くしなやかな肢体が、調子の外れた歌にも拘わらず自由闊達に舞い踊る様には、誰もが目を離せない。

やがて舞が一段落すると、輪の中に座していた女の一人が、うっとりとした顔で呟いた。

「こんな野郎共の下手くそな歌でも、景姉《けいねえ》が舞えば飛びきりになるんだから、かなわないわあ」

「てめえの舞じゃ、都の奏楽《そうがく》でも豚のよちよち歩きにしかならねえからな！」

囃し立てる礫の声に、女はこれっぽっちも凹まない。

「その豚に被さって、猿みたいに腰をへこへこしてた奴が、何言ってんだい」

「ばっ、てめえ！」

女に情事を暴露されて、礫が慌てて両手を振る。その周りでどっと笑声が沸き起こったところで、童樊が口を挟んだ。

「礫、お前の負けだ。一杯酌をしてやれ」

童樊にそう言われては仕方がない。礫は気まずそうな素振りで、勝ち誇った女に渋々と酒を注ぐ。

売り言葉に買い言葉は、無論酒が入った上での戯《たわむ》れである。双方がいきり立ったところで童樊が宥《なだ》めるまでが、決まり事のようなものであった。

「せっかく舞ってみせたってのに、私への酌はないわけ？」

隣に腰を下ろした景から悪戯めいた微笑を向けられて、童樊は苦笑しながら彼女の杯に酒器を傾けた。

「よく言うわ」

「見事な舞に見惚《みと》れて、忘れてた」

そう言うと景はなみなみと注がれた杯を、躊躇《ためら》うことなく一息に呷る。あっという間に杯を空け、酒気混じりの息を吐き出しながら、景はさらにもう一杯と杯を突き出した。

「お前のざるぶりには呆れるな。腰が立たなくなっても知らんぞ」

言葉通りに呆れ顔で、童樊が景の杯に再び酒を注ぐ。だが景は悪びれずに言い返した。

「この程度、水みたいなもんだって。ちゃんと後であんたの相手もしたげるよ」

満たされた杯を、今度はゆっくりと口元に運びながら、景が酒に濡れた唇を艶めかしく開く。

それを見て童樊の瞳にも、年相応の欲情がちらつく。

もっとも色めいたやり取りは彼ら二人に限った話ではない。宴にはほかにも男と女の雰囲気が立ち込め始めて、いつの間にかこっそりと集会所を抜け出す者たちまでいる。そのことを如春ですら咎《とが》めようとはしない。「あまり羽目を外すなよ」という言葉が形ばかりのものであることは、口にした彼自身がよくわかっているだろう。

嶺陽や稜といった都会であればいざ知らず、楽嘉村のような辺鄙な小村では、程度の差こそあれ男女の睦事も開放的だ。ことに夫婦《めおと》となる前の若い男女の間では、奔放であることを許される向きすらある。

徐々に空気が蕩《とろ》け出すような集会所で、景は再び持ち上げた酒器の中身が、既に空であることに気がついた。ちぇっと舌打ちしかけた彼女の前へ、見計らったように代わりを差し出したのは、いつの間にか傍らにあった縹であった。

「おや、気が利くね」

上機嫌で受け取る景に、縹は白い歯を覗かせた。

「景姉の酒を絶やしたら、何を言われるかわかんねえから」

「よくわかってるじゃないか。偉いねえ、あんたは」

そう言って景は白い指先を伸ばし、縹の頭をくしゃりと撫でる。かと思えばそのまま彼の頭を胸元に引き寄せて、少年の頭巾の上から熱の籠もった息を吐きかけてみせた。

「そういえば縹、あんた、女はまだだろう。なんだったら私が相手してあげようか」

唐突な申し出に、縹は景の胸の膨らみからなんとか逃れようと、しきりに首を振る。

「いや、そんな。樊兄《にい》に悪いよ」

「俺は構わんぞ、縹」

じゃれ合う二人に目を向ける童樊は、まるで気にもかけずといった口振りで言った。

「俺と景が夫婦になるのは、来年と決めている。色々教えてもらうなら今のうちだ」

「樊兄もからかわないでくれよ」

「なんだ、景じゃ不足なのか。贅沢な奴だな」

「そういうことじゃ。ああ、もう、勘弁して！」

縹はじたばたともがく内に景の両腕からするりと逃れると、そのまま集会所から駆け出してしまった。その様子を見て、堂子も祭踊姫たちも皆大笑いする。

ただ一人、縹の立ち去った後に目を向けたままの景だけが、はだけた胸元を直そうともせずに頬を膨らませていた。

「そう腐るな。お前がどんだけいい女か、あいつにゃまだわかんねえだけだ」

揶揄《からかい》混じりに慰める童樊に、景は情けない顔で振り返る。

「そんなこと言われても、自信なくしちゃうよ。だって縹ももう十六だろう？　まだ早いって歳でもないだろうに」

するとそれまで腹を抱えて笑っていた礫が、景の言葉に異を唱えた。

「そうしたら俺よりふたつも年嵩《としかさ》ってことになるじゃねえか。そんなはずねえよ。あいつは俺と同じぐらいだ」

礫の台詞に、今度は鐸が首を傾げた。

「てっきり俺や樊と同い歳かと思ってたが、違うのか」

挙げ句には如春までが、「縹と話していると、つい同年配に思えることがある」とまで言い出す始末。結局、誰も縹の歳を正確に言い当てることができない。

だが所詮は酒に飲まれた宴の席の、箸にも棒にもかからない話題に過ぎない。それ以上、縹について気にとめる者はいなかった。

## 二

常夢《とこゆめ》が破れば　万象泡沫《うたかた》に消ゆ
なれば夢見を妨げず　世を騒がさず
もって豊穣を恵む　湖《みず》の深きに捧ぐ

廟堂に隣接する広場に、祭の都度用意される、簡易な舞台が組み上げられていた。その周りを囲むようにして、村人たちがめいめいに腰を下ろしている。既に陽は沈み、辺りには篝火が焚かれる中、彼らは一様に沈黙を守りながら、舞台上の如春が唱える祝詞《のりと》に耳を傾けていた。

今年は比較的気候に恵まれて、冬を越すだけの糧食も収穫できた。お陰で誰もが安堵して祭に臨んでいる。如春が唱えるのは、秋の実りが無事にもたらされたことに対する、神獣への感謝の言葉だ。こうして祭を取り仕切ることも、如春の大切な仕事のひとつである。

とはいえ正式に則った祝詞はいささか堅苦しくて、村人には難解な言葉も多い。如春もそのことはよく心得ているから、彼が実際に唱えるのは、本場に比べれば十分の一の長さにも満たない、相当に噛み砕いた略式だ。

　如春はそれすらも早々に切り上げて、入れ替わるように舞台に現れたのは、三人の祭踊姫たち。するとそれまで厳かな表情を保っていた村人たちの顔が、ようやく明るくなった。

　舞台に上がった祭踊姫たちは、それぞれ袖や裾に見事な縁飾りが施された純白の絹地の深衣《しんい》を纏い、鮮やかな朱染めの帯を締めている。丁寧に編み込まれた長い黒髪には、桔梗《ききょう》の花簪《はなかんざし》の紫が映える。

　中でも中央に立つ景は、ただ一人額に前天冠《まえてんかん》を着けて右手には錫杖《しゃくじょう》を持ち、彼女が主役であることは一目瞭然であった。

　やがて舞台の下に控える堂子たちの笛や太鼓が鳴り響きだし、村人たちが待ち望んだ舞が始まる。

　祭踊姫たちの舞には、神獣の安らかな眠りを祈願するという意味が込められている。そのために踊りそのものは緩やかだが、とどまることのない滑らかな動きは、見る者の目を魅了する。

　とりわけ景の舞は、三人の中でも際立っていた。

　流麗な舞に棚引く帯や裾の動きは生き物の如く、手足のように振るう錫杖が鳴らす音はあくまで優雅で、神獣の夢見心地もかくやと思わせる。激しい動きに思えてもその滑るような所作で、景の周りからは錫杖と衣擦れの音以外聞こえない。不思議な静寂が、彼女の舞を一層神々しく見せる。

　木々の葉擦れや篝火が爆ぜる音など、もはや誰の耳にも届かない。それほど集中して舞台に見入っていた観衆は、ついに舞が終わると、一斉にどっと沸いた。

「さすが、村一番の祭踊姫！」

「南天広《なんてん》しといえど、こんだけの舞はなかなかお目にかかれまい」

「いいもん見せてもらったよ！」

神獣に安らかな夢見を捧げるという、本来の目的を忘れたかのような賑わいも無理はない。舞が終わり、彼らにとってはここからようやく祭の本番なのだ。

村人たちの飲めや歌えやが始まるのを見届けて、景たち祭踊姫も舞台裏へと降りる。そこにちょうど居合わせたのは、太鼓を片づける最中の縹であった。

「お疲れ様、景姉」

労いの言葉をかける縹に、景は額の前天冠を取り外しながら笑顔で応じた。

「そっちこそ、笛も太鼓もばっちりだったじゃないか」

「まあね。練習した甲斐はあったかな」

「奏楽が冴えると、舞も興が乗るね。あんた、やっぱり守人衆よか神事方が向いてるよ」

神事方とは、文字通り神事全般に従事する者を指す。男なら堂主・如春のような神官職、女であれば景のような祭踊姫が代表的だ。縹は、「そりゃ買い被りだよ」と笑った。

そもそも神官になるには、まず堂主に見習いとして認められる必要がある。さらに堂主の推薦状を携えて都・嶺陽の祭殿——夢望宮《むぼうきゅう》に参詣し、そこで叙任されなくてはならないのだ。なろうとして簡単になれるものではない。

だが景の言葉は、根っから本心であった。

縹が守人衆に不向きというわけではない。それどころか目立たずとも要所を外さない、気の利いた振る舞いは貴重だと、童樊からも聞いている。きっと守人衆としても十分に活躍できるのだろう。

　しかしそれが彼の気質に合っているのかといえば、景には甚だ疑問だ。

「だってあんた、暇さえありゃ書庫に籠もって、読み書きも私や樊より上じゃないか」

「単なる物好きってだけさ。そんなことより、ほら」

　そう言って縹が指を差す。景が振り返るとそこには、いつの間に現れたのか、弓を抱えたまま肩で息をする童樊の姿があった。

「なんとか舞までに戻ろうとしたんだがなあ。間に合わなかったか」

　祭踊姫が舞を終えたと知って痛恨の表情を見せる童樊に、景はぷっと吹き出した。

　守人衆たちは祭の間、交代で見張りに立っている。村が収穫を終えたと見た賊が、祭の後を狙うことが往々にしてあるからだ。童樊も、つい先ほどまでは厳しい顔で、堂子たちを率いて辺りを見回っていたに違いない。

　そんな彼が、景の舞を見逃して心底口惜しそうな顔を覗かせている。

　日頃は頼れる男の、目の前のその表情が、景にはかえって愛おしい。

「残念だったね。代わりに縹にはたっぷりお披露目したから、どんな塩梅だったか後で聞かせてもらいな」

「やっぱりこの目で見ないことにはなあ。俺も来年は、太鼓をやらせてもらおうか」

「何言ってんだか。あんたが奏楽役とか、じゃあ誰が守人衆を率いるんだよ」

　景は苦笑しながら、童樊の逞しい二の腕に、するりと己の細腕を絡ませた。

「仕方ないね。特別にこの格好で酌をしてあげるよ」

景の言葉に童樊は大層喜色を浮かべたが、

「しかし、堂主様がうるさいだろう」

「どうせ堂主様ももう酔っ払ってるよ。汚したりしなきゃ大丈夫だって」

構うものかと腕を引けば、童樊の足取りもあからさまに軽い。そのまま広場へと向かいながら、ふと景が振り返ると、太鼓を抱えたままの縹と目が合う。二人を見送る縹の顔は、まるで若者を見守る年配者の如く微笑ましげであった。

＊＊＊

眩《まばゆ》いほどの光と幾重にも轟く音の奔流が、耳目を絶え間なく覆う。

見たこともない意匠の服装を纏った人々が、これも見たことのない、天を突かんばかりに聳《そび》える建物たちの間を闊歩している。その数は大勢を通り越して、雲霞の如くという言い回しすら生温《なまぬる》い。

辺りを埋め尽くす人々の波間に佇む己を認めたところで、目が醒める。

繰り返し見る夢だと意識した途端、夢の内容は曖昧模糊として霞んでいく。脳裏に刻まれるのは、ただ凄いとか煌《きら》びやかであるという、漠とした印象ばかり。

はっきりしているのは、この世のものではないということだけだ。

あれはいったいなんなのだろうと思いを巡らせても、答えは出ない。それがもどかしくもあり、だが一抹の安堵もある。何度も夢に見る景色には惹かれると同時に、これ以上追い求めてはならないという不安が拭えない。

まるで神獣が夢見るような異界を妄想するなど、畏れ多いも甚だしいのではないか。

楽嘉村という辺鄙な小村の、たかが堂子が見る夢にしては、あまりにも大それているのではないか――


「縹、またこんなところにいたのか」

用があって廟堂の書庫を訪れた如春は、そこで床に座り込んでいた縹を見つけた。

縹は床に座したまま、何本もの木簡や巻物といった書物に囲まれていた。どうやら窓から漏れ入る明かりを頼りに読み耽《ふけ》っていたらしい。

「済みません、堂主様。勝手に入り込んで」

手の内の木簡を慌てて畳みながら、縹は如春に頭を下げる。この少年は守人衆の仕事がないときは、こうやって書庫に籠もるのが常だ。如春は堂子たちに文字や計算を習わせているが、とりわけ縹は読み書きに堪能であった。

そもそも堂子となるような子供たちは、当然ながら家や土地を持たない。財産といえば己の身体ひとつのみ。放っておいて野垂れ死にするならまだしも、賊にでも身をやつされては厄介この上ない。そこで真っ当に生き抜く手段を得れば、彼らが楽嘉村にとって後々の災いとならないだろうという算段だ。だから守人衆の頭領たる童樊や、祭踊姫の筆頭を務める景などは、都に上っても困らない程度の嗜みがある。

中でも縹は通り一遍の読み書きでは飽き足らず、暇さえ見つけては書庫に入り浸っていた。

「今日はいったい何を読んでいたのだ」

「神獣伝説の口伝集に目を通していました」

そう言って縹が差し出した木簡は、書庫にある書物の中でもとりわけ古い。古今東西に伝わる、神獣に関する様々な伝説を集めたものであった。

「この中になら、もしかしたら見つかるかと思ったんですが……」

心持ち残念そうに笑う縹を見て、如春には彼の言葉の意味がすぐにわかった。

「例の、お前の夢の話か」

この世とは思われぬ景色を、夢に見る。

それも繰り返し何度も、断片的ではあるものの、同じ世界の夢だという。

かつて縹から聞かされた夢の話は、なかなかに印象的だったので、如春もよく覚えている。

ただ最初に相談されたときは、夢とはそういうものであるとも思った。

だがさらに話を聞けば、どうやら縹の夢とはその程度のものではないらしい。

「その木簡は、神獣がこれまでに見たと伝わる夢を掻き集めたものだ。真偽定かならぬ、相当眉唾《まゆつば》なものも含まれている」

「奇天烈さでいえば、俺の夢の方がよっぽどです。なにしろ言葉から衣装、食べ物、建物も、全て見たことも聞いたこともないものだらけで」

「お前の夢の話は、煌びやかだとか大きいとかばかりで要領を得ん。何か凄いらしいということしかわからん」

もっとも夢とは元来漠然としたものであろうから、如春にしてみればやはり当然とも思う。だが縹は、彼の見た夢の内容を的確に伝えられないことに、もどかしさを感じているようであった。

「なんと言い表したものか、俺にも適当な言葉が思いつかないんです。では神獣の伝承から読み解こうとしても、未だに似通うものは見当たりません。所詮堂子の見る夢など、詮索するものでもないのでしょう」

　この楽嘉村で、下手をすれば如春以上に書物を読み込んでいるだろう縹が、相応しい表現を見出せないという。といっても廟堂の書物は、縹もあらかた読み尽くしたところだろう。

「これ以上を求めるなら稜か、もしくは都にでも上るほかない」

「都ですか……」

　都など、少年にとっては雲の上の存在である。気落ちした風の縹を見た如春は、すると腰を屈め、彼と視線を合わせた。

「前にも話したが、どうだ。神官になる気はないか」

　縹の気質が神官向きであると思うのは、景だけではない。如春もまた、彼は守人衆よりも神官こそ、より活きると考えていた。如春の提案に、だが縹はいささか尻込みして尋ね返す。

「しかし、来年は樊兄が夢望宮に参詣するというじゃないですか。俺はてっきり、堂主様はこの廟堂を樊兄に継がせるつもりだと」

　童樊は来年、都・嶺陽にある神獣信仰の総本山・夢望宮を訪れる予定である。如春の推薦状を携えていくというから、その目的は当然神官資格を得るためだ。

誰よりも守人衆らしい童樊が神官となるのは、如春の跡を継いで堂主となるためだろうと、縹のみならず村人全員がそう思っている。

如春は、縹の言葉を認めた。

「それはお前の言う通りだ。童樊に神官など似合わんことは重々承知しているが、堂主の跡を継ぐのに最も相応しいのは奴だろう。奴が景と夫婦になるのは、神官となってからだ」

「それなら俺が神官になる必要もないのでは」

「別に堂主にならずとも、神官が求められる場所はいくらでもある。そもそもこの廟堂はわしの息子に継がせる予定だったが、奴はいつの間にか稜に居着いてしまった」

「如南山《じょなんざん》様ですね。お会いしたことはないですが」

「そうよ。南山の奴、こんな田舎の堂主など御免と抜かして、ちゃっかり稜の神官に収まりおった。あの親不孝者め」

如春は嘆かわしげに首を振ってから、ふと思う。息子の如南山について、自分はいつ縹に話したことがあっただろう。それとも童樊や景から聞き及んだか。

それはともかくとして、如春の言いたいことは別のところにあった。

「お前が夢に見るという景色は、この世のどこかにあるのやもしれん。この世ならぬ異界だとしても、なんらかの書物などに書き記されているかもしれん。だがこの楽嘉村に居続けては、これ以上はわからんだろう」

諭すように語る如春を、縹はぽかんとした顔で見返している。

如春の言うところはつまり、この村の外に出て、夢の正体を見極めよということだ。そしてこの世を遍《あまね》く見て回るというならば、国を問わず広く世に認められている神官こそが、最も相応しい。

　だが如春はどうして縹に、ここまで熱心に神官となることを勧めるのか。縹を村の外に出しても、村にも如春にも益がない。縹は表情でそう問うのだが、問われる如春自身もまた、実のところ明確な答えは持ち合わせていなかった。

　ただ縹を説得しようとする言葉だけは、喉の奥から次々と湧き出して止まない。まるで誰かが如春の口を使って、縹に語りかけているかのようだ。

「今すぐ決めろとは言わん。だがわしが思うに、お前が夢の中の景色を想うのは、きっと神獣の思し召しよ。神獣の夢の住人であるお前が、さらに夢に見る景色とはいかほどのものか。そいつを知りたいがために、お前を突き動かそうとしているのだ」

　あるいは如春に縹の説得を促すのもまた、神獣の意思なのかもしれない。そうでなければ縹に神官となって村を出るよう、口酸っぱく説き続ける自分自身がわからない。

　縹はわかったようなわからないような表情でいる。如春は苦笑しつつ、次いで口にした言葉は、間違いなく彼自身が発したものであった。

「お前でも語り尽くせぬという夢の世界とやらに、わしも興味が湧いた。現《うつつ》でも書物でも良い。その目でしかと確かめて、今度こそわしにもわかるよう聞かせてくれ」

# 三

翌年、種蒔きを終えてしばらくした頃、楽嘉村は思いもよらない一大事を迎えていた。

「太上《だじょう》神官猊下《げいか》が、この村にお立ち寄り遊ばされる」

長い顔いっぱいに汗を吹き出しながら、如春は集会所に集められた村人たちにそう告げた。

といっても太上神官という呼称自体、村人にはなかなか縁がない。

「太上神官って……」

「如春様よりも偉い人？」

「なんでも夢望宮の堂主様だってよ」

「夢望宮って、要するに都の廟堂だろ？」

「……ってことは、耀で一番のお偉い様ってことじゃねえか！」

楽嘉村は辺鄙だが、旅人も訪れないほどの秘境というわけではない。数は少ないとはいえ、外から訪れる者はある。

とはいえ耀の国の頂点に立つ太上神官の訪問は、当然ながら初めてのことであった。

なぜこのような事態になったのか、それには無論理由がある。

太上神官は定期的に全国の廟堂を視察に回る。神獣を奉じる民に説法して回るため、というのがその名目だ。だが実際に訪れる先といえば、稜をはじめとする大都市ばかり。しかも太上神官によっては適当な理由を設けて、視察そのものが何年も行われないことも珍しくない。

第一章　楽嘉村

当代の太上神官は超魏《ちょうぎ》という老人だが、彼は歴代に比べれば極めて職務に真摯な人物であり、全国視察も当然の務めとして実施されてきた。その視察先も大都市に限らない、これまでなら無視されてきたような小規模な村落も訪れている。

しかし当初の視察先に、楽嘉村は含まれていなかった。

「これは堂主様に聞いた話だが、太上神官猊下とやらは、最初は破谷《はこく》に向かう予定だったらしい」

貴人中の貴人の急な訪問に、村は総出で歓待の準備に追われている。特に太上神官を出迎えるとなれば、祭踊姫の舞が欠かせない。そのために急遽広場に舞台を用意することとなり、村人も守人衆も一緒になって突貫工事に取りかかっていた。

童樊が世間話よろしく口にしたのは、その作業中のことである。

「それがどうして、うちみたいな田舎に来ることになったんだい」

一緒に木材を荒縄で縛っていた縹の問いに、童樊は答えた。

「そりゃ、最近の破谷は危なっかしいっていうからな」

破谷は楽嘉村よりもさらに東、峻険な山の麓に位置する、嶺陽や稜に次ぐ規模の都市だ。耀にとっては東端の守りを担う拠点であり、これまでも幾多の攻撃を撥ね除けてきた難攻不落の城塞として名高い。

その破谷には近年、東方の隣国・旻《びん》の軍勢がしきりに押し寄せるという。その都度撃退しているとはいうものの、いつ戦場になるかわからない破谷に太上神官を向かわせるのは、さすがに危険という判断であろう。

「ここは稜と破谷を結ぶ街道の、ちょうど真ん中辺りにある。破谷に向かう代わりにいいと思われたんじゃねえか」

「そうは言っても、街道を逸れて半日はかかるのに。偉い人の考えることはわかんないね」

「そいつは違いねえ」

縹の言葉に笑いながら、童樊はさらに荒縄を固く結び留めた。この作業にはそれなりの力が必要なので、一人でこなすことができるのは、守人衆だと童樊と鐸しかいない。

童樊が縛り終えた木材を、縹は何度か両手で押したり身体をぶつけたりして、その頑丈ぶりを確認する。

「うん、びくともしない。さすがは樊兄」

「当たり前だ。お前の非力でどうにかなるわけねえだろ」

これで舞台は格好だけでも整った。急場凌ぎとはいえ、飾り付けすればなんとか見栄えはするだろう。後は祭踊姫の舞次第というところだが——

「みんな、お疲れさん！」

舞台の仮組みを終えて、めいめいに腰を下ろしたり汗を拭う男たちに呼び掛けたのは、景の労いの声であった。

「喉が渇いたろうと思って、水を汲んできたよ、ほら」

見れば彼女の脇には、ほかの祭踊姫たちと共に抱えてきたのだろう、大きな水甕がどんと置かれている。景は歓声と共に駆け寄る男たちに次々と柄杓を手渡しながら、童樊と縹の顔を見つけると、眉根をぱっと開いた。

「樊も縹も、早くおいで。無くなっても知らないよ！」

その笑顔につられて、童樊も思わず頬を弛ませる。一足先に駆け出す縹の後を追いながら、彼は本番については全く心配していなかった。

なにしろ景が舞うのだから、不安などあるわけがない。彼女の舞を目にすれば、太上神官だろうが神獣だろうが、見惚れるに決まっているではないか。

＊＊＊

夜闇に灯る篝火に照らし出されて、朱染めの帯が糸を引くように舞う。

その先が地に着く寸前に、錫杖がくいと引っ掛けて、再び帯が跳ねる。

舞台上の景は、まるで重力すらも思いのままだ。右に左に行き交う帯を自在に操って、ときには自身すらも、舞台に突いた錫杖のみを支えとして宙に舞わせてみせる。

太上神官一行を歓待する舞は、景一人に託されていた。なにしろ彼女以外の祭踊姫には、貴人を前にして舞うだけの技量も度胸も覚束ない。

村人たちの期待と不安を一身に背負った景は今、舞台で見事な舞を披露している。

――誰を前にしようと関係ない、景の舞う姿は美しい――

広場に座する人々は貴賤を問わず、舞台から片時も視線を逸らすことが無い。中でも彼女の舞に誰よりも見入っていたのは、広場の人々より後ろで控えていた童樊であった。

日頃の祭事には警備も必要とあって、守人衆はなかなか腰を据えて舞を見物できない。だが今回は、太上神官を護衛する兵士たちが村を取り囲んでいる。お陰で童樊も久方ぶりに景の舞をじっくり堪能できるというわけだ。急な貴人の訪問など面倒なだけだと思っていたが、思わぬ役得である。

やがてひときわ大きな錫杖の音が鳴り響いて、景は舞台に片膝を突いて頭《こうべ》を垂れた。舞の終わりを告げるその姿に、急拵えの高座に腰を下ろした気品溢れる老人がゆっくりと、だがその場に響き渡るように拍手喝采した。

「まこと、見事な舞であった。これほどのものは、嶺陽でも滅多にお目にかかれまい」

太上神官・超魏の言葉は、これ以上無い誉れである。こめかみに汗を浮かべながら、景は超魏の賞賛に満足そうに頬を上気させて、再び深々と頭を下げた。

そのまま舞台を降りる景に代わり、超魏の傍らの如春が礼を述べる。

「猊下からは過分なお褒めの言葉を賜り、光栄の至りです」

「なんの。この世には見たことも無い素晴らしきものがあるということ、改めて痛感した。破谷行きを断念して、かくも流麗な舞を目にしようとは。いやはや神獣の思し召しとしか言いようがない」

超魏は老齢にも拘わらず声量豊かな上、彼が口を開く間は皆が口を噤《つぐ》むので、広場の誰の耳にもその声はよく響く。なんでも神獣の意向に紐付ける言動は童樊にしてみれば苦笑ものだが、景の舞が太上神官を心服せしめたという事実は、大いに誇らしい。

やがて超魏や供の者たちは如春に導かれて、宴が用意された集会所へと案内されていった。広場での祭事はこれで解散ということで、集まっていた人々も徐々に散り散りとなる。

童樊は広場を横切って、祭踊姫の控え室に充てられた廟堂の一室に飛び込むと、中では既に景が舞装束から着替えを終えていた。

「樊、どうだった、私の舞？」

振り返った景に問われて、童樊はまるで我がことのように褒めちぎる。童樊の賛辞を受けて、

「どうもこうも、太上神官も舌を巻くほどだ。最高に決まってるだろう」

景は満面の笑みを浮かべた。

「殿上人《てんじょうびと》の眼鏡にも適うなら、ちっとは鼻を高くしても罰は当たらないよね」

「おう。お前は南天一の祭踊姫だ」

童樊の言葉は、村人たちの思いを代弁するものだったろう。彼女の舞を目にして魅了されたのは、超魏だけではない。随伴する貴人たちもまた、揃って感嘆の表情を浮かべていたのだ。

「そんじゃまあ、後は夜のお務めをしっかりと果たしてみせましょうか」

そう言うと景は笑みを引っ込めて、薄く紅が引かれた唇を引き結んだ。乱れた髪を整えて、頭の後ろで結い上げながら、彼女が身に纏うのは白絹の寝衣だ。

村にとって重要な客人たちの、夜伽《よとぎ》の相手を務めること。それは舞にも劣らない、祭踊姫たちの大事な仕事であった。

「あんたと夫婦になって祭踊姫を退く前に、最後の伽の相手が太上神官なら、箔もつくってもんだ」

「相手は結構な爺さんだ。あんまり張り切りすぎて、卒倒させるなよ」

景が貴人の伽を務めることに、童樊も否やは無い。彼が幼い頃に廟堂に引き取られたときか

ら、祭踊姫とはそういうものであり、そのことに疑問を抱くことは無かった。

そしてそんな祭踊姫であることも含めて、童樊は景を愛している。

童樊の言葉に景は軽く口角を上げると、おもむろに彼の首に両腕を回した。舞を終えたばかりの、心地よい興奮を湛えた黒い瞳に、童樊の精悍な顔立ちが映り込む。

「わかってるくせに。私の全力を受け止められるのは、あんただけだよ」

二人は互いに微笑を浮かべた顔を覗き込みながら、そのまま引き寄せ合うようにして唇を重ねた。

四

太上神官の一行を歓待する宴は、和やかに進んだ。

楽嘉村で用意できるものといえば、料理も酒も粗末なものでしか有り得ない。都の美酒美食に慣れ親しんだ貴人たちが満足するはずもなかったが、超魏が美味と連発するので、ほかの誰も文句を言いようがない。

なによりも景の舞の余韻が、宴の粗食を補って余りあった。

「猊下のお言葉は、世辞ではない」

そう言って軽く杯を呷ったのは、超魏の側付の神官、変子瞭《へんしりょう》という青年である。

「私も嶺陽で多くの舞を見てきたつもりだが、中でも彼女の舞は群を抜いて勝る」

変子瞭は眉目秀麗、美丈夫という表現が似合う、楽嘉村ではなかなかお目にかかれない類いの男だ。見目麗しい男を前にして、女たちの間では誰が酌をするかで言い争っている。そんな彼女たちをよそに、変子暸が己の杯に酒を注がせたのは、膳の上げ下げに走り回っていた縹であった。

「景姉の舞は、この村の誇りです。都の方にも満足してもらえたなら、景姉も樊兄もきっと喜ぶでしょう」

「樊兄？」

　景以外の名前を耳にして訝《いぶか》しげな顔を見せる変子暸に、縹は慌てて言い足した。

「樊兄は景姉と夫婦になる、守人衆の頭領です」

「あの祭踊姫を娶《めと》る男か」

「堂主様はいずれ跡を継がせると仰ってました。年内には都に上って、神官職を授かりに参るはずですよ」

「それならば嶺陽を訪れた際には、この変子暸を訪ねると良い。悪いようにはせぬ」

　変子暸の申し出に縹は何度も頷いてから、ふと上目遣いになった。

「あの、変子暸様。ひとつお尋ねしてもよろしいでしょうか」

　酒器を床に置き、膝を正して畏《かしこ》まる縹を見て、変子暸は形の良い眉を片方だけ上げた。

「なんだ」

「実は私も、堂主様から神官になるよう勧められております」

「ほう」

　縹の言葉に、変子暸は小さく驚いてみせる。

「言っては悪いが、この村に神官が何人も必要とは思えぬ」

「仰る通りです。堂主様も、楽嘉村のために神官になれというのではありません」

縹は、何度も夢に見るこの世ならぬ景色のこと、その光景を見極めるためにこの世を遍く見聞せよという如春の言を、変子瞭に語って聞かせた。

「そのためには神官になるべきだ、と堂主様は仰います」

「なるほど。お前の夢云々についてはなんとも言えぬが、諸国を漫遊するというのであれば、神官ほど適した職はない」

神獣を奉じる者は、耀一国の民に限らない。

南天大陸では耀のほかに隣国の旻や燦《さん》、北天《ほくてん》大陸には玄《げん》、そして二天の間に横たわる内海の島国・乙《いつ》など、程度の差こそあれ多くの国々で信仰されている。少なくともこれらの国を渡り歩く分には、神官の身分を示す錫杖を携えていれば拒まれることはないだろう。

「海菖《かいしょう》や南藩《なんばん》などの蛮族であれば、また事情は変わるだろうが。如春殿が神官を勧めるのは理に適っている」

変子瞭は如春の言葉の根拠を示しながら、不思議そうに縹の顔を見返した。

「それにしても貴重な男手をわざわざ旅に送り出そうとは、如春殿もなかなかの酔狂だ」

「堂主様は、私の見る夢に興味が湧いたと仰ってくださいますが。たかが堂子の見る夢のために村を離れて良いものか。そもそも正体を見極めるに値するものかもわからず、正直迷っています」

「良いではないか。自由に天下を巡り歩く機会など、願っても得られるものではない。如春殿がそう言うのなら甘えておけ。それとも夢に見る景色など口から出任せで、今さら引っ込みがつかなくなったか」

「そんなわけありませんよ！」

唐突な言い掛かりに、縹は思わず声を上げて否定した。すると驚いた周囲の面々から奇異の目を向けられて、今度はいたたまれずに面を伏せる。

変子瞭は困り果てた縹の様子を見て、愉快そうに唇の端を吊り上げた。

「冗談だ」

そう言って涼しい顔で杯を突き出す変子瞭に、縹は小さくため息を吐き出しながら酒器を傾ける。

「お戯れも程々に願います」

「何を言うか。この世はそもそも神獣が戯れに見る夢に過ぎん。その夢の中に生きる我々が、戯れずにどうする」

多少酔いが回ったのだろうか。変子瞭は目元をうっすらと朱に染めながら、くいと杯を持ち上げる。

「如春殿の言う通りよ。お前が夢に見る景色に焦がれるのも、如春殿が物好きに後押しするのも、全ては神獣の戯れがなせる業。これ幸いと思って、村を飛び出し方々を見て回れば良い」

いささか饒舌になった変子瞭の顔を、酒が過ぎたのではと慮《おもんぱか》る縹が覗き込む。だが変子瞭は己を気遣う視線を無視して、一息に杯を呷った。

「誰が何をしようとも、所詮は力なき人の身の足掻きに過ぎん。ならば我らも神獣に倣い、進んで戯れるべきだと思わんか」

自らの言葉に酔ったのか、美しい面立ちの変子暸が煽る様には凄みすらある。それは果たして酒精に取り憑かれた故か、はたまたそれすらも神獣のなせる業なのか。縹には俄には判然としなかった。

＊＊＊

翌朝、祭踊姫に割り当てられた廟堂の一室で、景は一人で不貞寝《ふてね》していた。

昨晩は沐浴《もくよく》を終えた身体に白絹の寝衣を纏い、しっかりと化粧も済ませて、いつお呼びがかかっても万全な状態で待ち構えていた。

だが宴が解散してからも、景を呼び出す声は一向にかからない。

やがて集会所や本堂の明かりが消えてもなお、景はいつまでも部屋にぽつんと放置されたまま。さすがにおかしいと思った景がこっそり太上神官の寝所を窺おうとすると、その前に護衛に止められてしまった。

「猊下は既にご就寝である。邪魔立てするな」

にべもないその言葉に、彼女がどれほど愕然としたことか。衝撃を受けたまま部屋に戻った景は、用意していた酒を一人呷りながら寝入ってしまったのである。

「そう落ち込むな」

景が朝になっても廟堂から出て来ないと聞いた童樊が、不貞腐れたままの彼女を見つけて、慰めの言葉をかけた。

「きっと宴も盛り上がって、太上神官様も酒が進んだんだろう。気持ちよくおやすみしてくれたなら、村としちゃ申し分ないさ」

「……私はもう、穴があったら入りたいよ」

床の上にそのまま横になっていた景は、傍らに腰を下ろした童樊にも背を向けたまま、振り返る気力もない。だからといって黙ったままでもいられずに、ぼそりぼそりとした呟きが口を衝《つ》いて出る。

「縹にも振られ、太上神官様からもお声がかからず。これで南天一の祭踊姫とか、図々しいにもほどがある」

「そこまで凹むこたないだろう。お前の舞に一番惚れ込んでたのは、その太上神官様じゃねえか。お褒めの言葉を忘れたのか」

「どうせ、精一杯頑張ってる田舎娘へのご祝儀みたいなもんだろ。その言葉を本気にして、気を良くした私が馬鹿だったんだよ」

普段は滅法気っぷが良くて明るい景だが、一度滅入るとその落胆度合いも激しい。こうなると気が済むまで愚痴を吐かせるしかないと知る童樊は、肩をすくめた。

「とりあえず朝餉《あさげ》ぐらい食え。なんか腹に入れりゃ、少しは気分も上向く」

「……今日はもう、何もしたくない。持ってきて」

「仕方ねえなあ、全く」

やむを得ずといった風に立ち上がった童樊が、朝食を運んでやろうと部屋の板戸を開けると――

「とっ」

頓狂な声が聞こえて、景は何事かとようやく振り返る。床の上から見上げる景の視線の先には、すらりとした長身の美丈夫の姿があった。

「驚かせたようで済まなかった」

童樊が板戸を開けたところで、彼と鉢合わせしたということだろう。落ち着き払って見返してくる青年は、身に纏う高価そうな衣装からしていかにも都の貴人らしいから、太上神官一行の一人に違いない。童樊が辛うじて畏まった口調で尋ねる。

「こちらは祭踊姫の控え室ですが、お部屋をお間違えでは？」

「いや、間違いではない。昨日の舞を披露した祭踊姫に用がある」

そう答えると青年は童樊の脇をくぐり抜けて、部屋に入り込んだ。寝込んだ姿勢から半身を起こす景を見て、青年はその前に腰を下ろしながら尋ねた。

「もしや体調が優れぬのか。であれば改めるが」

「いや、お気遣いなく。こいつ、昨夜に太上神官様からお呼びがかからなかったからって、拗ねてるだけですから」

「ちょっと、樊！」

余計なことを言うなと景が睨むと、童樊は頭を掻きながら彼女の横に座り込んだ。二人のやり取りを目にして、青年は「ああ！」とようやく気づいたように膝を打つ。

「そういえばこの村は初めて猊下を迎えるのだから、知らないで当然であった。いや、これは済まぬ。私の落ち度だ」

いったい何を謝られているのかと顔を見合わせる二人に、青年は申し訳なさそうに告げた。

「猊下には夜伽の相手はいらんのだ」

「はい？」

間の抜けた声を上げる景に、青年は額を右手で抑えながら述べた。

「神獣を奉じることに慣れた今こそ、古の習わしに学ぶべし。温故知新は猊下の目指すところだ。その猊下いわく、かつて祭踊姫には処女《おとめ》であることが求められた――らしい」

つまり超魏にとっては、祭踊姫と寝所を伴にするなどもっての外ということか。「今どきそんな祭踊姫がいるわけねえ」と童樊が呆れても、青年は咎めるでもなく苦笑するばかりだから、彼も内心は同じ思いなのだろう。

「稜や破谷の民には周知なのだがな。この楽嘉村には初めて訪れるのだから、事前に如春殿に伝えるべきであった」

「夜伽はいらないって……」

青年の言葉を反芻して、安堵と同時に大きな肩透かしを食らった景は、その場にへなへなと崩れ落ちた。

「そりゃないですよ。こっちはいつでも粗相のないようにって、準備万端待ち構えてたのに」

「まあ、いいじゃねえか。お前が気に入らなかったとか、そういうわけじゃなかったんだからら」

童樊の下手な慰めに景は再び嚙みつこうとしたが、彼の言葉に青年もまた同意した。

「もちろんだ。それどころか猊下は、そなたのことがことのほかお気に召したらしい。私がここに来たのも、そのためだ」

するとと青年は背筋を伸ばして襟を正し、改めて太上神官側付の変子瞭であると名乗った。そして涼しげな目元に心持ち力を込めて、端正な面持ちに公の場で見せる表情を纏うと、下々に命ずるときの口調で告げた。

「祭踊姫・景。猊下より直々のお言葉を授ける」

「お、お言葉って、私にですか?」

突然堅苦しい言い回しをぶつけられて、景は己の顔を指差しながら戸惑うしかない。その横では童樊も、訝しげに眉間に皺を寄せている。だがそんな彼らの表情など目に入らぬというように、変子瞭は厳かに言い渡した。

「そなたはこれより嶺陽に上り、夢望宮の祭踊姫となる。これは猊下のご厚情である。ありがたく承りたまえ」

# 第二章　童樊世出《どうはんせいしゅつ》

## 一

景《けい》の都への召し上げは、村の誰にとってもまさに青天の霹靂《へきれき》であった。それも、太上神官一行と共に都に上るものとされて、出発までろくな暇すら与えられることはなかった。

厚情とは言いながら、その実態は小村の住人には逆らいようのない命令である。景本人も堂主の如春《じょしゅん》もただ頷くほかなく、ましてや許嫁《いいなずけ》の童樊如きが抗議の声を上げても受け容れられるはずがない。

童樊が景との別れを惜しむ間といったら、去り際に二言三言交わすのが精々であった。

「いつか必ず都に迎えに行く」

「待ってるよ。いつまでも待ってる」

ふたりが抱擁を交わす時間を見逃したのは、変子瞭《へんしりょう》のせめてもの情けだろう。

突然に現れた太上神官一行が、景を連れ去ってあっという間に都へと舞い戻って、楽嘉村《らくかそん》の人々にとってはまさに嵐のような出来事であった。

とりわけ童樊にとっては、降って湧いたような悪夢だ。

「神官になるのは、やめだ」

彼がそう言うのを、如春もさすがに思いとどまらせることはできなかった。

そもそも童樊が神官になろうとしたのは、景との結婚を認められるためだ。守人衆《もりびとしゅう》も祭踊姫《さいようき》も未婚の堂子《どうし》が務めるものであり、夫婦《めおと》となるなら田畑を耕すなどほかの職を得なければならない。常であれば、守人衆も祭踊姫も村人の子と夫婦になり、その家に入るか、村の外に活路を求める。

つまり共に堂子の男女が夫婦になる場合、新たに分け与えられるような土地が、楽嘉村にはない。そこで堂主となれば、夫婦揃って村にとどまれる——如春が童樊に跡を継ぐよう勧めたのは、ふたりのために考え出した彼なりの温情であった。

そして堂主になるには、神官の身分が必要だったのである。

景と夫婦になる可能性が現実味を失った今、童樊は神官職になんの魅力も感じない。それどころか景を取り上げた神官という人種に対して、憎しみすら募る。

それと表立って感情をぶちまけないほどには、如春に対する慮《おもんぱか》りがあった。彼にとっての一番が景であることは間違いないが、神官への罵倒は養い親である如春への侮辱と変わらない。

そこで口を噤む程度の思慮はある。

代わりに童樊は、神官に代わる立身出世を口にするようになった。

「軍に入って手柄を立てれば、景を取り戻せるかもしれん」

戦《いくさ》での出世を望むのは、この世ではむしろありきたりであった。貴人でもない、大都市という足掛かりすらない田舎者が身を立てるとしたら、神官職を目指す以外には軍人として成り上がるしかない。

「神官の方が安全だとは思うけど、やっぱり嫌なのかい」

縹《ひょう》の問いに、童樊ははっきりと首を振った。

「俺が神官を目指したのは、景と一緒にここの堂主になるためだった。景がいないのに俺だけ堂主を務めても意味がねえ」

「まあ樊兄《にい》に神官が似合うとは、元々思ってなかったけど」

「お前も堂主様に神官を勧められているんだろう。後のことは任せたぜ」

童樊の大きな手が、少年の頭を頭巾の上からぽんと叩いた。だが手の下から仰ぎ見る縹は、いつになく口ごもったまま答えない。

思うところがありそうな縹を見て、童樊もまたそれ以上は何も言わなかった。

＊＊＊

楽嘉村の民が水を汲む、余水《よすい》という川がある。

余水は耀《よう》の東端・破谷《はこく》を囲む山々を水源とし、楽嘉村の傍を通って、やがて西の水運都市・稜《りょう》の近くで紅河《こうが》に合流する。

この余水に沿うような恰好で、形ばかりとはいえ街道が通っている。街道を西に向かえばいずれ紅河畔の稜に着き、そこで船に乗り換えて紅河を遡上すれば都・嶺陽《れいよう》だ。

だが太上神官・超魏《ちょうぎ》の一行は、景を加えた後も稜へと真っ直ぐに向かうことはなかった。それどころか、途中小村を見つけてはしばしば訪れた。

景にしてみれば、その行為にどれほどの意味があるのか甚だ疑問である。

「お偉い様がいらっしゃるとか、そりゃありがたいことなんでしょうけど」

およそありがたいとは程遠い顔で、景はそう呟いた。

「村にしてみりゃ歓迎の用意とかでてんやわんやです。せめてひと月前にはお知らせが欲しいところですよ」

景が一行に加わってからも、予定外の小村への訪問は既に三度に及んでいる。度重なる寄り道に、彼女は呆れ果てた顔で嘆息してみせた。

「そう言ってくれるな」

苦笑気味に答えたのは、景に都に上るよう伝えた青年神官・変子瞭だ。

「我らもそう言上しているが、猊下《げいか》には事前の通知を控えるよう仰せつかっている。民の日常を目の当たりにしたいというのが猊下のご意志なのだ」

「不意打ちで来られてもばたばたするだけですって。だったらもっと忍んで見て回るとか、やりようがあるんじゃないですか」

「耀一国を回るのに半年はかかる。太上神官猊下がお忍びで夢望宮《むぼうきゅう》を半年空けるとか、できるわけがない。無茶を言うな」

超魏はなおも予定外の村への訪問に意欲的だったが、ここ数日はさすがに身体が堪《こた》えたのか、寄り道を口にしない。一行はこれ幸いと、ようやく稜に向かう途上にある。

景は己の世話役となった変子瞭と共に、同じ馬車に乗って揺られている。天幕に覆われた馬車を用意されたということ自体、超魏がどれほど景を気に入ったか、よくわかるというものだ。

「だというのに、お前は肝が据わった女子《おなご》だな」

道中、変子瞭は景の態度にしきりに感心を示した。

「急に都に上るよう命じられて、しかもこれほど立派な馬車に乗せられて。普通なら浮かれて地に足が着かなくなるか、もしくは郷里との別れに悲嘆するかのどちらかだというのに」

「さめざめと泣けば村に戻れるっていうなら、いくらでも泣いてみせますけどね」

突然の召し上げ、とりわけ童樊との別れを強いられて、景にも当然不安も戸惑いもある。だがろくに飯も喉を通らないというような悲嘆は、彼女には無縁であった。

「こんなしょっちゅうふらふらと寄り道して、嘆くよりも心配が先に立ってそれどころじゃありませんでしたよ。太上神官様は――」

「それは庶民の呼び方だ。これからは猊下とお呼びするよう努めろ」

「じゃあその猊下には、思いつきで動き回られると庶民だって大変だってこと、もうちょっとお考えいただけないですかね」

天下の太上神官に向かって、都の祭踊姫に抜擢されたとはいえ、つい先日まではただの村娘に許される口のきき方ではない。それとわかっていながら物申す景に、変子瞭はふんと唇の端を曲げた。

「無礼を申せば見放されて、村に返されるというものではないぞ、景」

「そんなこと期待してませんよ」

皮肉っぽく言い放たれて、景は大袈裟に肩をすくめた。

彼女は別に超魏に否定的なわけではない。それどころか、さすが全ての神官の頂点に立つという太上神官に相応しいとさえ思う。

この道中で景が超魏と直接口をきいた機会はほんの一度だけ、彼女を夢望宮の祭踊姫として召し出すことを、太上神官として正式に言い渡した折りである。緊張の面持ちで相対する景を見て、超魏は身分の差を構うことなく目の前まで歩み寄ると、その手で彼女の手を優しく包み込みながら言ったのだ。

「そなたの舞は、この世に真に美しいものがあることを見る者に知らしめる。神獣と民に心からの安寧をもたらすため、欠かせぬものとなろう」

その言葉は、民を心から想う慈愛に満ち溢れていた。それ以上に景に向けられた両眼には、強い意志が宿って見えた。あの老人からは、神獣信仰をもってこの世を安んじようという、強固な信念が感じられた。

景が苦言を呈したのは、ただ超魏には目の届かない現実を知ってもらおうという、助言程度に過ぎない。

だというのに変子瞭は、景の思いもよらない真意を見透かすかのような口をきく。この男は涼やかな見目に反して、言葉を交わすほどに斜に構えた性根が透けて見える。

「私はもう、じたばたするつもりはありませんから。私の舞を認められたというなら、せめて都でも精一杯祭踊姫の務めを果たして、後はただ待つだけです」

「待つ？　何をだ？」

首を傾げる変子瞭の顔を、景は当然といった面持ちで見返す。

「決まってるでしょう。いずれ童樊が私を迎えに来ます」

「ああ、あの、お前と夫婦になる約束をしていたという」

景の自信たっぷりの発言の根拠を知って、変子瞭はむしろ憐れみ混じりに笑みを浮かべた。

「お前たちの仲を引き裂くこととなったのは、猊下も心を痛めていらした。だから村には十分な寄付を施している」

「村が潤っても、樊には関係ないことだわ」

「そもそも夢望宮に召された祭踊姫を迎えようなど、並大抵の男にかなうものではないぞ」

可能性の乏しい希望を胸に抱き続けることは、かえって苦渋を伴う。言外に匂わせる変子瞭の言葉を聞いても、景の表情は揺らがない。一片の不安も窺えない、その顔を目の当たりにして、変子瞭はわずかに片頰を引き攣《つ》らせた。

「面白い。お前がそこまで言うなら、その童樊がやがてお前を迎えに来る日を、私も楽しみにさせてもらおうではないか」

二

景が召し上げられて、三月ほど後のこと。

余水沿いの街道を耀の大軍が通るという噂が、楽嘉村に伝わった。

「破谷がまた、旻《びん》軍に攻められているらしい」

楽嘉村よりさらに東、耀の国の東の守りを預かる城塞都市・破谷には、ここ数年旻軍が度々押し寄せている。

旻は耀の東方に位置する隣国だ。

かつて耀の太上神官は乱れた天下を平らかにするべく、三つの地方に王を封じた。それが北《ほく》天《てん》の玄《げん》王、南天《なんてん》の旻王と燦《さん》王である。だがそんな経緯も、もはや遠い昔のこと。今の旻は耀や南方の燦などと共に、南天大陸の覇を競う雄国のひとつである。

「じゃあ街道を通る軍勢ってのは」

「嶺陽からの援軍だってよ。率いるのは業暈《ぎょううん》様って噂だ」

「業暈様ってえと、あの天下無双の衛師《えいし》様か」

先日、破谷から逃げ出した商隊が楽嘉村を訪れたせいもあって、村中はその噂で持ちきりであった。

「業暈といえば、俺でも聞いたことがある」

夜も更けた廟堂の、月明かりに照らし出された敷地内で、童樊は顎先を指で撫でながら低く呟いた。

「南天一の名将、常勝不敗で鳴らす耀の衛師だ」

不敵な笑みを浮かべる童樊に、鐸《たく》が問う。

「衛師ってつまり将軍様だろ。お前になんの関係がある」

「違うよ、鐸兄。衛師ってのは将軍の中でも一番のお偉方さ」

礫《れき》が知った風に言うと、童樊はその言葉に頷きながらふたりの顔を見比べた。

「思いのほか早く機が巡ってきた。この運を逃す手はねえ」

腹を決めた顔つきの童樊に、鐸も礫も固唾を呑んで次の言葉を待つ。そして童樊は彼らの期待に応えるかのように、力強く宣言した。

「俺は、業畢軍に志願する」

「本気かい、樊兄」

礫の問いに、童樊は首を縦にした。

「本気だ。ここで上手いこと手柄を立てられれば、業畢の目に止まって出世できるかもしれねえ。そうすりゃ都で景を取り返すのも夢じゃない」

熱っぽく語る童樊を見て、鐸の眉間に微かな縦皺が寄った。

「樊。お前、やっぱり景を諦めきれないのか」

「当たり前だ！」

途端に童樊が両の目を見開いて睨み返す。その形相に、睨み返された当の鐸よりも、隣にいた礫が腰を抜かした。

「俺はあいつに、必ず迎えに行くと約束した。いつまでも待つと、あいつも言った。だったら、そのためには形振《なりふ》り構っていられねえ」

「だからって、まさか堂主様に黙って出て行くつもりか」

激する童樊に比べて、鐸は山の如く動じない。月明かりの下でも目立つ巨漢は、あくまで落ち着いた口調で友人を諫《いさ》める。

「育ての親だぞ。せめてひと言告げるべきだ」

「だが景を太上神官に売り渡したのも、その堂主様だ！」

鐸の言葉にも、童樊の表情は険しかった。

如春が太上神官からの要請を断れるはずがないと、そんなことは童樊も百も承知だ。だが代わりに莫大な謝礼を受け取って、彼の中では如春が景を売り飛ばしたという思いが拭いきれない。それでも直接抗議しないだけ、童樊がまだ抑え込んでいるということは、長い付き合いの鐸も礫もよく理解しているだろう。

そして、もはや童樊を引き留める術がないということも、重々承知している。

「それで。俺たちにもついて来いってか」

鐸が太い腕を組んで、ふんと鼻息を吐き出す。夜半にこうして彼らを集めた、その目的を問う眼差しを受けて、童樊は小さく顎を引いた。

「俺一人だけじゃ、手柄を立てようにも限度がある。だが礫の目と、鐸の力。お前らがいれば百人力だ」

「俺は、樊兄についていくよ！」

すぐには答えない鐸に代わり、礫が我先にといわんばかりに進み出た。

「いつまでもこんな田舎には居られねえって思ってたんだ。俺だって出世してえ」

「おう、共に成り上がってやろうぜ」

童樊と礫が、揃って意気を上げる。その様子をなおも無言で見つめる鐸に、童樊は改めて呼び掛けた。

「お前もどうだ、鐸。俺たちで一旗揚げねえか」

「思ってもないことを言うな、樊」

ことさら陽気な誘いに対して、鐸の声には冗談めかすことを許さない響きがあった。

鐸は常日頃から言葉遣いが簡潔な男である。代わりに、ここぞというときの目つきは鋭い。

童樊を見返すその細い目には、即答しないだけの思慮がある。

「相変わらずお前は、雰囲気に流されねえな」

己の言葉を鵜呑みにしない友人の言葉に、童樊はかえって口角を上げた。外連味《けれんみ》たっぷりのその表情に惑わされることなく、鐸は童樊の真意を指摘する。

「お前は、景さえ取り戻せればなんでもいいだけだ」

「そうだ、その通りだ、鐸」

そう言うと童樊は笑みを収め、友人の顔に正面から向き直った。

「出世は景を取り返すための、単なる手段だ。だが出世しないことには、景の前に立つこともできねえ。だったら死に物狂いで手柄を立ててみせる」

そこで童樊は一言区切ると、鐸に向かってずいと顔を突き出してみせた。

「そこに嘘偽りはない。神獣に誓ってもいい」

「毛ほども信じてねえもん、引き合いに出すな」

鐸はしばらく乱暴に頭を掻いていたが、やがて観念したように大きく息を吐き出した。

「仕方ねえな」

「そう言ってくれると思ったぜ」

頷きながら舌先で唇を舐める、童樊は鐸の同行を疑いもしていなかった。

童樊がことを起こそうというとき、真っ先に賛同するのは礫であり、最後に仕方無しと腰を上げるのは鐸と決まっていた。数いる堂子の中でも、この三人の結びつきは特に強い。

「そうと決まったら善は急げだ。早速、出発する」

童樊の言葉はいかにも性急だったが、そこには彼なりの理由がある。なにしろ業暈軍に出会えなければ意味がないのだから、軍が現れる前に街道にたどり着かねばならない。そう言われると礫も鐸も納得するほかなかったが、ほかにもまだ問題があった。

「装備はどうするんだ。まさか手ぶらで駆けつけるつもりじゃねえだろう」

「倉庫の鍵を持ってるのは堂主様だぜ」

「そこはやむを得ねえ。扉を押し破って——」

「そんな手荒なことしなくても大丈夫だよ」

童樊たちの会話に新たに割って入る声がして、三人は驚いて振り返る。そこにはいつの間に現れたのか、月明かりの下に佇む縹の姿があった。

「三人分の装備なら、集会所に用意してある」

鐸が身につけていた鎧や、先日の賊から剝ぎ取った武器など、合わせればなんとか格好はつくだろうと言う。

縹が伝えるところは、まるで三人の企みなど先刻承知とでもいう内容であった。そのまま歩み寄る少年を見て、童樊の表情は驚愕から、やがて苦笑に取って代わる。

「随分と手際がいいじゃねえか」

「まあね、と言いたいところだけど」

童樊の前で足を止めた縹は、肩越しに背後の廟堂を振り返った。

「俺は堂主様の言いつけ通りにしただけだよ」

「だろうな」

童樊が頷き、礫が目を丸くし、そして額に手を当てた鐸が嘆息した。

「堂主様には全部お見通しってことか。参ったな」

三者三様の態度を見比べて、縹はふと寂しげに眉をひそめた。

「やっぱり本当に行くんだね」

「ああ」

「堂主様が、くれぐれも身体は大事にしろって」

「――そうか」

童樊はそう呟いたきり、目を閉じた。

縹は彼の口からそれ以上の言葉が返ってくることを、しばらく待つかのように黙っていた。

だが童樊は何も口にしないまま、固く唇を引き結んでいる。

一時の沈黙の後、やがて諦めたように口を開いたのは、成り行きを見守っていた鐸であった。

「済まねえな、縹。堂主様にもそう伝えといてくれ」

「いつか出世したら、凱旋するからよ！」

興奮気味の礫に頷き返して、縹が再び童樊を見る。瞼を上げて少年の視線を受け止めながら、童樊は口元に微かな笑みを浮かべて、「元気でな、縹」とだけ言い残した。

そしてその晩の内、縹に見送られながら楽嘉村を出た三人は、ついぞ村に戻ることはなかったのである。

三

衛師とは元々、嶺陽に眠り続ける神獣の守護を担う役職を指す。転じて今では、耀の軍事における最高責任者を衛師と呼ぶようになった。

そして長い歴史を誇る耀において史上最強とも呼びならわされるのが、当代の衛師・業暈である。

「業燕芝《ぎょうえんし》様が参られました」

行軍途中の野営地で、帷幕の外に立つ部下から報告を受けると、業暈は視線を落としていた陣卓から面を上げた。浅黒い肌の丸い顔立ちに、大きな、これまた丸い目をぎょろりとさせて、一言「通せ」と告げる。

すると内に現れたのは整った面立ちの、業暈と似た肌色に大きな目から彼の血縁であると窺える、妙齢の女性であった。

ただし彼女が身に纏うのは、上等な絹地の衫《はおり》の代わりに物々しい甲冑《かっちゅう》である。業燕芝は業暈の家族――娘であるというだけではない。彼女は行軍の第一陣を率いている。

今回の破谷への援軍でも、業暈軍の中核を担う将軍の一人であった。

「父上、旻軍の概要が掴めました」

業燕芝は父に向かって軽く目礼すると、早速用件を切り出した。

「申せ」

業暈に促されて、業燕芝は陣卓の上に広げられていた地図に指を差す。

「旻軍はその数、およそ三万。既に平嶺関《へいれいかん》を突破したとのことですから、今頃は破谷城塞の攻略を始めているでしょう」

平嶺関とは旻から破谷に至る、峡谷を通る街道一帯を指す。ここには耀軍の砦も備えられていたはずだが、業燕芝の報告通りなら既に旻軍に蹴散らされたということになる。

「旻軍の将は」

「旗印から、おそらく墨尖《ぼくせん》と思われます」

墨尖は、旻軍でも最近とみに活躍著しい将軍の名だ。まだ若いと聞くが、その冷静沈着な戦上手ぶりは業暈の耳にも届いている。

厄介なはずの相手の名を聞いて、だが業暈は口元に笑みを浮かべた。

「燕芝、物見には私の指示通り、ちゃんと流言を広めさせたか」

「それはもちろん」

業燕芝が破谷に放った斥候《せっこう》には、二つの任務が課せられていた。一つは旻軍の全容把握であり、今一つは業暈軍の接近を最大限に旻軍に知らしめようというものである。

城攻めの場合、攻め手は守り手の援軍が到着する前に攻め落とすのが鉄則だ。無論例外はあるものの、破谷に限ってはこれまでことごとく援軍の到着によって防衛が達成されている。

墨尖も、そのことを知らぬはずがない。そしてこれまでの彼の戦いぶりを聞く限り、墨尖とは決して無謀な戦を挑む将ではない。

「墨尖が噂に聞く通りであれば、余計な戦をせずに済むな」

噂の流布は、それを聞きつけた墨尖が、業暈軍の到着前に破谷から引き上げることを期待しての策であった。この策は敵が優秀であるほど効果がある。実際に矛《ほこ》を構えたとしても勝利する算段はあるが、無駄な血を流さずに敵を退けられるならそれに越したことはない。

だが父と異なり、娘の顔は少々不満げであった。

「何度も耀の地を脅かそうという不逞の輩《やから》を、みすみす見逃して良いものでしょうか」

旻軍の破谷への執拗な攻撃は、もはや幾度になるかわからない。業暈はその都度追い返すことで良しとしているが、それが業燕芝には物足りないのだ。

再度の攻撃を諦めさせるべく、徹底的に叩きのめさなければならないのではないか。

「その必要はない」

娘の主張を、業暈は厳として撥ねつけた。

「我らの目的はあくまで破谷の防衛である。余計な手出しは無用だ」

「ですが度重なる攻撃に、破谷の兵も城塞も消耗しています。このままではじり貧です」

「今回連れてきた兵の一部は、守備軍の補充に充てる。城塞の補修も手当てする。なにより長駆して旻軍を追撃するような用意はない」

仮に旻の奥深くまで攻め入ったとして、その後の構想も何もない。少なくとも現時点では、旻との諍いは国境の小競り合いにとどめるべきというのが、業暈の判断であった。

「そもそも旻は、夢望宮が封じた王の治める地。旻の民も、我らと同じく神獣を奉じる民だ。攻め滅ぼすべき相手ではない」

「太上神官猊下のお考えは、私も良く存じています」

業燕芝はむすりとした顔で頷きながら、やや上目遣いに鋭い視線を放った。

「ですが父上、私は衛師・業暈その人のお考えを伺いたいのです」

建前ではない、父の本心を問おうという眼差しである。業暈は娘の眼光をしばし無言で受け止めながら、やがてその大きな口ではっきりと言明した。

「私は猊下に任ぜられた耀の衛師である。それ以上の答えが必要か」

「……いえ」

父の言葉に、娘は落胆を気取られぬためだろうか、表情を消して一礼する。

「差し出がましいことを申し上げました。ご容赦下さい」

業暈はさらに「敵はあの墨尖だ。眼前にない敵にこそ注意せよ」と言い渡したが、業燕芝は無言で頷くのみで、そのまま帷幕を退出した。

再び一人きりとなった業暈は、深々とため息を吐き出した。

「燕芝め。私に何を言わせようというのだ」

誰に聞かせるでもなく呟きながら、業暈は娘の求める答えがどこにあるか、十分に承知していた。

旻のみならず、あらゆる国からの攻撃に対して専守防衛に徹する。それは夢望宮の――つまり太上神官・超魏の意向である。

超魏は神獣を奉じる全ての民の安寧を願っている。神獣を祀る夢望宮の太上神官として、その姿勢は全く正しい。彼以前の太上神官には権勢を振るって私欲を満たそうという者も少なくなかったから、超魏は皆が待ち望んだ理想の太上神官とも言える。

だが現実には同じく神獣を奉じる旻も燦も、もしやすれば内海の乙《いっ》や北天の玄さえ、隙あらば耀の国土を掠め取ろうという野心を隠そうともしない。

耀軍の兵士たちは耀の土地や民を守るべく、周辺国の襲撃の矢面に立って身体を張り続けている。

そして業暈は、そんな兵士たちを取りまとめる、耀軍の長なのだ。

超魏の掲げる理想と、現実に止むことのない争いと、その双方を最も理解しているのが業暈と言えるだろう。

「いつまでもこのままではいられない」と、業燕芝はそう言いたいのだ。そしてそのことを超魏に物申せるのは、業暈以外にいないとも。

業暈は陣卓に視線を落としたが、そこに広げられた地図は瞳には映っていなかった。大きな目は半ば伏せられて、引き結ばれた口元に浮かぶのは、未だ思案の淵から顔を上げることのできない苦渋であった。

＊＊＊

業燕芝は破谷へ向かう業暈軍の第一陣を率いている。道中、彼女の顔は、常に馬上で曇ったままであった。

破谷を執拗に狙い続ける旻軍に苛立ちを隠せない。その現状を変えようと動かない父の態度ももどかしい。

なにより、父が動きようもない事情を承知の上で口を挟まずにいられない、己の堪《こら》え性《しょう》の無さが情けなかった。

「将がいつまでもそのような顔をしていては、兵士たちの士気に関わります」

業燕芝を諌めたのは更禹《こうう》という、業家に古くから仕える将だ。業燕芝が一軍を率いる身分となってからは、副官として彼女を補佐している。

歴戦の将の苦言に、業燕芝は表情を変えぬまま反論した。

「我が軍の士気は十分保たれている。道々の募兵に応じる者も多いではないか」

業暈軍は破谷へと進みつつ、途上の村々に声をかけて兵を集めている。募兵は食い詰めた村民にとって、食い扶持を稼ぐ貴重な機会だ。業暈の常勝不敗の名声もあって、嶺陽を出た時点で五千人ほどの兵が、稜を経た今は三万人近くにまで膨れ上がっていた。

「それどころか自ら志願する者までいる。先日の三人など、なかなかに逞しげであったぞ」

先日の三人とは、業燕芝の部隊が進む先に待ち受けて従軍を願い出た若者たちのことである。力自慢らしい巨漢と、小柄だが目端が利きそうな少年と、その二人を従えていると覚しき青年だ。

とりわけ兄貴分らしい青年の、精悍な面持ちに不似合いなほどぎらついた目つきが記憶に残っている。彼の不遜な面構えは、業燕芝にはむしろ頼もしいとすら思えたものだ。

だが更禹は業燕芝の楽観を戒めるように言う。

「やむにやまれぬ志願兵は、敗勢と見ればすぐに逃げ出します。過度の期待は禁物ですぞ」

更禹の言うことは彼の経験に裏打ちされて、説得力もある。業燕芝も普段であれば素直に頷けるのだが、今ばかりは腹の虫の居所が悪かった。それ以上やり取りを続ける気にもなれず、業燕芝はぷいと顔を背けてそのまま馬を前に出す。

早く破谷に到着してしまえば良い。今、業燕芝が願うのはそればかりであった。

現状について考えれば考えるほど、脳裏には答えの出ない息苦しさが渦巻く。戦場に立てば、そんなことを考えている余裕はない。目の前の状況に集中して、勝利のためだけに全身全霊を注ぐ。そんな緊張感の只中に身を投じたい。

その思いが行軍速度を速めたのだろうか。業燕芝率いる第一陣が破谷に着いたのは、本隊に一日先駆けてのことであった。

「旻軍の陣容を確かめる」

破谷城塞の西門から入城した業燕芝は、到着するや否や反対側の東門の城楼に上った。

彼女の大きな黒い瞳に映るのは、左右から迫り出す山肌に生《お》い繁る青々とした木々と、その合間の平地に陣を敷く旻の軍勢の姿である。

だが三万と聞いたはずの敵兵の数は、予想よりもはるかに少ない。

「敵の本隊は、既に昨夜のうちに撤収を済ませたとのことです」

業燕芝の傍らに立つ更禹が、破谷の守将から受けた報告内容をそのまま告げる。

「衛師閣下の目論見通りですな。我々の到着を察知して、旻軍はこれ以上の攻撃は諦めたということでしょう」

目の前に残るのは、本隊を無事に逃がす時間稼ぎのために残った殿《しんがり》の部隊であろう。数はおよそ二千といったところだろうか。業燕芝と共に入城した第一陣だけでも、優に凌駕《りょうが》できる数だ。

旻軍の構えからは、追撃があれば死に物狂いで反撃しようという覚悟が見える。業燕芝はしばし眉根を寄せながら見下ろしていたが、やがて面を上げるとくるりと踵《きびす》を返した。

「打って出る。連中を蹴散らすぞ」

思わぬ言葉に、驚いた更禹がその後を追う。

「燕芝様、閣下の下知をお忘れですか。今回は無用な戦を避けることこそ肝要と……」

「父上が仰ったのは、見えぬ敵まで追い回すなということだ。眼下には今、はっきりと敵がいる」

城の内壁に沿った石階段を降りながら、業燕芝はさらに告げた。

「それに旻軍を無傷で帰したとなれば、それこそ士気に響く。破谷の兵たちのためにも、はっきりとした勝利を形で示す必要がある」

業燕芝の言うことには一理あった。破谷の守備軍は昨日まで、ひたすら旻軍の攻撃を凌ぎ続けてきた。最後に一矢報いることができれば、城兵たちの溜飲も下がるであろう。

更禹は業燕芝の言を認めながら、だがあえて言う。

「畏まりました。ですが老婆心ながら一言だけ申し上げます。相手とするのはあの殿だけとお約束下さい」

業燕芝の行動に口を挟まずにいられないのは、もはや更禹の性分である。それとわかっている業燕芝は、幼少から彼女を見守り続けてきた老将に苦笑気味に頷いた。

「いつまで経っても心配性だな、更禹。私も勢い余って敵の本隊にまで追いつくつもりはない。

安心しろ」

今回の行軍で初めて見せた業燕芝の笑顔には、誰よりも溜飲を下げたい彼女自身の本心が覗いていた。

四

童樊たちがなんとか潜り込むことを許された先は、業暈軍の本隊ではなかったらしい。

「この部隊の大将は、業燕芝様だそうだ」

三人が加わった部隊は休みなく行軍を続けて、ようやくまとまった休息を許されたのは破谷に入城してからのことであった。

童樊が鐸と礫に指揮官の名を告げたのは、初めて目にする巨大な城内で二人が所在なげに腰を下ろしていたときのことである。彼は二人の知らぬ間に、周りの兵から指揮官の名を聞き出していた。

「業の字の旗印だからてっきり本隊だと思ったら、衛師様の娘が率いる部隊だとさ」

娘と聞いて、鐸が軽く唸る。

「女だてらに将軍様か」

「確かに遠目にも存外細っちいなあとは思ったけど」

礫の目は、既に指揮官と覚しき将を見分けていたらしい。

「でもそれじゃあ、いきなり目論見が外れてないか？　手柄を立てるにしても、衛師様の前じゃないと」

不安がる礫に向かって、童樊はにやりと笑った。

「何言ってんだ。ここで活躍できりゃ、その姫将軍から衛師様の耳にも伝わりやすいだろう。他の部隊より、むしろつきがある」

こういうのは考えようだ、と童樊は言う。

「そのつきを見逃さねえでがっつり摑み取ること、そいつが肝要だ。もう間もなく出番があるだろうし、お前らも気合い入れ直せ」

「兵長はしっかり休めって言ってたぞ」

鐸の言葉に、童樊は振り返って答えた。

「多分、もう半刻《はんとき》もしねえ内にお呼びがかかる」

「なぜそう思う」

「俺たちの隊は、どうやら本隊を振り切って入城したらしい。そんなに急ぐとか、俺にしてみりゃ先駆けて手柄を立てるためにしか思えねえ」

そこまではっきりと言い切ると、鐸と礫が顔を見合わせる。

童樊は、その先読みの鋭さと的確な指揮によって、守人衆の頭領を任されていた。二人にしてみれば、今回の言葉にも従わざるを得ない。

周囲で同様に腰を下ろしていた兵たちに囲まれる中、鐸と礫が先だって立ち上がろうとしたちょうどそのとき、年配の兵長が現れて起立を促した。思い思いに休憩していた雑兵たちに訝しげに見返されて、兵長はことさら厳めしい面構えで告げる。

「業燕芝将軍より城外出撃の命が下った。時間が無いぞ、急げ！」

休息を打ち切られて兵たちが不平混じりに重い腰を上げる中、童樊だけはただ一人、好機とばかりに舌舐めずりしていた。

＊＊＊

低く唸るような音と共に破谷城塞の東門が開き、重々しい門扉の合間から木盾を構えた歩兵たちの群れが覗く。その後ろでは、凜々しいと言い表すに相応しい鎧《よろい》甲冑姿の業燕芝が、馬上で構えた槍先を振り下ろした。

「かかれ！」

若い指揮官の掛け声に、兵たちの幾重もの太い声が応じて前進する。その先に構える旻軍は、耀軍との距離を十分に推し量ってから、おもむろに大量の弓矢を放ち始めた。耀軍も負けじとばかり、それ以上の弓矢の雨を旻軍に降り注がせる。

やがて互いの弓矢の応酬が一段落したところで、針鼠のように矢が突き立てられた木盾を放り投げた耀軍の歩兵たちが槍を構え直す。

だが彼らに先駆けて飛び出したのは、歩兵の群れの中央を割って後方から現れた、業燕芝自身が率いる騎馬隊であった。

「死兵となってこの地にとどまった輩だ。本懐を遂げさせてやれ！」

業燕芝の澄み渡るように高い声は、兵士たちの隅々にまでよく届いた。指揮官の檄に士気を上げた兵たちは、喚声と共に雪崩《なだれ》の如く旻軍に襲いかかった。

破谷東門の前に広がる戦場は、左右を急峻な山々に挟まれている。そのために正面に展開できる戦力は限られるので、少数でも多数を迎え撃つことができる。

耀軍の追撃を少しでも足止めしようとする、殿としては至極真っ当な布陣だ。

「その程度で我が騎兵の突撃を耐えられると思うなよ」

旻軍の狙いに対して、業燕芝は最も突破力の強い騎兵を早々に前線に繰り出した。

集団で迫る騎兵たちの勢いに、敵兵たちが次々と無残に撥ね飛ばされる。だが業燕芝は彼らに斬りつけるよりも、さらなる前進を促した。

「こんなところで足を止めるな、敵に目もくれず駆け抜けろ！」

業燕芝が騎兵を突撃させた目的は、敵を殲滅するためではない。敵中を突き抜けて、その裏に抜け出すことにこそあった。数に限りのある旻軍は、正面の兵力はともかく厚みは薄い。その裏へと強引に抜け出て、前後から挟撃するという戦術である。

様々な鬱屈を晴らそうとでもいうように、業燕芝の騎馬隊の突撃は凄まじいものがあった。殿を務めるだけあって死を覚悟したはずの敵兵たちも、勢いを食い止められない。

その勢いが過ぎたせいか。敵は早々に崩れだした。

「燕芝様、敵が退き始めました！」

業燕芝と馬を並べていた更禹は、彼女に近づく敵兵を一人屠《ほふ》る傍ら、そう報告した。

「我らが突破するより先に、敵の左右が潰走しつつあります」

「歯ごたえのない。もう少し持ちこたえる気はないのか」

向かってきた敵兵に槍先を突き立てながら、業燕芝の顔は敵の不甲斐なさにむしろ不服であった。

戦場を見渡せば、後退する旻軍に合わせるようにして、耀軍の歩兵たちも後に迫っている。業燕芝たちの騎兵は、もはや勝ちの勢いに乗る軍勢に押し出される格好だ。

勝利を確信した味方の進撃を押し止めるのは、敗勢で退却する以上に難しい。そのために、耀軍は必然的に逃げる敵を追撃する形となった。

「深追いは禁物ですぞ！」

更禹の諫めに対して、業燕芝は頷きながらも追撃の手を緩めようとしない。それは誰よりも彼女自身が、勝利の勢いに身を任せていたからであろう。

騎兵を先頭にした耀軍が、必死に逃げ惑う旻軍を追い回す。一人また一人と馬上槍の餌食にしながら追撃を続ける業燕芝。引き離されまいと、必死に後を追う更禹。

彼らの耳に、背後から地響きのような大声が飛び込んだのは、そのときであった。

「とおおおまああああれえええ！」

突如発せられたその声は、戦場という混乱の中にあっても、太い声量によって轟くように響いた。いったい何事かと誰もが振り返った次の瞬間、再び同じ声が後方から轟いた。

「伏兵だあああ！」

「なんだと！」

声の意味するところを理解して、真っ先に更禹が反応する。半拍置いて業燕芝も馬首《ばしゅ》を返し、続く耀軍もようやく足を止めた。

周囲を見渡せば、ここから先は破谷の東に延びる隘道《あいどう》・平嶺関の中でも、とりわけ道幅が狭い。左右から一層迫り出す山肌と、その崖上には深緑の木々が生い繁って、伏兵を忍ばせるには格好の場所だ。

あの大声の言う通りであれば、このまま進めば少なからぬ損害を蒙ったに違いない。

「確かにこれ以上は危ない。あの大声に救われたな」

冷静を取り戻した業燕芝は、ここに来てようやく破谷への撤収を決断する。頷いた更禹は背後の軍勢に下知しようとして、そのまま目を見開いた。

見れば、彼の左肩に一本の矢が突き刺さっている。

「更禹！」

「私のことより、まずは撤収を！」

更禹に促されて、業燕芝は全軍に向かって撤収を命じた。その間にも、崖の上からは次々と矢が降り注がれて、耀軍の兵たちに襲いかかる。

どうやら耀軍をこれ以上引き込むことがかなわないと見て、伏兵たちが矢を射かけ始めたのだ。まだ辛うじて距離が保たれていたのは、不幸中の幸いだった。あとわずかでも前に出ていれば、さらに多くの兵たちがその餌食となっていただろう。

罠に飛び込みかけた業燕芝軍は、それ以上踏み込む寸前でとどまり、破谷に引き返すことができたのである。

五

第一陣に一日遅れて破谷に到着した業暈は、業燕芝の突出を厳しく咎《とが》めた。

「目に見えぬ敵にこそ気をつけよと言い渡されながら、危うく罠に嵌《は》まりかけるとは何事か！」

父の叱咤に、娘は膝をつき頭を下げるしかない。

彼女自身、今回の失態は己の気が逸る余りと自覚している。他の幕僚たちも揃う城内の広間で、唇を噛み締めながら彼女が口にできるのは「面目次第もございません」という言葉のみであった。

悄然とする娘の姿に、業暈の丸い目にはなおも怒気が立ち込めていたが、それ以上叱責することはなかった。実際の損害は最小限に抑えられたこともあるし、なにより業燕芝の背後に控える更禹が、彼女以上に深々と頭を下げていたからである。

「衛師閣下。今回は燕芝様の目付を言い渡されながら、その役目を果たしきれなかった私めの落ち度にございます。これ以上のお叱りは、何卒この老骨にこそお願い申し上げます」

業燕芝の後ろで跪《ひざまず》く更禹は、包帯を巻きつけた左肩を晒《さら》したまま、右腕だけで床に手をついて頭を垂れている。自身もかつて散々世話になった老将の姿に、業暈はそれ以上の咎めを口にはしなかった。

代わりに尋ねたのは、罠の存在を報せたという、大声の主の正体である。

「先頭を行く騎兵も見逃した伏兵に、どうして気づくことができたのか」

それは業燕芝も当然抱いた疑問であったのだろう。彼女は破谷に戻るや否や、声の主が誰か兵長に捜し出すよう命じていた。

やがて広間に連れ出されたのは、並み居る幕僚たちの誰よりも大柄な青年であった。その巨軀に見覚えがあるのか、業燕芝がわずかに眉をひそめた。

若者は鐸と名乗り、声の主は確かに自分だという。その証拠にと張り上げてみせた太い大声は、広間どころか破谷の城内いっぱいに響き渡ったであろう。耳を塞ぎながら納得した業暈に、鐸という若者は言う。

「でも伏兵を見つけたのは俺じゃありません」

それは誰かということで再び連れ出されたのは、礫という、鐸よりもさらに年若らしい小柄な男であった。またしてもと業燕芝が眉をひそめる前で、少年がおっかなびっくり口を開く。

「崖の上で、鎧を照らす陽の光がいくつも見えたんです」

伏兵の目の前にいた騎兵の、その後方から迫りつつあった歩兵の群れの中にあって、木々の中に潜む鎧を照らす陽光など見分けられるものだろうか。俄には信じがたいが、現に業燕芝の軍は救われているのだから、信じないわけにもいかない。

「でも俺は、崖の上をよく見ろって樊兄に言われたから、そうしただけです」

ではその樊兄とやらを呼び出せというわけで、三度広間に連れ出されたのは、引き締まった体つきと精悍な面持ち以上に、その目に宿る眼光が印象的な青年であった。

業燕芝はもはや驚かず、青年を見る彼女の唇は、やはりという言葉を声に出さずに呟いていた。

「童樊と申します」

一雑兵に過ぎぬはずの童樊は片膝を突き、組んだ両手を前に掲げて業量に挨拶した。それは神事方の作法に則った、目上に対する挨拶であった。

先に呼びつけた二人の不調法に比べると、その所作だけで幕僚たちが童樊を見る目が変わる。

「なぜ崖の上に注目した」

衛師に直々に尋ねられて、一兵卒なら緊張のあまり舌が回らずともおかしくない。だが童樊は面を伏せながらも、淀みのない口調で答えた。

「後ろから騎兵を追いかける我らにも、あの辺りの道幅が狭まっていることがよくわかりました。敵の本隊は昨夜に引き揚げたと聞きましたから、もし私が敵であればあの辺りで待ち伏せします」

そこで童樊は一度言葉を区切ったが、業量が黙ったままなので、さらに言葉を足した。

「そこでまず目の良い礫に確かめさせて、伏兵がいることを確信しました。ですが私は一兵卒に過ぎず、先を行く将軍に注進する術はありません。そこで大声自慢の鐸に叫ばせたのです」

「なるほど」

ようやく頷いた業量の言葉を聞いて、童樊は前に突き出した両腕の間に顔を埋める。

「分をわきまえぬ行い、お許し下さい。責を負うべきは、鐸と礫を唆《そそのか》したこの私に――」

「面を上げよ」

童樊の言を遮って、業量は彼の顔を上げさせた。

そろりと見せた青年の顔は恐縮の体《てい》こそ取ってはいるが、業量の目は節穴では無い。畏れ入るような表情の裏からは、許しを請う者には程遠い、自身の振る舞いに対する絶対的な自信が透けて見える。

「童樊、それに鐸、礫といったか。お前たち三人の機転が味方を窮地から救った。よって褒美を取らす」

業暈の言葉に、鐸と礫が揃って表情を明るくする。その傍らで童樊は再び両腕の間に面を伏せ、あくまで礼に則った謝意を示す。三人の態度を見比べて、業暈は微かに口角を上げた。

「褒美は金子《きんす》でも良いが、童樊」

「はっ」

名指しされて、童樊が一層深々と頭を下げる。顔を上げれば、瞳から本心が滲み出ることを自覚しているのか。内なる思いを包み隠そうとでもいうような若者の仕草に、業暈はかえって好ましげに目を細めた。

「特にお前は、それ以外が望みだろう」

「――ははっ」

秘めたはずの内心をあっさりと見抜かれて、童樊は一瞬言葉に詰まりながら、だが業暈の言葉を認めた。その返事に業暈は今度こそ大きく頷くと、不意にそれまで口を噤んでいた娘に顔を向けた。

「業燕芝将軍。この三人を、お前の側付とする」

「はっ――はっ？」

唐突な指示に、業燕芝が頓狂な声を上げて訊き返した。困惑する娘に、業暈は重々しい物言いで告げる。

「更禹は負傷して、しばらくお前の守り役を十全に務めることは難しい。代わりも一人では荷が重いが、三人もいればなんとかなるだろう」

「それは、いや、しかし彼らは入隊したばかりで――」

「その彼らの働きによって、お前は窮地を免れたのだ」

それを言われるとぐうの音も出ない娘に、父は諭すように言った。

「熱くなると視野が狭くなるという短所を、お前は克服せねばならん。生まれも育ちも異なる三人から学ぶべきを見出し、そして鍛え上げてみせよ」

業暈の言葉は命令であって、否も応もない。それ以上の反論もかなわず、戸惑う業燕芝に見下ろされて、童樊も鐸も礫もただ小さく頭を下げていた。

＊＊＊

側付というが、正式にそういった役職があるわけではない。この場合は、業燕芝の護衛や身の回りの世話に秘書役も含めた、彼女の補佐全般を指す。

衛師・業暈の娘、それも軍の中核たる業燕芝将軍の側付となれば、その後の出世も約束されたようなものではないか。童樊たちが舞い上がったのも束の間、彼らに待ち受けていたのは、目が回るような忙しさであった。

なにしろ業燕芝はよく動く。

破谷にいる間は城内を、その後に都・嶺陽までの帰還行軍中は率いる部隊の先頭から末尾まで、直接その目で確かめずにはいられない性質《たち》らしい。城内はまだしも、馬上の彼女に徒歩で一日中ついて回るのは、並大抵の苦労ではない。

それでも鐸や礫は護衛専任だから、まだましであった。童樊は業燕芝を補佐する更禹の、そのまた補佐役ともいうべき役目を仰せつかって、連日の激務に追われていた。

「お前の力を見込んで大役を任ずるのだ。きりきり働け」

業燕芝が童樊に任せた主たる仕事は、負傷で移動がままならない更禹に代わる、各所への連絡役であった。

たかが連絡役とはいえ、通達の内容はもちろん、伝える相手の反応も理解できなければ務まらない。彼の能力を認めるという業燕芝の言葉に嘘はないのだろう。だがそう告げた彼女の顔には、どうにも面白くないという表情が拭えない。業燕芝が父・業暈の指示に不承不承従っているのは明らかであった。

行軍中の連絡役が徒歩ではさすがに無理があるというわけで、童樊にも馬があてがわれた。だが童樊は今まで馬に跨がったことなどない。何度も見当違いの方向に駆け出したり振り落とされたりしながら、この行軍中に独力で乗馬技術を習得しなければならなかった。

「見事にぼろぼろだな」

業燕芝の陣幕の前で護衛役を務めていた鐸が、そう言って細い目を見開いた。既に陽も落ちて星が瞬《またた》き始めた空の下、鐸の前にふらりと現れた童樊は、篝火に照らし出されて目の下にはくっきりと隈が浮かんでいた。

「ひでえ顔だぜ、樊兄」

鐸と対になって立つ礫も心配そうに口を開いたが、童樊は二人に挨拶する間も惜しみ、陣幕の内に向かって告げた。

「童樊、ただ今戻りました！」

やや間を置いてから入幕を許可する声がして、童樊は鐸と礫に目配せだけしてから内に潜り込む。

中で待ち構えていたのは、陣卓を前にして床机に腰掛けた、業燕芝ただ一人であった。

鎧甲冑を外しても、業燕芝は衫の下に褶《うわぎ》と袴という、男子の服装でいる。それは危急の事態にいつでも装備を纏えるよう、将軍としては当然のことであったが、物々しい戦装束を脱いだ彼女は見るからに線が細い。

男に勝る振る舞いが当たり前の彼女だが、この将軍はやはり女なのだ。

「何を呆けている。さっさと報告しろ」

眉をひそめる業燕芝に促されて、童樊は改めて背筋を伸ばす。陣幕を訪れたのは、兵長たちからの日報を確かめて回り、その内容を業燕芝に報告するためだ。

「戦もほとんどありませんでしたし、兵の体力は予定通りの行軍に十分耐えうるかと。ただ」

「なんだ」

「明日は雨に見舞われるかもしれません」

童樊の言葉に、業燕芝は訝しげに首を傾げた。

「今夜は空も澄んで、月も星もよく見える。雨が降る気配は感じないが」

「西からの風が湿ってきました。あの風は山にぶつかれば雲になって、あっという間に雨を降らします」

今晩の野営地は楽嘉村にも比較的近い。この辺りの土地に関する天候の先読みであれば、童樊には自信がある。

「街道沿いの余水は川幅が狭いから、ちょっと大雨になるとすぐ溢れ出します。明日は道を急いだ方がよろしいかと」

「なるほど、さすが父上が見込んだだけあって目端が利くな」

そう返す業燕芝の言葉には、どこかしら険がある。

童樊たちの機転によって救われたという事実と、その彼らと共に過ごすよう命じられたことへの反発。凜としているはずの顔に浮かぶ複雑な表情からは、その二つが未だ彼女の中で消化し切れていないことを物語っていた。

おそらくこの姫将軍は、童樊とそれほど歳も変わらないのだろう。であれば彼女が垣間見せる葛藤は、あるいは年相応といえるかもしれない。

「畏れ多いことですが、見込んでいただけた以上は十分な働きをもって報いる覚悟です」

「ふん」

童樊の畏まった口上に、業燕芝が鼻を鳴らす。

「ここまでこき使われて、なおその言い草は大したものだ」

だがその口から発せられた言葉には、今までに比べれば素直な感心があった。

「正直、お前が途中で音を上げることを見越していたが、当てが外れた。いったい何がお前をそこまで駆り立てる?」

業燕芝はそう言って陣卓に片肘を突き、指先で細い顎先をなぞる。それは彼女が童樊という個人に関心を示した、初めてのことであった。

これまで童樊に対して命令以外に口を開くことがなかった業燕芝にしてみれば、相当にくだけた態度である。果たしてなんと答えるべきか、童樊は直立したまま一瞬考え込み、だが余計に取り繕うよりは本心を口にすることを選んだ。

「出世のためです」

「素直な奴だな」

童樊の回答に、業燕芝は小さく笑った。

「だが出世とは、私に言わせれば手段に過ぎん。その後に何を為《な》すかこそが肝要だ。お前は出世して、その後になんとする?」

業燕芝にとっては、この会話は息抜き程度の戯れであるに違いない。そんな彼女に、どこまで本心を打ち明けてよいものか。普段の童樊であれば、今少し口にすべき内容を吟味したことだろう。

「……俺には、夫婦《めおと》になる約束を交わした女がいます」

だが連日激務をこなして疲労も頂点に達していた童樊は、分別を差し挟む余裕を持ち合わせていなかった。

「あいつは最高の祭踊姫です。それが、たまたま村を訪れた太上神官様の目に止まり、都の――夢望宮の祭踊姫に召し上げられちまった」

太上神官と聞いて、業燕芝の眉根がわずかにひそむが、童樊の視線は足下に落ちて、彼女の表情に気づかない。

「あいつは俺をいつまでも待つと言った。だから俺はなんとかして、夢望宮にいるあいつを迎えに行かなきゃならねえ。そのためには出世するしかねえんです」

いつの間にか童樊の言葉遣いは端々が乱れていたが、業燕芝は咎めるでもなく、彼の話を聞き終えると大きく頷いた。

「夢望宮の祭踊姫を迎えるために出世を望むか」

業燕芝に反芻されて、童樊の頬にさっと赤味が差す。

それは私的な想いを語りすぎたことへの遅まきながらの羞恥か、出世の動機にしては卑小であることを糾《ただ》されるのではないかという怖れか、おそらくその両方であった。

だが業燕芝は口角を上げ、大きな瞳には笑みを浮かべて、童樊にかける言葉には暖かみすら感じられた。

「今ひとつ腹の底が見えぬ奴と思ったが、どうして内には熱いものを抱えているではないか。そこまでお前に想われるとは、その女が羨ましい限りだ」

「お、畏れ入ります」

恐縮する童樊に、業燕芝が言い渡す。

「ならば女をいつまでも待たせるわけにもいかないだろう。お前にはまだ荷が勝つ激務かもしれんが、こなしきれば必ずや賞をもって報いること、この業燕芝が約束する」

どうやら業燕芝には己の想いを認められたらしい。童樊は両手を前に掲げて組むと、その間に深々と頭を下げた。

＊＊＊

業暈軍の一行は、稜にたどり着くと可能な限り船に乗り替えた。稜は業暈の生地で、彼に連なる一族も多い。紅河を遡上する船の手配も大いに融通された。

童樊たちにとって人生初の船旅は、当然の如く三人揃って船酔いに苦しめられることとなった。それまでは慣れぬ仕事を気力でこなしてきた童樊もさすがに船の揺れには勝てず、鐸や礫と並んで船倉で横になっているしかなかった。

紅河もここまで上ると峻険な山々が目立つが、その中にぽっかりと切り取られたように広がる盆地が、そのまま嶺陽という都市だ。川に向かっては城壁が、それ以外の三方は切り立った山々に囲まれて、神獣の眠りを妨げぬため万全を尽くした街であると窺える。

川港の荷揚場から見上げると、嶺陽という都を囲む巨大な城壁が聳えて見える。無骨で機能重視な破谷とも、稜の華やかだが雑然とした趣きとも異なる、厳かと言い表すべきなのだろう。城門の上に立つ三階建ての巨大な城楼には、全ての屋根に入念な細工が施されて、訪れる人々はここが聖地であることを否応なしに思い起こさせられる。

だが童樊たちは三人とも青ざめた顔で、都の荘厳ぶりに目を見張ろうにもそれどころではなかった。

「陸《おか》に下りたのだから、いい加減にしゃきっとしろ。だらしない」

三人のお陰で予想以上の回復を見せる更禹に叱咤され、業燕芝には苦笑されながら、一同は城門を潜り抜けた。

都の広々とした大路《おおじ》には、両脇に数えきれぬほどの店が整然と軒を連ねて、その前には業暈軍の勇姿をひと目見ようという大勢の人だかりができていた。

先頭を行く業燕芝は兜を外し、頭巾で結った長い黒髪を棚引かせる馬上姿など、嶺陽の民にとって生ける偶像そのものである。彼女もそのことを心得ているのか、人々に向かって笑顔で手を振れば、観衆たちがまたひときわ沸く。

だが業燕芝の部隊の後に続く、業暈率いる本隊が城内に姿を現すと、人々の歓声は格段に増した。

「業暈様、業暈様！」

「南天一の名将軍！」

「耀の安寧は、まこと業暈衛師あってこそ。ありがたやありがたや」

業燕芝への歓声などはるかに凌ぐ、業暈を讃える声が大路を埋め尽くすかのように沸き起こる。

衛師・業暈の武名は楽嘉村のような田舎にも轟いてはいたが、嶺陽の民が彼に寄せる興奮はほとんど崇拝に近い。群衆の熱狂にいささか度肝を抜かれながら、童樊は業燕芝の傍らから離れないよう行進する。

業暈軍は長い大路をことさら緩やかに進みつつ、やがて奥の突き当たりに位置する夢望宮の正門を潜った。

朱塗りの太々とした門柱が構える正門は幅広く、その向こうは大きな広場となっている。夢望宮で唯一神官以外の人々も踏み入ることを許された空間に、業暈軍がぎっしりと詰め込まれて並ぶ。最前列に佇立《ちょりつ》するのは、馬から下りた業暈や業燕芝といった将軍たちだ。業燕芝の側付である童樊は、鐸や礫と共に彼女の数列後ろに並んでいたが、眼前の巨大な祭殿にどこか懐かしい記憶を呼び覚ましていた。

周囲には複層階の建物がいくつも並ぶ中、祭殿は地上一層のみ。黒を基調とした造りには飾り気こそないが、いくつもの頑丈そうな柱によって支えられた大きな屋根の下は、扉が一斉に開け放たれている。童樊の立つ地上からは段差があって完全には見えないが、どうやら奥行きも相当にありそうだ。

祭殿が醸し出す厳粛な空気とは比べるべくもないが、かつて祭事の都度拵えていた舞台をとことん立派にすれば、あるいはこのようになるかもしれない。童樊が楽嘉村での記憶に耽《ふけ》っていると果たして、どこからともなく笛の音が奏でられ始めた。

それはこれまで聞いたこともない、優雅な調べの奏楽であった。

間もなくして笛の音に合わせるように太鼓が鳴り響くと、それが合図だったのだろう。祭殿の両端から一人また一人と、白絹を纏い朱染めの帯を棚引かせながら現れる女たち——祭踊姫だ。

舞台に進み出た祭踊姫の数は、二十人は下らないだろうか。いずれも花簪《はなかんざし》を挿し、前天冠《まえてんかん》を着けて、唇には鮮やかな紅を引いた彼女たちが、やがて奏楽に合わせて舞い始める。舞の開始と共に、兵たちの間からはおおというどよめきが上がる。

夢望宮では凱旋を果たした軍に向けて、その都度祝いと労《ねぎら》いの舞が披露される。嶺陽で祭踊姫の舞が一般に披露される機会といえば、年に一度の神獣安眠祈願祭しかない。それ以外に舞を目にするには、戦に参加するしかないのだ。兵たちは心待ちにしていた祭踊姫たちの一挙手一投足から目が離せない。

優美な舞踊に色めく兵ばかりの中で、だが童樊が先ほどから凝視するのは、ただ一人であった。

皆が似たような化粧に装いを揃えていたとしても、見誤るはずがない。

大勢の祭踊姫たちが舞う中で、童樊の目にはただその一人だけが、彩りも鮮やかに浮かび上がって見えた。

「……景」

童樊が呟いた言葉に、鐸と礫が顔を見合わせる。そうしている内にも童樊は舞台に視線を釘付けにしたまま、その場からふらりと歩み出た。

「おい、樊」

鐸が小声で囁いてもまるで耳に入らず、居並ぶ兵たちを掻き分けて前に進む。やがて最前列に現れた童樊を、業燕芝が驚いた顔で見返した。

「何をしている、童樊。下がって――」

だが童樊の耳には、彼女の制止も届かない。

「景！」

さらに一歩踏み出して舞台の袖に手を伸ばす童樊に、さすがに業燕芝が顔色を変える。そのまま舞台に上がりかねない彼の前に立ちはだかったのは、どこからともなく現れた長身の人影であった。

「そこまでだ、童樊」

端正な面立ちに穏やかな口振りで制する彼に、童樊は見覚えがあった。太上神官と共に景を連れ去った、この男の名は――

「変子瞭だ。悪いことは言わん。お前が景を迎えに来たつもりなら、今は堪えろ」

なぜこの男にそんなことを言われなければならないのか。景との再会を阻むというなら、その青白い首根っこを摑んで払い除けてしまえば良い。

「祭踊姫が神官以外の男と口をきくことは禁忌に当たる。禁忌を犯せばお前だけではない、彼女もただでは済まん」

「禁忌だと」

己はともかく景にまで害が及ぶと聞かされて、童樊は変子瞭の胸倉を摑もうと伸ばしかけた手を止めた。変子瞭はその甲に自身の手をのせて、童樊の心を宥めるかのように静かに下げさせる。

「神官以外で祭踊姫と会えるのは、政議殿《せいぎでん》に参内《さんだい》できる高位の役職者のみだ」

政議殿とは何を指すのか、童樊にはわからない。だが少なくとも、景に会う手段が皆無ではないということだ。

たとえそれが、限りなく乏しい可能性だとしても。

「まさかお前がここまでたどり着くとは、私も驚かされた。そこまで景に執着するというのであれば、出世を極めて堂々と迎えに来い」

変子暸は涼やかな眼差しで、まるで激励するかのように童樊の背中をぽんと叩く。その言葉に、童樊が納得したのかどうか。

ただ鐸や礫、業燕芝らの不安げな視線に見守られながら、童樊はそれ以上何も言わず、放心したような足取りで踵を返した。

舞台上では未だ、祭踊姫たちの優雅な舞が続いている。その中の一人として堂々と振る舞う景の瞳は、広場で起きた騒動の一部始終を、確かに認めていた。

第三章　夢望の宮

一

童樊《どうはん》たちが楽嘉村《らくかそん》を出奔してから、五年の歳月が流れた。

村に残った縹《ひょう》は、結局如春《じょしゅん》の勧めに従って、神官となるための修養に努めている。

といってもそれまで堂子《どうし》として過ごしてきた日々に、格段の変化があるわけではない。ただ一つ異なるのは、童樊や景《けい》ら四人が一時に抜けた穴埋めをこなさざるを得なくなった点だ。同時に神事方の仕事を身につけるため、如春の仕事の補佐も務める。縹にとっては多忙な日々が続いた。

ある日如春に呼び出された縹は、そこで一本の紙巻物を差し出された。「景からの文が届いた」と言う。

紙の文というものは、てっきり夢望宮《むぼうきゅう》からの公式なお達しでしか受け取ることのないものと思っていたので、まさか景個人が文を出せるということが驚きであった。さすが都ならではと感心しながら、縹は手にした巻物の紐を解く。

「以前に比べれば随分と気の利いた言い回しを覚えて、夢望宮ではよほど鍛えられたと見える」

如春はそう言いながらも、口の端には小さな笑みが浮かんでいる。その表情から窺う限り、文の内容は好ましいものであるに違いない。巻物を広げて目を通した縹の当て推量は、概ねその通りであった。

夢望宮の祭踊姫《さいようき》としての務めは、思った以上に雑事に追われ多忙であること。だが舞の修練に励む日々は充実して、最近は舞台でも何度か主役を張るようになったこと。もし嶺陽《れいよう》に上るときは、神獣安眠祈願祭に合わせればそこで舞を披露できるということ。

長々と綴られた文字を追えば、景が嶺陽で忙しくも満ち足りた生活を送っていることが伝わってくる。文を最後まで読み終えた縹は、だが腑に落ちない点があった。

文の中では、童樊について一言も触れられていない。

都の衛師《えいし》の軍に潜り込むと言ったきり、童樊のその後は楽嘉村には届いていない。そのことについて縹が口にしようとした矢先、如春が言った。

「二ヶ月後、神獣安眠祈願祭がある」

神獣安眠祈願祭はその名の通り、この世を産み出した神獣に感謝し、また安らかな眠りを願う祭事である。年末年始の一大行事として国を問わず広く定着しており、この楽嘉村でもささやかながら催される予定だ。

「縹、お前は都に上り、嶺陽の祈願祭を目にしてこい」

如春のその言葉を受けて、縹は神妙な顔で顎を引く。

「ということは」

「この五年、お前は十分に修養に励んできた。そろそろ良い頃合いだろう」

縹の表情に頷きながら、如春は卓上の木簡を差し出した。

「こいつを携えて、夢望宮を詣でよ」

如春の手から受け取った木簡を、縹はまじまじと見返す。それは神官に叙任されるために必要な、堂主の推薦状であった。

両手で木簡を掲げて、縹は深々と頭を垂れる。

「畏《かしこ》まりました。晴れて神官に叙任された暁には、楽嘉村のために一層励む所存です」

推薦状を受け取る者としてはごく当たり前の口上を聞いて、だが如春は奇妙に顔をしかめた。

「何を言っとるんだ、お前は」

「いいえ、いずれ堂主様の跡を継げるよう精進を、と」

思いがけない反応に戸惑う縹を見て、如春はまるで肺の奥から掻き集めたかのように大きなため息を吐き出した。

「忘れたのか。お前は堂主など継がんで良い」

「それは樊兄《にい》がいた頃の話でしょう。今となっては私が継ぐ他は――」

「堂主ならあと十年ぐらい、まだわしでもなんとかなる。なんだったら稜《りょう》にいる息子を呼び戻しても良い」

先のことなど心配するなというように、如春は長い顔をぶるんぶるんと左右に振る。ですがと抗弁しようとする縹に先んじて、如春は卓に片肘を突いたまま身を乗り出した。

「この世ならぬ光景を、お前はまだ夢に見るのだろう」

如春の指摘に、縹は口を噤んだ。

その通り、縹が夢に見るあの煌《きら》びやかな光景は、未だ絶えることがない。むしろ頻度も鮮明さも、以前に比べて増しているほどである。

「お前はこれまで私が見てきた堂子の誰よりも勉強熱心、書物にも通じるというのに、そのお前をしてなお言い表すことかなわぬとは。わしもいい加減気になって仕方がない」

「申し訳ありません、私の力が至らぬばかりに」

「誰もお前を責めてはおらん」

如春は縹の見当違いを否定しつつ、さらに言う。

「だがこの五年、お前のことをよく見てきたつもりのわしから言わせてもらおう。お前にとってその夢に見る景色は、もしやこの楽嘉村よりも恋しいのではないか」

縹は軽く目を見開いて、適当な言葉も口にすることができない。

如春の言葉は、寸分違《たが》わず的を射た指摘であった。

もっさりとしているように見えて、さすが堂主を長年務めてきただけあり、人を見る目に長けている。

「お前は誰よりも真面目に修養に励み、童僕たちが去った後の堂子たちをよく取りまとめてきた。にも拘わらず、お前はいつまで経ってもこの村から浮き上がって――いや、違うな。それとは逆だ。むしろ……」

如春は一瞬考え込むようにしてから、より相応しい言い回しに思い当たったらしく、言葉を足した。

「影が透けて見える」

「影が、透けて……」

如春の言葉を、縹はゆっくりと咀嚼するように繰り返した。

「お前がこの村に骨を埋めようとして、村の誰もそれを不思議には思うまいよ。だがそうなったとして、一番納得いかんのは縹、お前だろう」

「楽嘉村に根づくことを、私自身が拒んでいると、堂主様はそう仰るのですか」

「そもそもお前には、下ろすべき根が見えん」

如春の表情は穏やかだが、その物言いはいささか痛烈である。だが俯き加減の縹には、衝撃を受けるよりもむしろ得心がいった。

「堂主様は先ほど、私が夢の中の景色を恋しがっているのではと仰いましたね」

そう言って顔を上げながら、縹は告白する。

「最初は夢に見るその煌びやかさに、目が回るばかりでした。ですが」

そこで躊躇《ためら》いがちに声を落としたところ、如春が無言で先を促すので、縹は意を決して口を開いた。

「今ではその光景に懐かしさや、郷愁すら感じるのです。そこが本当に私の在るべき場所なのではと、そんな妄想まで湧く始末です」

「……そうであったか」

如春もまた、縹の言葉にようやく納得したように頷いた。

如春の見立てと縹の夢に対する郷愁は、つまりは同じ事象の裏表であった。その二つは共に、縹がこの村に留まってはいられないという運命を指し示している。

「気が触れてしまったのでは、とさえ思います」

夢に見続ける景色を恋う、そんな自分自身に対する不審が、縹の内には常日頃から燻《くすぶ》っていた。

「夢に見る景色を突き止めたいと同時に、そんなものを追い求めた先に何があるのかという二つの思いが、私の内に同居しているのです。神官の叙任を受け、堂主の跡を継ぐことが確かになれば、このような相克も不安も有耶無耶《うやむや》になるものと思っておりました」

「お前の抱える不安は、思うに楽嘉村や私に対する遠慮から生じたものだろう。だがそこまでして本心を偽ることもない。神官の資格を得て堂々この世を見て回り、夢に見る景色を探し当てよという、これはもう神獣の命ずるところとわしは思う」

そこで如春が口にしたのは、人々が信仰する創造主の名であった。そう言われて、かつて廟堂の書庫で如春と交わした会話の記憶が、縹の脳裏に蘇る。

「神獣が、私に、村を出ろと」

「お前の夢の正体を、神獣は心の底から望まれているに違いない。そのためにはこの村に留まられていては困るのだろう」

そう言って如春は、ふと苦笑気味に口角を上げた。

「思えばお前の〝縹〟という名からして、こうなるものと推して知るべしであった」

「私の名、ですか?」

首を傾げる縹に、如春は掌をひらりひらりと回しながら言う。

「〝縹〟は〝漂〟に通ず。その名は、ひとところに留まることを良しとしない。この世を見て回ることを運命《さだめ》づけられているのだ」

「私の名にそんな由来があるとは、初耳です」

「それはそうだろう。なにしろわしが今思いついたのだからな」

如春がおどけてそう言うものだから、縹は堪らずに吹き出した。その顔を見て、如春も笑う。ひとしきり二人の笑声が室内を満たした後、やがて如春は告げた。

「行け、縹。何処にあるやも知れぬ、夢に見る景色を求めて、この常夢《とこゆめ》の世を遍《あまね》く見聞き尽くしてこい」

二

夢に見る光景を探し求めるため、縹が天下行脚を決心した、ちょうど同じ時候のこと。

燿《よう》の東端の要衝・破谷《はこく》では、東門を訪ねる旻人《びん》の一団があった。

間もなく陽も暮れて、門が閉ざされようという頃合いである。

「旻の使節団長を務める秉沸《へいふつ》と申す。我らは旻王陛下の命により、夢望宮の神獣安眠祈願祭に出席するため当地に罷り越した。嶺陽に趣くこと、許可を願いたい」

燿と旻は長年争い続けているが、一方で神獣を信奉する民同士でもある。争いの最中であっても、こうして旻王が夢望宮の祈願祭に使節団を遣わすことは、これまで度々見受けられた。

今回は先代旻王が三年前に薨《こう》じて以来、当代の治世となって初の使節になる。

「祈願祭に出席される使節の通行を妨げぬようにとは、太上神官猊下《げいか》からのお達しが下っております。ただし城内の逗留は厳禁。御方《おんかた》に許されるのは、糧食の買い入れ以外にはこのまま真っ直ぐに通過するのみであること、よくよくご了承下され」

「耀と旻の間にあるわだかまりについては、無論承知しております。無事の通過を保証されるだけでも十分、感謝致します」

厳しい顔つきで申し伝えする破谷の守将に対して、穏やかに応じる秉沸という男は、年の頃は三十前後といったところだろうか。官帽の下に覗くのは柔和な面持ちで、細い目からはいかにもな人の好さが窺える。これまで何度も攻め寄せてきた旻軍しか知らない破谷の人々にとって、およそ旻人の印象とはかけ離れた好青年であった。

東門の番所で改められた使節団の詳細は、秉沸ら使節数名に護衛や馬車の御者らも含めて二十名足らず。中でもひときわ目立つのは、何やらこんもりと積み上がった上に麻布が覆い被さっている荷車であった。

「これは？」

守将に問《と》い質《ただ》されて、秉沸が答える。

「こちらは夢望宮に納める、祝いの品になります。当代の旻王陛下はこれまでの諍いを超えて、猊下との親交を深めることを望んでおります」

そう言って秉沸が麻布の端をめくると、そこには大人が一人入れる大きさの頑丈な長櫃《ながびつ》が、何箱も積み込まれていた。試みに秉沸が一つ二つと蓋を開けると、中には鏡や食器、その他様々な金銀財宝が覗く。

「なるほど、確かに間違いない。だがこれほどの貴重品を抱えてこの人数では不安でしょう。せめて稜までの道程は、我が軍からも何名か同行させせましょう」

「ご配慮痛み入ります」

秉沸が組んだ両手を掲げて、深々と頭を下げた。旻人の謝辞に鷹揚に頷きながら、破谷の守将は背後に控える部下たちに顔を向け、使節団への同行者を選出するべく呼び掛ける。

人々の目が使節団から守将へと集まった、その隙のことである。

荷車の床に人一人が通り抜けられるような穴があり、その上の長櫃に通じていることを、破谷の守将は知る由もない。だからそこから現れた人影ともつかぬ存在が、そろりと音もなく地上に降り立っていようとは、思いもよらなかった。

這いつくばるような形の影は、荷車の下から使節団の足下に潜り込む。影は闇に潜むことを生業《なりわい》とする者の動きをもって、誰の目にも止まることなく城内の暗がりに紛れてしまう。

それは守将が再び秉沸たちに振り返るまでの、わずか一瞬の出来事であった。

＊＊＊

如春は神獣の命ずるところと言ったが、神獣がこの世の人々に何らか指図したという逸話を、縹はこれまで聞いたことも、書物で目にしたこともない。

彼がこれまで学んできた中で、神獣そのものに纏《まつ》わる伝承といえば大きく三つ。

神獣とは本来、この世とは隔たる天界に棲まう。

神獣は自らの微睡《まどろみ》の内に見るこの常夢《とこゆめ》の世を、どこからともなく眺めている。

神獣の眠りは深い。だがもし真名《まな》を唱えられれば、たちどころに夢から醒める。

つまり神獣とは、この世の人々にとっては創造主であると同時に、日々暮らすにはほとんど干渉することもされることもない、理外の存在なのだ。

人が神獣に干渉する術は唯一、真名を唱えるしかない。だが神獣の真名は当然のようにあらゆる記録から抹消されて、今や世間に知る者はない。夢望宮の奥底に記録が封じられているとまことしやかに伝わるものの、あくまで噂に過ぎない。

そもそも真名を唱えれば神獣が目覚め、この世は泡と消えてしまうのだ。そんな自殺行為に挑もうという輩が、果たしてどれほどいるものか。

「堂主様は、私が村を出ることに引け目を感じないよう、ああ仰って下さったんだな」

如春の言葉をそう受け止めて、縹は余水《よすい》沿いの街道を行く。

楽嘉村を発った縹は、途中で立ち寄った村で運良く商隊に加えてもらうことができた。このまま商隊と共に西進して、目指すは紅河《こうが》の畔の水運都市・稜である。

縹が礼を言うと、壮年の商隊長は気にするな、と返した。

「神官になろうって奴をぞんざいには扱えねえよ。神獣に臍曲げられたらかなわねえ」

全国を行脚して回る商隊には、天候不順や野盗の襲撃など危険も多い。彼らは道中の無事を神獣に祈願する。

縹の知る神獣とは、この世の有り様をただ眺めているだけの存在である一方で、人々は念願成就や病の平癒など、神獣に様々な願いを訴える。神獣はこの世の出来事に不干渉と伝わるが、それ以上に万能の創造主であると広く信じられている。

人知の及ばぬ事柄について神獣に縋ってしまうのは、人の性《さが》なのだろう。

「俺たちゃ稜から船で下って乙《いつ》に向かうから、嶺陽まではつきあえねえぜ」

「十分です。稜には伝手がありますので」

まず稜を目指すと縹が言うと、如春は稜で神官を務める息子・如南山《じょなんざん》への紹介状を手渡した。如南山の手引きがあれば、稜での宿も嶺陽に向かう船も、手配してもらえるはずだ。

「稜とはどんな街ですか」

縹が問うと、商隊長はおもむろに大きく両手を広げた。

「この世で最も活気に溢れた、なんでもある街さ。なにしろ世界中の人も物も集まるから、その賑やかぶりは都を凌ぐ」

稜が耀でも随一の水運都市と、縹も噂には聞く。耀の各都市との往来はもちろんのこと、内海の乙や北天《ほくてん》の玄《げん》から訪れる者もいるというから、それがどれほどの活況を生むのか、縹には想像もつかない。

「もっとも以前に比べりゃ少々おとなしくなっちまったな。昔は旻や燦《さん》とも付き合いがあったのに、今じゃ連中の顔を見ることもない」

「両国との戦が長引いてますからね。さすがに難しいのでしょう」

「衛師様が麓南《ろくなん》で旻と燦を叩きのめしたっていうから、ようやく落ち着くかと思ったんだがなあ。お互い神獣を祀る似た者同士、いつまで争うつもりなんだか」

麓南という、ここよりやや南方の地で、耀軍が旻と燦の連合軍に大勝したのは、三年前のことである。この戦いで旻王は矢傷を負って間もなく没し、燦軍も大いに損害を蒙ったとは、楽嘉村のような田舎にも知れ渡っていた。

だが耀軍は余勢を駆って旻や燦に攻め込もうとはしなかった。お陰で両国とも再起を図る余裕を与えられたといえる。

商人という立場からしてみれば、せっかく戦も止んで商売もしやすくなるかと思ったのに、肩透かしを食らった気分であろう。いつまでも戦が続くのは願い下げだという商隊長の愚痴に付き合いながら一行が稜に到着したのは、それから五日ほど後のことであった。

＊＊＊

如南山という青年は、その長い顔を見れば誰しも如春の子だと察するだろう。だが重たそうな瞼が特徴的だった父に比べて、くりくりとよく動く目玉の持ち主であった。

「よく来たな、縹。父を師とすれば、私とお前は兄弟弟子のようなものだ。この屋敷は我が家だと思って寛いでくれ」

如南山が案内した屋敷は、その造りといい豪奢な飾り付けといい、楽嘉村の廟堂を遥かに凌ぐような立派な構えであった。彼が稜の神官であることは縹も聞いていたが、思った以上に高位にあるのだろうか。

「いやいや、稜の神官ならこの程度、たいしたことはない。これ以上の屋敷や大店《おおだな》、祭殿が山とある」

「それはもう。ここに来るまでも散々目にして、大口を開けてばかりでした」

縹の言うことは誇張ではない。稜の城門を潜り入ってからこちら、全てが目新しいものばかりで、如南山の屋敷を訪ねるまでの道すがら終始目を丸くしたままであった。

なにしろ城内が広い。大路《おおじ》も広い。

両の道端に雑然と並ぶ店の数もごまんとあって、それぞれが何を商っているのか見当もつかない。

あちこちに聳《そび》える複層階建ての建物は、いずれも我こそと言わんばかりの華美な装飾で、互いに競い合うかのようにいくつも突き出して見える。

それよりもなによりも、城内にひしめく人々の多さといったら！

人いきれに酔いそうになりながら、もしや夢に見た景色とはこの稜のことなのではないかと、縹はよくよく周囲を観察した上で首を振った。

稜の民が纏う衣服は縹のそれよりはるかに上等なものが多いし、立ち並ぶ建物は大小問わず豪壮だ。しかし夢に現れる人々はもっと珍妙な格好で、建物に至っては豪壮を通り越して眩しい――輝く光に満ち溢れていたと思う。

稜はとてつもない大都市だが、残念ながら夢に見た光景とは似つかない。

「童樊が出奔したから父の跡は誰が継ぐのかと気を揉んでいたが、お前が神官になるというなら安心した」

客間に通した縹に茶を勧めつつ、如南山は自身も碗を啜りながらそう言った。縹はおやと思いながらも、ただ黙って頷いてみせる。どうやら如春の紹介状には、縹が楽嘉村の堂主の跡を継がないことは書かれていないらしい。

「南山様は、樊兄と面識がございましたか」

「面識も何も、奴が幼い頃に守人衆《もりびとしゅう》のいろはを叩き込んだのは私だ。といってもあっという間に追い抜かれてしまったがな」

苦笑混じりに答えながら、それでも如南山は懐かしげな顔で言う。

「だがまさか衛師様の下で出世を果たすとは驚いた。昔から頭は切れるし、やると言ったらなんとしてもやり遂げる小僧だったが、それにしてもたいしたもんだ」

如南山の口振りに、縹は軽く目を見開いて問う。

「樊兄の最近をご存知なのですか?」

「もちろん知っているとも。嶺陽の軍はよく稜を通るから、奴は折を見ては我が家を訪ねてくる。最後に会ったのは確か一昨年だったか。鐸《たく》も礫《れき》も、三人揃ってすっかり逞しくなっていたぞ」

まるで我がことのように自慢する如南山を見て、縹は安堵のため息をついた。

景の文では童樊の現状が不明だったので気懸かりだったが、どうやらそれは杞憂だったらしい。それどころか順調に出世の階段を昇っていると聞いて、縹は胸を撫で下ろした。

「その調子では、童樊が麓南でどれほど活躍したかも知らんのか」

そんな噂も聞いたことがない縹は、きょとんとした顔で頷くほかない。すると如南山は、ずいと身を乗り出した。

「とくと聞かせてやろう。なにしろ奴自身の口から聞いた話だ」

## 三

南天《なんてん》の雄国である耀、旻、燦は、大雑把に区分すればそれぞれ西、東、南に勢力を張る。麓南とはこの三カ国の勢力がちょうど交わる土地で、故に長年衝突が絶えず人も定住しない。

三年前、旻と燦は互いに手を組み、この麓南から耀への侵攻を図った。旻・燦の連合軍は総勢十万を超え、旻軍は王自らの出陣というから、両軍の意気込みもわかろうというものである。対する耀軍は六万、率いるのは衛師・業暈《ぎょううん》。

自軍に倍する敵を前に、業暈は真正面から迎え撃つような真似はしなかった。

「麓南の辺りは戦に次ぐ戦で荒れ果てて、一日中砂塵が舞い続ける岩山と荒れ地ばかりだそうだ」と、如南山は言う。

耀軍何するものぞと意気軒昂たる旻・燦連合軍は、延々と続く不毛の地を砂埃にむせながら、だが行けども行けども敵に遭遇しない。耀軍の臆病ぶりを嗤《わら》いながら、連合軍はろくな抵抗もない無人の荒野を北西に、耀の都・嶺陽を目指して突き進む。

しかしあまりにも順調すぎる進軍に、やがて連合軍も訝《いぶか》しみ始めた。

なにしろ相手は百戦錬磨の業暈なのだ。あの名将がここまで何の意図もなく、彼らを素通りさせることなど有り得るだろうか。耀軍は必ずや、策を張り巡らせているに違いない。

彼らの懸念は的中した。半月余り進軍し続けたところで、連合軍は初めて耀軍の襲撃を受ける。被害に遭ったのは後方に待機する輜重《しちょう》隊であった――

「そいつを指揮したのが、童樊だ」

にやりと笑う如南山に、縹もまた頷いた。

「目に浮かびますね。樊兄だったら、岩山に潜んで奇襲を掛けるとか、お手のものでしょう」

童樊が守人衆を率いていた頃の活躍を、縹は思い返す。山中を己の庭のように駆け回り、堂子たちをまるで手足のように動かしながら野盗たちを追い詰める様は、鮮やかとしかいいようのない手並みであった。

連合軍の輜重隊への攻撃は、執拗に繰り返された。

一つ一つの被害は軽微だとしても、積み重なれば無視できない。しかも十万以上の大軍が敵地深くに入り込んで、連合軍の補給線は延びきっていた。そこへ童樊の隊が気の向くままに襲撃を仕掛け、応戦されれば途端に蜘蛛の子を散らすように姿をくらましてしまう。連合軍はここに来て慢性的な兵糧不足に悩まされる。

それ以上に深刻なのは、連合軍全体の士気のあからさまな低下であった。

被害を蒙るのは輜重隊ばかりで、主力軍の兵士たちはここまで一戦も交えていない。当初の緊張感も弛緩したところへ兵糧の不安が生じて、兵たちは一気に動揺した。進軍速度は見る見る遅くなり、一ヶ月も経つと脱走が相次ぐようになる。

戦意を断ち切られ、飢えに悩まされる大軍など、瀕死の巨象に等しい。折悪しく激しい雨に見舞われて、連合軍が足を止めたその瞬間、業暈は攻撃の命令を下した。

豪雨に紛れて攻撃を仕掛けてきた耀軍は、連合軍にはまるで突然目の前に出現したように思えたかもしれない。

疲弊しきった連合軍に比べて、耀軍はここまで我慢に我慢を重ねて、限界まで引き絞られた弓矢が解き放たれたかの如き勢いがある。ようやく激突した両軍の趨勢がどちらに傾くか、明らかになるまでにそれほどの時間はかからなかった。

耀軍は一塊《ひとかたまり》になって、連合軍の腸《はらわた》を食い荒らすかのように突撃した。数に勝る連合軍はこれを食い止めて、逆に包囲したい。だが旻軍と燦軍のそれぞれで指揮系統を分かつ連合軍に、臨機応変な対応など望むべくもなかった。

耀軍の先鋒を務める業燕芝《ぎょうえんし》の軍は、その隙を見逃さない。彼女の軍が燦軍の主将を討ち取ったのは、両軍が激突して二刻半もしない内のことであった。大いに動揺する燦軍は烏合の衆と化して、後はもう瓦解するしかない。

連合軍の敗北は、この時点で明らかであった。

燦軍主将の落命を知った旻王は、退き時を間違えなかった。彼は全軍に速やかな退却を命じ、自らも戦場から脱した。旻軍も相応の被害を受けているが、混乱する燦軍を煙幕代わりに今のうちに撤退すれば、まだ十分に立て直せる。彼のしたたかな計算通り、耀軍は燦軍の相手に手間取って、旻軍の離脱を許してしまう。

だが冷徹な旻王も、退路に未だ童樊の隊が潜んでいたことまでは見抜けなかった。

「岩山に隠れ続けていた童樊は、旻王が通りかかると見るや、そこでありったけの矢を放った！」

「旻王に矢傷を負わせたのは、樊兄だったんですか」

戦場を覆っていた雨はとうに止み、雲間から漏れ差す午後の日差しが荒野を照らそうとする中、旻軍は童樊隊が放つ矢の雨に晒されることとなった。もっとも童樊隊は少数だったから、本来であればそれほどの被害はないはずである。

だがその中の一本が、あろうことか旻王の鎧甲冑の隙間を縫うようにして、左の肩甲骨に突き刺さった。

もんどり打って落馬した旻王は、配下に急ぎ担ぎ起こされて、なんとかその場を逃れたという。

「それは、樊兄もさぞ口惜しがったでしょうね」

目の前の獲物を取り逃がして、童樊ならおそらく弓を叩きつけて歯噛みしたに違いない。鐸や礫に八つ当たりする様子まで想像できて、縹は思わずくすりと笑った。

もっとも戦後の論功行賞で、童樊は最大の殊勲者として讃えられた。輜重隊を叩き続けて敵を飢えさせただけでなく、旻王はその矢傷が元で帰国後すぐ没したというから、童樊の功は誰もが認めるものであった。

「童樊はその後も功を重ねて、聞くところによれば先日、とうとう将軍にまで上り詰めたらしい」

「なんと、そこまで」

五年前には辺境の守人衆の頭領に過ぎなかった童樊が今や将軍と聞いて、さすがに縹も信じがたい。だが如南山は胸を張って答えた。

「稜はなにしろ業家と縁が深い。衛師様周辺の噂は色々とよく聞こえる」

なるほどと頷きながら、縹は出奔時の童樊を思い返す。

景を迎えるために軍での出世を誓って、童樊は楽嘉村を出た。今ではもうその言葉も現実味を伴うあたり、つくづく有言実行の人なのだと思う。

「楽嘉村で一番の出世頭は私のつもりだったが、またしても追い抜かれてしまったよ」

如南山はそう言いながらも嬉しそうに笑うと、碗に残った茶をぐいとひと息に飲み干した。

＊＊＊

如南山は楽嘉村の同胞との再会が、よほど嬉しかったのだろう。彼は縹をよくもてなし、嶺陽に向かう船も手配して、至れり尽くせりの振る舞いであった。

「童樊に会ったら、稜に立ち寄る際にはまた如南山の元に顔を出せと伝えてくれ」

快く送り出されながら、縹は嶺陽に向かう船に乗る。

紅河を南へと遡上するとはいえ、間もなく年の瀬を迎えようという頃合いだ。周囲の景色にはそそり立つ山々が徐々に増えて、川面に吹き下ろす風は冷たい。

「あんた、船は初めてと言ってなかったかい」

寒風が吹きつける中も船の舳先に立ち、物珍しげに辺りの景色に目を見張る縹を見て、水夫が不思議そうに尋ねた。

「はい」

「初めて船に乗る人は、一日も揺られればげえげえするもんだが、あんたはけろっとしてるねえ」

「私も覚悟していたのですが、今のところ平気でほっとしています」

大きな船が足下から不定期に揺れると、ともすれば内臓を掌の上で転がされているような感覚に襲われる。慣れない人はそのせいで間断ない吐き気を催すというが、不思議と縹はそこまでに至らない。大河の流れに逆らいながら上り続けるのだから、舳先が大きな波を乗り越えることもしばしばなのだが、不意の揺れの衝撃も縹の身体はまるでするりと受け流しているかのように思う。

存外、自分は船旅に向いているのかも知れない。そんなことを考えているとひときわ大きな波が押し寄せて、足下がこれまでになくぐらりと揺れる。さすがに立っていられなくなって、甲板に膝を突いた縹が何事かと顔を上げれば、やがて彼の乗る船よりも一回り以上大きな船が何艘もすれ違っていく。

「あれは軍船だな。あんなにたくさん、また戦でもあるのかね」

そう呟く水夫の隣で縹は軍船の後ろ姿を見送っていたが、流れに乗って恐るべき速度で川を下る船団は、あっという間に小さくなっていってしまった。

それから数日後、縹はとうとう都・嶺陽に足を踏み入れた。

嶺陽は、稜に比べれば規模で劣るという。だが稜が雑然とした活気に満ちているのに比べると、山頂に白いものが降り積もる山々に囲まれた嶺陽は見るからに神々しく、思わず衿を正さずにはいられない。

これこそ燿の、常夢の世の中心であると、訪れる者ことごとくに思わせる。それがこの嶺陽という都市なのだと、縹は城門をくぐり抜けた瞬間から感じていた。

「夢望宮へはどちらに向かえば良いでしょう」

縹が住人と覚しき男にそう尋ねると、相手は不思議そうに首を傾けながら「この大路をまっすぐ行けば夢望宮だよ」と答えた。男が指差す先を見て、縹はその表情の意味を理解する。広々とした大路は真っ直ぐ奥まで伸びて、その突き当たりには遠目にもひと目でわかる門構えの向こうに、いくつもの立派な建物が整然と建ち並んでいた。

どこにいようがその存在を見逃すことはない、それが嶺陽における夢望宮なのだ。

大勢が行き交う大路を何度も見回しつつ、ようやくたどりついたその門構えの巨大なこと。朱塗りの門柱の太さに圧倒されながら踏み入ると、中の広場はこれまた広い。広大な広場は三方が建造物に囲まれて、いずれも高さは異なれど堂々たる姿に圧倒される。懐の内の推薦状を確かめつつ、さてこいつをどこに提出すれば良いものか。縹はほかの参詣客たちと共に当てもなく広場をうろつきながら、広場の正面奥に構える巨大な平屋造りの建物の前にたどり着いて、ふと足を止めた。

広場に向かって迫り出した桟敷《さじき》は、大きな舞台を思わせる。これが噂に聞く祭殿なのだろう。神獣が眠る地底湖の上に建設されたという祭殿は、夢望宮が夢望宮たる所以《ゆえん》ともいえる。

その荘厳たる佇まいに縹はしばし見惚れていたが、同時に口を突いて出たのは、自分自身思いがけないひと言であった。

「本当にこの中に、神獣がいるんだろうか」

何気なく呟いた直後に、縹の顔からさあっと血の気が引いた。

いったいなんと畏れ多いことを口走ったのか。それも、よりにもよって夢望宮のど真ん中だというのに。もしや周りに聞きつけた者がいたりしないか。思わず左右を見回した縹の視線は、遠目からこちらを窺う人影を捉えた。

「そこの若いの。何をそんなにきょろきょろしている」

呼びかける声に、非難の響きはない。どうやら失言が聞き咎められたわけではないようだ。縹は内心で大きく息を吐き出しつつ、それでもつい言い訳めいた言葉を口にした。

「いえ、その。神官の叙任を受けるべく参ったのですが、堂主の推薦状はどこに提出すべきか見当もつかず。もしご存知であれば教えていただけないでしょうか」

「ほう」

そう言って歩み寄る青年は、縹よりも頭一つほど背が高い。頭頂に載せた神官帽や紫染の衫《はおり》から察するに、おそらく高位の神官だろう。青年は神官叙任と聞いて形の良い眉を跳ね上げると、長身を屈めて縹の顔をまじまじと見つめ返す。

「見覚えがあるぞ。お前、楽嘉村で私に酌をした小僧だな。確か縹と言った」

「もしや、変子瞭《へんしりょう》様？」

その端正な顔立ちを間近に寄せられて、縹もまた記憶を呼び覚ましていた。目の前に突きつけられているのは、太上神官の来訪時に宴の席で言葉を交わした、あの青年神官の顔ではないか。

「私のことを覚えていたか」

「忘れるはずがありません」

縹が変子瞭のことを覚えているのは、男でも見惚れそうな容貌のせいだけではない。宴の場で彼が口にした言葉は、夢望宮の神官にしてはいささか放言めいて、忘れることができなかったのだ。

「この世は何もかも神獣の戯れがなせる業と、猊下のお側にある神官にしては随分なことを仰る方がいるものだと驚きましたから」

「はは、そんなことも言ったかな」

笑い混じりに返してから、変子暸はおもむろに背筋を伸ばした。

「そういえば神官になると申してたな」

「はい。ようやく参詣する機会を得ました」

「我々がこうして再会できたのも、神獣の思し召しだろう。では不肖、この変子暸が神官叙任の儀を執り行って進ぜよう」

「ええ、はい？」

「ついて参れ」

言うや否や、変子暸はすたすたと一直線に歩き出した。縹は戸惑いながらも、その長身を追う。

変子暸は祭殿と隣接する建物との間を通り抜け、裏手に向かって歩いて行く。途中何名かの神官たちと通り過ぎたが、誰もが彼の顔を見るなり道を開け、壁際に立って面を伏せた。どうやらこの美丈夫は、若く見えても相当の地位にある人物らしい。太上神官の側付ならそれも当然かなどと考えながら、縹は変子暸の大股に遅れぬよう小走りでついていく。

やがて変子暸が足を止めたのは、どうやら夢望宮の倉庫の類いらしい、だがこれも立派な建物の前であった。

「錫杖を何本か見繕ってくれ」

変子瞭が倉庫番の男にそう告げると、男は倉庫の奥に引きこもり、しばらくしてから数本の錫杖を抱えて戻ってきた。

「これはいささか派手すぎるな、こいつはちと重い」

手渡された錫杖を一本ずつ物色しながら、変子瞭はその中から「これにしよう。見た目も軽さも程よいだろう」と一本取り出して、縹に向き直った。

「縹、堂主の推薦状はあるか」

「は、はい。こちらに」

縹が懐から取り出した推薦状を受け取ると、変子瞭はばらりと木簡を開いて中身に目を通した。真っ先に末尾に目を向けたのは、どうやら推薦者の名を確かめるためらしい。変子瞭は楽嘉村の堂主が如春であることを知っている。

「ふむ、問題はなさそうだ。では楽嘉村の縹」

変子瞭は木簡を畳んで懐に仕舞うと、選び出した錫杖を片手で横に構えて、縹の眼前に突き出した。

「ほら、受け取れ」

まるで菓子でも渡すかのような口振りで、変子瞭は手にしていた錫杖をぐいと縹の胸に押しつける。

「はいっ、えっ？」

「この錫杖を受け取りし今よりお前は、この世の民を慰撫し、もって神獣の安眠を保つことを務めとする神官だ。せいぜい励めよ」

呆気にとられたまま、取るものも取りあえず錫杖を両手で抱える縹に、変子瞭はまるでたいしたことのないような口調でお題目を唱えてみせた。

「これでお前も祭踊姫に面会かなう身分となった。さあ、では行くぞ」

「行くって、どちらへ？」

神官叙任の儀と言えばもっと堅苦しい雰囲気の下、ありがたくも長たらしい説教を聞かされた上で、ようやく錫杖を賜るものだと聞かされていた。それがこの青年神官は、いかにも間に合わせの手順で済ませてしまったのだ。縹としては呆れるべきか感心すべきか、どのような顔をして良いのかもわからない。

だが変子瞭は彼の困惑などまるで意に介する様子もなく、肩越しに振り返って答えた。

「決まってるではないか。お前の同郷にして今や夢望宮一の祭踊姫、景麗姫《けいれいき》の元だ」

四

手入れの行き届いた黒髪は左右の二つ髷《まげ》に結われ、煌びやかな簪《かんざし》に飾られている。目元や唇には薄い紅を差し、薄手の衫の下に纏うのはいかにも上等な絹地の深衣《しんい》。

五年ぶりに会う景は、村にいた頃の活力に満ちた美しさをそのまま、さらに都会らしく洗練された美貌を花咲かせていた。

「縹、久しぶりだねえ！」

だから彼女の口調が記憶にある声と変わらないことに、縹は内心安堵した。

「良かった。その口振りは、私の知る景姉《ねえ》だ」

「当たり前だろう、なんだと思ってんの。あんたこそ〝私〟とか畏まっちゃって」

元から派手な顔立ちがさらに化粧映えする景だが、縹を小突きながら嬉しそうに笑う表情は昔と変わりがない。周りに誰も知った顔のない景にしてみれば、縹以上に懐かしさが込み上げるのだろう。屈託のない笑顔を見ていたら、彼女の前で〝私〟と名乗るのはなんだか他人行儀に思えてきた。

二人の再会を柱に凭《もた》れながら眺めていた変子瞭が、一向に興奮冷めやらぬ景に向かって苦笑気味に言う。

「麗姫にそこまで喜んでもらえたなら、強引にでも連れてきた甲斐があった」

「あら、縹が自ら訪ねてきたわけではないの？」

「神官の叙任を受けるために参詣した彼を、偶然私が見つけたのだ。そこで手っ取り早く叙任の儀を済ませて、お前の元に引っ張ってきた」

「やっぱりあれ、色々とすっ飛ばしてたんですね」

縹に上目遣いで見返されても、変子瞭は薄く笑うのみ。そのやり取りを目にしてどうやら事情を察した景が、聞こえよがしに耳打ちする。

「縹、この方を見習っちゃ駄目だよ。神官てのは格式張ってお堅いのが当然なのに、変子瞭様はそういうのすぐ面倒臭がるんだから」

「略式ではあるが、叙任の儀に必要な口上はちゃんと抑えているぞ。それもこれも都で一人故郷を偲ぶ景麗姫に、一刻も早く同郷の知己を引き合わせてやるためだというのに、酷《ひど》い言い草だ」

「はいはい。お礼に茶を振る舞いますから、どうぞお待ちになって」

景は大袈裟に肩をすくめてから、部屋の外に向かって茶を用意するよう告げた。

三人のいる客間と、戸を挟んだ奥の寝所と合わせたこの一室は、景にあてがわれた私室と聞いて、縹は驚いた。彼女専用の部屋が用意されているということといい、周囲に当たり前に用を頼むところといい、景はいつの間にかよほど祭踊姫として上り詰めたらしい。麗姫という呼び名は、彼女の舞に見惚れた都の人々がいつしか口にするようになった呼び名なのだという。

「麗姫は今や都でも一番の祭踊姫だ。私もすっかり頭が上がらなくなってしまった」

茶を嗜むには両手で碗を抱えるように呷《あお》るのが作法というが、変子暸は相手が景と縹だからというのもあるのだろう。碗を片手で持ち、まるで酒のようにくいと傾ける。

「よく言うわ。猊下の側付だからって、こんなに行儀が悪くとも大目に見てもらえるくせに」

変子暸の顔に横目で白々とした視線を送りつつ、景が呆れながら言う。どうやらこの二人は、憎まれ口を叩き合うほどには親しげであるらしい。

「俺も景姉に久々に会えて嬉しいよ。こんなに綺麗になってるとは驚いた」

縹の言葉遣いが村にいた頃のそれに戻ったことに気づいて、景は嬉しそうににんまりと笑みを浮かべる。

「あんたの方は昔と見た目はたいして変わらないってのに、一端《いっぱし》に世辞の一つも言えるようになったかい」

「景姉は見た目の割に中身が変わってないから、こうして話してると安心するよ」

「そういうこまっしゃくれた物言いは変わんないね」

笑い返す景に、縹はふと思ったことを口にした。

「でもそんだけ綺麗になったら、樊兄が心配するんじゃないか？　あれで結構やきもち焼きだから」

その途端、それまで明るかった室内にすっと翳《かげ》りが差したように、縹には思えた。

おやと思って景の顔を見返すと、彼女は長い睫毛を伏せ、何か言いかけるように半開きになった唇がそれ以上動かない。代わりに答えたのは、その隣でこめかみを掻く変子暸であった。

「縹。夢望宮の祭踊姫は、神官以外の男と口をきくことを禁じられている。私がやっつけでお前を神官に叙したのも、そうしないとお前と麗姫を会わせることができないからだ」

縹は初めて聞くしきたりに驚いて、改めて景を見る。

「この都で、私はまだ樊と一言も言葉を交わしてないんだよ」

薄い紅が艶やかに輝く唇が、その言葉を口にする際に微かに震えているのを、縹は見逃さなかった。

童樊が楽嘉村を出奔したのは、五年前の話だ。その後の彼は活躍を重ねて、ついに将軍にまで出世したと聞くのに、景は童樊の栄達を祝うこともできなかったというのか。

景は額にはらりと落ちた前髪を掻き上げながら、大きくため息を吐き出した。

「この嶺陽では、祭踊姫は一人で街中も出歩けないのさ。必ず神官がお伴して、店の人と口をきくのも神官を挟まなきゃいけない」

「樊兄はそのことを――」

「もちろん知ってるよ」

　縹の問いに頷きながら、景の語り口は徐々に喉の奥から絞り出されるように聞こえた。

「五年だよ、五年。祭殿で舞うときや、たまに街中を歩くとき、樊を見かけることは何度もあった。私が見逃すわけないじゃないか」

　苦しげに吐き出された景の言葉は、語尾がわずかに震えている。

「なんでだろうねえ。そういうとき、必ず目が合うんだよ。私が気づいたときはいつも、樊も私を見てるんだ。目と目が合った時にはもう、そのまま二人で駆け出してどっか行っちまおうって、何度思ったことか」

　夢望宮の祭踊姫にはあるまじき放言を、変子瞭はたしなめるでもなく、景から視線を逸らして部屋の外に目を向けている。そして縹はただ、黙って景の言葉に耳を傾け続けるほかない。

「知ってるかい？　樊はもう随分と出世したらしいよ。さすがだよねえ。私を迎えに来る日も、きっと遠くない」

　自らに言い聞かせるためだろうか。景は細い身体を自らの両腕で抱きかかえるようにして、絹地の深衣の端を両手で摑む。

「必ず迎えに来るって約束した、私はあいつの言葉を信じてる。だから縹、もし樊に会うことがあったら、景がそう言っていたと伝えておくれ」

　そう告げる景の形の良い眉尻は下がり、口元には辛うじて笑みを湛えながら、縹の目にはまるで彼女が泣き出す寸前のように見えた。

＊＊＊

「夢望宮で、童樊の名はあまり口にするな」

景の私室を出た縹は、地方から参詣する神官に割り当てられるという宿坊に案内される道すがら、変子瞭からそう諭された。

「なぜですか？」

変子瞭の背中に向かって縹が問いかけると、彼は振り向かぬままに答えた。

「童樊の上司である業暈衛師は、ここのところ猊下と折り合いが悪い」

つい先刻までは歯切れが良かったはずの変子瞭の声が、周囲を憚《はばか》るかのように低い。

「今の宮中で衛師の話題は禁句だ。衛師に繋がる童樊の名も然り」

変子瞭は小声でぴしゃりと言い放つと、それ以上の反駁を許さないとばかりに先を行く。脚の長い変子瞭がさらに大股になって、縹がその後を半ば駆けるように追うと、小脇に抱えた錫杖がしゃんしゃんと鳴る。

長い廊下を何度も折れ曲がった末にたどり着いたのは、何本もの太い支柱に支えられた大きな広間であった。

都市や廟堂の規模に拘わらず、旅人はこうした大広間に雑魚寝で夜を凌ぐのが当然である。個室が割り当てられるのはよほどの貴人の場合であり、むしろ等間隔に敷物が用意されているだけ贅沢と言って良いだろう。

「わざわざ宿坊までご案内いただき、ありがとうございます」

おそらく個室があてがわれるほどの高位に違いない変子瞭が、縹一人のために時間を割くなど、落ち着いて考えればとんでもないことである。そのことに今さら思い至って深々と頭を下げる縹に、変子瞭は気にするなと軽く手を振った。

「祈願祭まで逗留するつもりなのだろう。何か用向きがあれば、私の名を出していい」

「今日だけでも散々お世話になりましたのに、これ以上ご迷惑をかけるわけには」

「なに、私の気紛れだ。麗姫も言っていただろう。私は猊下に贔屓《ひいき》された不良神官で通っているから、多少の無茶も許される」

変子瞭の口調は卑下するというよりも開き直って、まるで悪びれたところがない。

「それよりもお前は、祈願祭を見物し終えたらどうするのだ。なんだったか、面白いことを言っていた覚えがある」

楽嘉村の堂主を継がず、この後も天下を遍く見て回るつもりだと縹が告げると、変子瞭はそれだと言うように手を叩いた。

「不思議な夢の景色を探し求めると言っていたな、思い出したぞ。聞いたときには随分と羨ましく思ったものだ」

「羨ましいですか？」

縹にとっては期待半ば不安半ば、神官となった今なお心持ちが落ち着かないというのが本音である。しかも目的の光景を本当に見出すことができるのか、その見込みは全く不明瞭と言って良い。

だが変子瞭は腕を組みながら、薄い笑みを浮かべて縹の顔を見下ろした。

「無用なしがらみから解き放たれて、世の中を気儘に見聞するというのだろう。さながら夢中を彷徨《さまよ》う神獣の如し。これが羨まずにいられるものか」

そう口にする変子瞭の顔には、それまでの斜に構えた表情の裏から、自嘲とも羨望とも判然としない想いが覗いたように見えた。

五

「童樊について知りたいなら、衛府《えいふ》を訪ねるのが早い」

変子瞭の言に従って縹が訪れた先は、荘厳な嶺陽にあって、そこだけがとりわけ無骨な装いの建屋がひしめく一画であった。

衛府とは耀軍を統括する最高府だというが、土塀の外からでもその威圧感には圧倒される。だが錫杖を片手にその周りをただうろついていても、不審がられるだけで埒《らち》があかない。縹はおそるおそる、門衛に声をかけた。

「何用か」

見るからに武張った門衛に睨まれて思わず肩をすくめつつ、縹は自分が楽嘉村《らくかそん》の出身であることと、同郷の童樊に取り次いでもらえないかと伝える。

「童樊将軍が、お前のような木っ端神官にお会いするものか」

門衛の威嚇するような返答を聞いて、童樊は本当に将軍になったのだと、縹は不覚にも感慨を覚える。門衛は縹の顔を見て不審そうに眉根をひそめつつ追い払おうとする、その背後から、ふと人影が現れて告げた。

「童樊は今、衛師閣下と共に出征中だ」

大柄な門衛に比べれば頭一つ低い、だがすらりとしなやかな印象の、褐色の肌に凜々しい顔立ちをした――声を聞く限りは若い女だ。縹が確信を持てなかったのは、相手が腰に剣を佩《は》いた袴姿の、明らかに男性の衣装を身に纏っていたからである。

「これは、業燕芝将軍」

「民を守る衛府の門衛が、徒《いたずら》に民を脅かすな」

業燕芝と呼ばれたその女性は、そう言って門衛をたしなめると、縹に顔を向けた。

「童樊と同郷と言ったか。名はなんという」

真っ直ぐな瞳に見据えられ、縹は我知らず背筋を伸ばして答えた。

「縹と申します。樊兄には楽嘉村でよく世話になりました」

「礫も童樊を樊兄と呼ぶ。同郷というのはどうやら嘘ではなさそうだ」

業燕芝の口から童樊と共に村を出た礫の名を聞いて、縹は思わず顔を綻《ほころ》ばせた。

「懐かしい名前です。もしや鐸兄も礫も、樊兄と一緒でしょうか」

「無論だ。二人とも、童樊将軍の欠かせない幕僚だからな」

三人とも不在とは、ついていない。だが童樊はもちろんのこと、鐸も礫も揃って健在らしいと聞けただけでも、縹にとっては朗報であった。

「それでは致し方ありません。祈願祭が明ける頃にでも、改めて樊兄を訪ねることをお許しください」

縹の言葉に、業燕芝は指先を細い顎先に当てながら言った。

「城中には既に知れ渡っているはずだが、嶺陽を訪れたばかりであれば知らぬのも道理か。童樊の出征先は破谷だ。戻るのはさらに先のことになるだろう」

なるほど、破谷であれば行って帰ってくるだけでも相当の日数がかかる。もしかすると紅河ですれ違った大船団、あの中に童樊がいたのかもしれない。

「父上もそれを見越し、祈願祭に出席する業家代表として、娘の私を残したのだからな」

業姓の将軍と聞いてもしやと思ったが、やはり衛師・業暈の息女だったか、と縹は察した。

それ以上に気になったのは、童樊の赴いた先である。破谷といえば、相手は当然――

「もしやまた旻が攻めてきたのですか。てっきり、しばらく戦はないものかと」

旻からは祈願祭に出席する使節団が嶺陽入りしていると聞いたから、少なくとも今この時期に争うことはないだろうと思っていた。

だが業燕芝は細い眉をひそめて、縹の言葉を否定した。

「その裏を掻いたつもりだろう。王が替わっても、旻はやはり旻ということだ」

業燕芝は苦々しげに言い放ってから、己の横顔に注がれる縹の視線に気づいて、取り繕うように笑みを浮かべた。

「とはいえ破谷は難攻不落、援軍を率いるのは不敗の衛師、それに童樊も一緒なのだ。旻軍など軽く捻ってくれることだろう」

「樊兄はそこまで頼りにされているのですか」

「ああ、同郷であれば誇って良い。童樊は今や、衛府で最も頼りにされる将軍だ」

そう口にしたときの業燕芝を見て、縹はおやと思う。それまで凛とした佇まいだった業燕芝が一瞬だけ垣間見せた表情は、縹がよく知る人を連想させた。

それは、景が童樊を語るときに見せる表情に似ているように思えた。

＊＊＊

破谷襲撃の報を受けて嶺陽を発った耀軍は、道々で兵を募り、目的地の破谷に到達するまでに揃えた兵数はおよそ二万人余りとなっていた。

攻め寄せる旻軍はおよそ三万人というから、破谷の守備隊と合わせれば十分な数である。業暈も、そして今や副将格を担うまでとなった童樊も、申し分ないと考えていた。

耀軍の先頭を進む童樊の隊は、やがて破谷の西門が遠くに見出せる距離まで近づいた。だがそこで、童樊の傍らで轡《くつわ》を並べていた礫が、眉間に皺を寄せる。

「どうした、礫」

右手を翳《かざ》して眇《すが》める礫は、童樊の問いに対しても振り返ることなく、小声で答えた。

「おかしいぜ、樊兄」

「何がおかしい」

「城楼に、旻の旗が立ってる」

「なんだと」

礫の言葉に眉根をひそめた童樊は、すぐさま反対に顔を向けて「鐸」と呼ぶ。すると巨漢は無言で頷き、馬上のまま西門へと駆け出した。

砂塵を巻き上げながら、巨大な槍を片手にした鐸の乗る馬が西門へと迫る——とその瞬間、城楼から何本もの弓矢が鐸に向かって射かけられた。

「ふん！」

鐸は槍をぶんと振り回し、彼を狙った弓矢をことごとくはたき落とす。その武芸は見事であったが、同時に破谷が旻軍の手に落ちたことも意味していた。

急迫するのがただ一騎と知って、敵もそれ以上矢を放つことはなかった。代わりに城楼から、何やら小岩程の大きさのものが放り投げられる。

地上に転がったそれを鐸が槍先で引っ掛けて、正体を確かめる。それは破谷の守将の首であった。

「破谷が陥《お》ちただと」

引き返してきた童樊からの報告を受けて、耀軍はさすがに動揺した。天下の堅城である破谷が陥落するとは、誰も予想しない事態であった。

「城楼には旻の旗が翻り、鐸に矢が射かけられ、なによりこの首以上の証拠はありますまい」

旻旗に混じって墨の字の旗印が見えたから、おそらく敵将は墨尖《ぼくせん》であろう。ちょうど五年前、童樊がこの地で手柄を立てた際の相手である。だが今回は完全に立場が逆となってしまった。

破谷西門より一日の距離に布陣して、耀軍の首脳は業暈の帷幕に顔を揃えていた。険しい顔つきで報告する童樊と、座の中央に据えられた首を見て、幕僚たちは破谷陥落が事実だと認めざるを得ない。

「それにしても、あの破谷がひと月も保たぬとは。旻軍はいったいどのような術を用いたのか」

幕僚の一人が呟いた当然の疑問について、童樊には思うところがある。ただ証拠がない。

それ以上に単なる憶測として語るには、いささか内容に憚りがあった。

「使節団に間者が紛れていたな」

発言を躊躇していた童樊に代わって断定したのは、業暈であった。

「旻の使節団が破谷を通過する際、城内に間者を放ち、然るべく工作したのだろう。時期を考えても辻褄が合う」

「なんと、それでは」

つまり、祈願祭に出席する使節団には無条件で通行を許可せよという、太上神官の厚情を利用した策ということになる。狡猾としか言いようがない。

それ以上に、現状をわきまえない夢望宮の甘い態度が、幕僚たちには苦々しい。

「破谷の通過は固く禁ずるよう、猊下には何度も申し上げていたのだが……」

業暈がやりきれぬように首を振った。諫言《かんげん》を繰り返してきた彼だからこそ、その顔に浮かぶ苦渋がひときわ濃い。

だがいつまでもここで嘆いているわけにはいかない。今後どうすべきか、その点について業暈の掲げた目標は明瞭であった。

「速やかに破谷を奪還する」

衛師の決意に満ちた宣言に、童樊ら諸将にも異論を唱える者はいなかった。

## 六

広大な夢望宮の敷地の最奥にある本殿で、縹は大勢の神官たちに囲まれながら、太上神官・超魏《ちょうぎ》と向かい合っていた。神官たちの一様に厳粛な顔つきが並ぶ中、唇の端を吊り上げた変子瞭の口元だけが浮かび上がって見える。

彼らに比べれば超魏ははるかに柔らかい表情で、縹に向かって語りかけた。

「この世の有様を見よ。東に南に戦は絶えず、安寧とは程遠い。今もまた、衛師は大軍を率いて破谷で旻と矛《ほこ》を交えるという。これこそ神獣を敬う心が失われつつある証しよ」

神官叙任の儀とは、本来であれば縹が太上神官と相対できる、ほとんど人生唯一の機会であった。それを略式であっさり済まされたことに呆れた景が、せめて縹が超魏に謁見する機会を作れと、変子瞭に働きかけたのである。

縹の謁見を、超魏は快く了承した。叙任の儀を繰り返すことはできないが、その代わりとして問答の場を設けられたのは、祈願祭の数日前のことだ。

「猊下は旻との争いを望まれませんか」

縹の問いに、同席する神官たちが色を成した。それは一歩間違えれば太上神官への反論とも取られかねない発言であった。だが超魏は怒るどころか、むしろ素朴な質問を好ましそうに穏やかな笑みを浮かべた。

「旻に限らず、私は何処との争いも望まぬ。だが争いを最も忌避するのは民草であると、そなたこそよく知るのではないか」

「民が争いを望まぬのは、自らの身命や生活に危機が及びうるからです。例えば楽嘉村の民は、破谷を超えて旻軍が攻め寄せると知れば、衛師に守られることを望むでしょう」

縹の言うようなことは、これまでに何遍となく耳にしてきたに違いない。長く真っ白な顎髭を骨張った指先で撫でながら、超魏の口調はかえって優しさを増した。

「そなたの言うことはもっともだ。だが旻の民も、そしてこの耀の民も、本来は同じく神獣を奉じる民である。そこを履き違えてはならぬ」

深い皺が何本も刻まれた顔は、そう言って一層目を細める。

「神獣を奉じる民同士が相争う、それこそが理《ことわり》に反するのだ。だがかつて夢望宮が地方に王を封じた歴史は忘れ去られ、それぞれを治める国が仲を違《たが》えている。私の望みとは、この世に古《いにしえ》の記憶を蘇らせて、人々が互いに争うことの不毛を知らしめることよ」

超魏の言葉は上辺ばかりではない、それが彼の心底からの願いであるということは、瞳に宿る真摯な眼差しからも読み取れた。

「私の望みが口ほどに容易《たやす》くかなうものではないということは承知しておる。なにしろ夢望宮の中ですら様々な意見があって、全員が同じ方向を向いているわけではない」

それは変子瞭から聞かされた、業暈との対立のことを指すのだろう、と縹は察した。

「だが決して諦めるつもりはないぞ。この私が畏《おそ》れ多くも太上神官という身に余る立場に選ばれたのは、かねてより理想を説き続けてきたから。それ以外の理由はない」

先代の太上神官は、政治力ばかりに長けた俗物だったと聞く。その反動で超魏が後を継いだのは、おそらく彼の言う通りであろう。

「私が政《まつりごと》に疎いことは、私自身が十分心得ておる。だが私の周りには衛師や変子暸など、そういった面では頼りになる者が大勢いるのだ」

その言葉は、縹には意外であった。側近という変子暸はまだしも、業暈とは意見を異にすることを、先ほど超魏自身が仄《ほの》めかしたばかりではないか。

縹は表情を崩さないよう努めていたつもりだが、どうやら一瞬でも不審が顔を覗かせていたらしい。超魏は縹に、諭すように言った。

「衛師は戦のみならず、誠実な政を為《な》せる人物だ。彼が破谷にあることを嘆くのは、彼にこそ常に側にあって欲しいからこそ。私は太上神官という立場から民に理想を示し、衛師の政がその実現を果たす。それが本来あるべき夢望宮の姿だと考えておる」

超魏の言う通りに夢望宮が機能すれば、それはおそらく耀にとって、いやもしかすると天下万民のためであるのかもしれない。

「猊下のご深慮、感服致しました。私も神官の端くれとして、猊下の理想実現に少しでも貢献できるよう、精進して参ります」

いささか形式張った縹の言葉に、超魏は満足そうに頷いた。

しかし実際には変子暸がわざわざ忠告するほどに夢望宮中には対立が存在し、周辺国は未だ脅威のままだ。現実は超魏の目指すところから大きくかけ離れている。

この老齢の太上神官は、この歳まで理想を追求し続けてきたという。一連の言葉には字面以上に含むところはなく、一言一句が心からの思いに裏打ちされているだろうと信じることはできる。

だがこの世に満ちる現実という有象無象は、彼が無邪気に夢を追い求め続けることを果たして許すのだろうか。

厳かに終わろうとしている問答の場で、一人変子暸の顔に浮かぶ微笑がどこか嘲笑《あざわら》っているかのように見えて、それがまた縹には気懸かりであった。

＊＊＊

嶺陽は耀のやや南寄りに位置するが、稜などに比べれば標高が高い。年越しの頃には空気もすっかり冷え込んで、粉雪が舞い散ることも珍しくない。

今年も時折り雪に見舞われて、祈願祭当日には大路や建物の屋根にはうっすらと白いものが降り積もっていた。

過ぎ去りし一歳《ひととせ》を見送るは
深き眠りにもたらされし僥倖《ぎょうこう》
新たなる一歳を迎うるは
果てなき夢中の繰り広げらる兆《きざし》

祈願祭の冒頭で太上神官・超魏が読み上げた祝詞《のりと》は、夢望宮の祭殿の地下深く、地底湖で眠り続けるという神獣の存在を讃えるものだ。古から何万遍と唱えられてきた祝詞は、南天北天を問わずこの世に広く流布しているが、一方でその信仰には翳りが見える――とは、超魏自身が縹との問答の中で認めている。

「我が旻においては王陛下から民草まで、神獣への信仰を欠かす日はありません。これも全て猊下のご威光なしには有り得ぬこと」

旻王の代理として訪れた秉沸なる男は、虫も殺さぬといった柔和な顔立ちに嫌みにならぬ程度の低姿勢を保ちながら、その口が語るのは超魏への露骨な追従であった。

だがあからさまな社交辞令も、それを口にする者の表情次第でいくらでも真実味が増す。耳障りの良い秉沸の言葉に、見るからに嬉しそうに頷く超魏を見て、変子瞭はそう思わざるを得ない。

破谷に攻め寄せながら、ぬけぬけと祈願祭に使節を寄越すとは。当代の旻王は、力押し一辺倒だった先代とは相当に異なると見える。旻の新王・枢智《すうち》蓮娥《れんが》は先代王の娘で、まだ幼い後継男子が成人するまでの中継ぎ扱いと聞くが、どうしてなかなかの手練手管だ。

その台詞を胸の内で呟いた変子瞭は、秉沸の横顔に探るような視線を投げかけた。彼は今、超魏や秉沸といった高官賓客が座する観覧席の、その背後に控えている。

太上神官の祝詞詠唱の後、神獣安眠祈願祭の式次第は祭踊姫たちの舞に移っていた。夢望宮の祭殿は広場に面した全ての扉が一斉に開け放たれて、そこに集まる民衆に向かって開かれた舞台の様相を呈す。やがて奏楽者《そうがくしゃ》たちの笛と太鼓の音が奏でられると共に、両袖から次々と祭踊姫たちが現れる。いずれ劣らぬ彼女たちの美しさに、観衆が歓喜で沸く。

舞台の上に揃い踏みした一同の、中央に佇むのが景だ。

その身に纏う白絹の装束の、襟元から袖口、両腕から垂らす帯までに手の込んだ刺繍が施され、額の大きな前天冠《まえてんかん》は艶やかな黒髪を彩る花簪《はなかんざし》と共に、ひときわ輝いて映える。そして彼女の手にある錫杖は、他の誰の錫杖よりも立派に飾りつけられた黄金仕立て。並み居る祭踊姫の中でもとりわけ煌びやかな装いの景は、誰が見ても彼女が主役であるとひと目でわかった。

眩《まばゆ》い金色の光を放つ錫杖をおもむろに片手で掲げた景は、やがて奏楽の緩やかな調べに合わせて、己の手足の如く軽やかに振るう。その動きにつられるかのように、周りの祭踊姫たちが彼女を取り囲むようにしてそれぞれに踊り出す。嶺陽の神獣安眠祈願祭で披露される祭踊姫の舞は、この世で最も優美かつ壮麗とされる。彼女たちの舞をひと目見るため、わざわざ都まで足を運ぶ人も少なくない。

今も景を中心に一糸乱れぬ祭踊姫たちの舞を目にして、貴賓席のあちこちからもほうという感嘆の声が上がる。ましてや広場に押し寄せた群衆たちであればなおさらのこと。景が錫杖を振るう度、帯を棚引かせる度、そして彼女自身の肢体がしなやかな動きを見せる度に、人々の間からどよめきが起こる。

その中に周囲と同じように大きく口を開けた縹の姿を認めて、変子瞭は思わず苦笑した。

貴賓席での観覧を手配してやろうという彼の申し出に、縹はさすがに恐縮して、広場から眺めることを選んだ。人混みの間に押し合いへし合いとなりながら、縹の目はどうやら舞台上に釘付けのようだから、あれはあれで十分堪能できているのだろう。この場で舞に注目しない者といえば、ごく少数しかいない。

たとえば広場を挟んで貴賓席と向かい合わせの観覧席に見える、業家の娘がそうだ。業暈衛師の代理として祈願祭に出席する彼女は、常日頃からそうだという男装の礼服を纏って、観覧席の最前列に座している。ぴんと背筋を伸ばした彼女の見据える先は、舞台ではない。その目は真っ直ぐに変子瞭たちのいる貴賓席を見つめている。

彼女がいったい誰を凝視しているのか、変子瞭にはすぐに見当がついた。なぜならここにはもう一人、舞台に心を奪われないでいる人物がいたからだ。

「旲は決して夢望宮に叛《そむ》くものではありません。破谷についても、結果的に力尽くで奪おうとする形となるのは本意ではないのです」

超魏に向かって縋るように語りかける秉沸こそ、天下一の舞に目もくれない人物の一人であった。

「新王を迎えて、旲は大きく変わりました。当代の旲王は旧弊を打破し、民の食の確保に努め、神獣の眠りを脅かさぬよう国土の安定に日々粉骨砕身されております」

「それは重畳《ちょうじょう》である。陛下のなされようはまさに王たるに相応しき振る舞い、この超魏もしかと胸に刻もう」

「ありがたきお言葉を賜り、旲王も感激することでしょう」

鷹揚に頷く太上神官に折り目正しく頭を下げながら、秉沸の目は掬い上げるように超魏の顔を見返した。

「ですが猊下、旲には海への出口がありません。それが旲の安寧を阻んでおります」

南天の東に位置する大国・旻は内陸国である。西の耀、南の燦は言うに及ばず、内海に面した北部は鱗《りん》という島嶼部を中心に海賊たちのねぐらと化し、東岸にも海蕣《かいしょう》という蛮族が居座っている。

よって旻には、他国を通らずに海に出る術がない。それはつまり、物流や交易面で他国に大きく水をあけられることを意味した。

「旻王の努力をもってしても、今以上の発展は難しい。海に通じる道を確保するなり、もしくは肥沃な土地を増やすなりしなければ、民の食はいつまで経っても心許なく、旻の安寧は遠のくばかり」

秉沸の抑揚の効いた語り口は聞き手の情に訴えかけるが、変子瞭にしてみればだからどうしたと言うほかない。旻という土地を治めるのに、旻王以外に責を負うべき者がいるとでもいうのか。

だから次に秉沸が発した言葉を聞いて、変子瞭は我が耳を疑った。

「耀には旻以上の土地が数多《あまた》ございます。太上神官猊下の温情をもって、その内の幾ばくかでも借り受けることはかなわぬか。それが旻王の願いでございます」

この男は人畜無害そうな形《なり》をして、いったい何を言い出すのか。旅人が一宿一飯を願い出るかのように、他国に対して土地の割譲を要求するとは。

だが超魏の反応は、変子瞭の驚きとは異なるものであった。

「旻王からは既に、夢望宮へ多くの供物を納めていただいておる」

いささか含みを持たせたその物言いに、変子瞭は記憶を呼び覚ます。

今回の祈願祭には旻の他にも燦や玄、乙といった各国からの使節が相次いでいる。使節団は貢納品《こうのうひん》を携えてくるのが通例だが、中でも旻からの貢納品は質量共に群を抜いていた。

超魏には、旻王が夢望宮に従うことを宣誓したように見えたかもしれない。

「かほどに信心深い旻王の願いとあらば、私も聞き入れてやりたく思う。だが仮に私が土地の貸し出しに諾《だく》と頷いても、そこに住む民が応とは肯《がえ》んじ得ぬだろう」

それは超魏なりに編み出した、遠回しな拒絶の意思表示だったであろう。

だが秉沸は超魏の言葉に頷きながら、彼の口から飛び出したのは「なれば」という台詞であった。

「既に旻の手中にある地であれば、あるいは旻王の申し出を聞き届けていただけますでしょうか」

既に旻が手中に収めている土地とは、即ち現状の旻を指すのではないか。秉沸の言うことに首を傾げかけて、変子暸は不意に思い至った。

旻が「治める地」ではなく、「手中にある地」という言い回しの意味するところとはもしや、旻軍が攻め取った地を指したつもりか。今まさに破谷に寄せる旻軍が、常勝不敗の衛師が援軍に駆けつけようという難攻不落の城塞を、ついに攻め落とすとでもいうのか。秉沸という男は虫も殺さぬような柔和を装いながら、その本質は恥知らずなだけでなく傲岸不遜であったか。

変子暸と同様の思いを、超魏も少なからず抱いたのだろう。白い口髭の端を微かに浮かせながら、超魏はむしろ笑みを交えて答えた。

「それはわざわざ問われるまでもない。旻王の治むる地に相違ない」

超魏の言葉には、絶対の自信が滲む。太上神官の答えを聞いて、すると秉沸はゆるりと面を上げた。

「斯くも有り難きお言葉を賜りこの秉沸、真に幸甚に存じます。これで破谷の旻軍も安心するでしょう」

その言葉の意味を判じかねるというように、超魏が目をしばたたかせる。対して一貫して穏やかな笑みを湛える秉沸は、さりげない口調で告げた。

「破谷は既に、旻軍の手の内にございます」

＊＊＊

破谷奪還という方針が決まっても、業暈軍はすぐに攻め立てようとはしなかった。

そもそも手勢の二万に対し、旻軍は三万を超えるという。城攻めには守備側の十倍の兵力が定石とされるのに、これでは野戦でも互角に持ち込むのが精一杯である。

彼我の戦力差を考慮した上で業暈の示した方針は、持久策であった。

旻軍は三万、加えて破谷には耀の守備隊や住民もいる。旻軍がとどまり続けるなら破谷の糧食は三ヶ月と保たないだろう。業暈の読みに幕僚一同が納得する中、ただ一人童樊だけが意見を口にした。

「東門の向こうは既に旻領です。敵も本国から兵糧を運び込む手筈でしょう。これに対する手当が必要です」

すると業暈は、むしろ我が意を得たりという面持ちで童樊に振り返った。

「その指摘は正しい。そこで童樊、お前の出番だ」

破谷の城塞は南北を切り立った崖に塞がれている。崖の上にはびっしりと樹木が生い繁り、とても大軍を展開できる地形ではない。

だが童樊の率いる兵はそういった木々の合間、道なき道の行軍を苦にしない。むしろ童樊にとっての主戦場とさえ言える。

「童樊は兵二千を率いて東門の向こうに回り、旻軍の補給を断て。これはお前にしかできん仕事だ」

「それは確かに私の得意とするところ。ただ一つ、申し上げてよろしければ」

そう言って童樊は、陣卓の上に広げられた地図の一点を指し示す。

「より速やかに破谷を獲り返す策がございます」

童樊の指が示す先は、破谷城塞の北側、山間を流れる余水であった。

「破谷にはこの余水から城内に水を引き込む水路が設けられています。この水路を堰き止めるのです」

「――水攻めか」

さすが業暈は、皆まで言わぬ内にその意図を理解した。童樊が然《しか》りと頷く。

「十分に堰き止められた水路の水を一気に開放すれば、破谷城内はあっという間に水浸しになります。しかもこの時期の水はとりわけ冷たい。旻軍の士気は瞬《また》く間に地に落ち、程なくして我らに降るでしょう」

童樊の策に、幕僚たちは一様になるほどと感心した。崖の上、深い森の中を流れる水路を堰き止めるのは難事業だが、童樊の隊であれば可能だろう。童樊自身の得手《えて》を活かし、なおかつ時間も要しない。

破谷の即時奪還には最上の策と思われたが、業暈は首を縦に振らなかった。

「水攻めが有効であることは認める。だが一度水浸しになった破谷が、元の生活を取り戻すのに何年かかるか見当もつかん」

「ですが、今回の旻軍はこれまでの力押し一辺倒とは様子が異なります。間者を放って内から破谷を攻め落とし、一方でぬけぬけと嶺陽に使節を寄越す。搦《から》め手《て》も駆使する相手に時間をかけるのは、得策とは言えません」

旻は麓南の戦い以降に新王に代替わりしている。以前の旻軍と同じつもりで対しては危険であるという童樊の言葉は、一定の説得力があった。

だがそれでも業暈は、破谷城内の民に必要以上の苦しみを強いる策を採用しようとはしなかった。

主将が決断を下したのであれば是非もない。童樊もそれ以上の主張は控えて、業暈の指示通り旻軍の補給を断つことに専念する。童樊とて業暈の立てた作戦によって勝利を得られるならば、それが一番であることは心得ていた。

日を待たずして現れた旻軍の補給隊を、童樊はことごとく、確実に壊滅させていく。地味な戦いではあるが、破谷城内の旻軍は真綿で首を絞められる思いに違いない。業暈の言う通りに三ヶ月も粘れば、やがて勝利は耀軍に転がり込んでくるはず――童樊もそう信じて戦い続ける日々は、だがひと月もしない内に中断を強いられる。

戦の中断をもたらしたのは、都から駆けつけた急使が伝えた、全軍撤退の命令であった。

七

「馬鹿な！」

激怒したのは童樊だけではない。

夢望宮の理不尽な命令に対して、業暈の帷幕に集められた諸将はことごとくがいきり立った。憤怒の表情に取り囲まれて、都からの急使は真っ青な顔で立ちすくんでいる。

「夢望宮はいったいいかなる意図をもって破谷から退けと命ずるのか。是非とも詳《つまび》らかにご説明願いたい」

顔を真っ赤にしてにじり寄る童樊を前に、急使は歯の根を震わせながら「わ、私は、太上神官猊下のお言葉をお伝えするよう承ったまで。それ以上のことは……」と答えるほかない。そんな言葉に納得いくわけのない童樊が、思わず剣の柄に手を掛けた瞬間、業暈が叱咤した。

「やめい、童樊」

「お言葉ですが、衛師閣下！」

業暈の制止にも、童樊は抗弁せずにはいられない。

「あと二ヶ月もすれば、我々はほぼ確実に破谷を獲り返すことができます。破谷の奪還は、閣下ご自身が掲げられた目標ではありませんか。それを阻もうという夢望宮の命、到底承服できるものではありません！」

「猊下のお言葉は、私如きが及ぶものではない！」

元々浅黒い業暈の顔がさらに赤味まで増して、童樊を怒鳴りつけた。大きく見開かれた丸い目が、小刻みに揺れ動いている。

夢望宮の命に対してこの場で誰よりも承服しがたいのは、実は業暈なのではないか。だが同時に、誰よりも秩序を重んじるべき立場にあるのもまた、衛師たる業暈に違いなかった。

「これ以上猊下のお言葉に反しようものなら、我々は逆賊となる」

業暈の迫力に気圧《けお》されて、童樊も思わず口を噤《つぐ》む。一瞬にして静まりかえった帷幕の内で、業暈は諸将の顔を見渡しながら告げた。

「皆、言いたいことがあるのは百も承知だ。だがここは私の顔に免じて堪えてくれ」

そう告げる業暈は赤黒くなった面を伏せて、諸将に頼み込むように頭を下げた。そのような真似をされては、童樊たちも何も言うことはできない。

重苦しい雰囲気が立ち込めたまま、誰も口を開かないことを確かめてから、やがて顔を上げた業暈は苦渋に満ちた表情で命を下した。

「我が軍はこれより嶺陽に撤収する」

＊＊＊

「本当に破谷から全軍を引き揚げさせてよろしかったのですか」

変子瞭の囁くような問いに対し、超魏は白い眉をやや不機嫌そうにひそめた。

「なぜそう思う」

「破谷は耀にとって、旻に対する守備の要。みすみす旻に明け渡すというのは解《げ》せません。たとえ一時《いっとき》旻軍に奪われようとも、衛師であればすぐさま獲り返せるでしょうに」

「子瞭、お前までそのようなことを言うのか」

超魏はいかにも残念そうに嘆息しながら、骨と血管ばかりが浮き上がった指先を変子瞭の青白い頰に這わせた。

「耀と旻で相争う現状が誤りなのだ。何度も言っているであろう。耀とはそもそもこの世の全てを現す呼称であり、旻も燦もその一地方に過ぎん。旻が求めるならば、耀は可能な限り彼らに恵みを施す立場にある」

諭すようなその言葉が、吐く息と共に変子瞭の耳に吹きかかった。褶《うわぎ》をはだけて上半身も露わな変子瞭に、超魏が膝を突いてにじり寄る。

老いてなお盛んな情動を抱えた老人に、気づかれぬよう背けた変子瞭の顔には、冷ややかな諦念が張りついている。

「だとしてもあの旻の使節の手管は、いささか外連《けれん》が過ぎましょう――」

そこまで口にして、変子瞭の唇から言葉が途切れた。超魏の骨張った指先が変子瞭の頰から首筋へ、さらにその下の胸板へと直に触れたからだ。

「これまでは彼らの声が夢望宮に届く前に、業暈が力尽くで追い払ってきたのだ。願いを通そうと思えば、多少の外連もやむを得んのだろう」

そう言うと超魏は変子瞭の胸板に当てた掌を、そのまま前に押した。老人の力は非力だが、だからといって変子瞭は逆らえない。押されるまま、寝台の上に仰向けになる。

「むしろ破谷における余計な争いの芽を摘んだのだ。お前も業暈も優秀であるくせに、肝心なところで理解が足らん」

変子瞭の上にのしかかりながら、超魏の息遣いはいよいよ荒い。

「耀を国と捉えるから、争いが絶えん。耀とはこの世であり、旻も燦も、南天も北天も、全てを覆い尽くす。そう考えれば、この世に安寧をもたらす術も自ずと見えてくるであろう」

超魏は己の言葉を自身になぞらえるかの如く、変子瞭の身体に覆い被さる。

彼の言う通りであれば、変子瞭は超魏という存在に覆い尽くされるのだろうか。

だが超魏の老いた貧相な身体は、とても変子瞭の長身を隠しきれるものではない。その代わりとでもいうように、超魏は変子瞭の肌の隅々にまで舌を這わせ、その指先で青年の引き締まった筋肉の感触を味わおうとする。

変子瞭が夢望宮に召し上げられて、早《はや》十年以上の月日が経つ。才能を認められての召し上げと舞い上がっていた少年は、その容貌を見初《みそ》めた超魏に側付を命じられて以来、毎日のようにこうして彼に慰みものにされる夜を過ごしている。

超魏は夢望宮の神官に男女の性愛は厳禁と戒める。その裏で彼自身は、己の情動を年若い男子相手に発散してきた。表では穏やかな口調でこの世の安寧を説く太上神官が、目の前でくぐもった声と共に精を放つ度、変子瞭が彼を見る瞳には暗く澱《よど》んだ感情が蓄積されていった。

＊＊＊

祈願祭を十分堪能した縹は、嶺陽から真っ直ぐ楽嘉村に戻るわけではない。ではどこへ行くのかと景に尋ねられて、縹は昔から見る夢の話を口にした。

「ずっと不思議な夢を見続けているって、景姉にも話したことがあるよね」

夢について如春に相談したところ、その景色を求めて天下を漫遊せよと言われたことを縹が告げると、景は心の底から羨望の眼差しで見返してきた。

「いいなあ、私も自由にあちこち旅してみたい」

夢望宮に半ば閉じ込められているといっても良い景にしてみれば、本心であろう。彼女の息苦しさが痛いほどわかるから、縹はなんだか申し訳なくなる。

「ひと通り見て回ったら、また嶺陽に遊びに来るよ」

「絶対だよ。そのときにはたっぷり土産話を聞かせておくれ」

もちろんと縹が頷くと、景は餞別代わりとばかりに十分すぎる路銀を分け与えてくれた。縹は有り難く受け取って、嶺陽を発つ船に乗り込んだ。今度は紅河を下って、ひとまず棱を目指す。

かつて変子暸が保証した通り、神官とは天下周遊に最適な身分であった。なにしろ神獣を奉じる民は、錫杖を持つ神官に対して交通手段や宿泊、食事を提供することが習わしとされているのだ。神官は人々に説法することで、その代償とする。

そういった慣習が耀の土地以外でどれほど通用するものか、実際には行ってみないとわからない。だが少なくとも、稜に向かう船には無償で乗り込むことができた。それに各地にあるはずの廟堂を頼ることは、現実的な手段だろう。

そうして稜にたどり着いた縹は、まずは当地の廟堂の神官である如南山の元を訪れた。

「おお、見事な錫杖だ。これでお前も立派な神官だな、いや目出度い！　しかもまあ、なんということだ！」

如南山は長い顔に相変わらず目をきょろきょろとさせながら、縹の神官叙任を己のことのように喜んだ。そのまま縹を屋敷に招き入れながら、その喜色はいささか度を超しているように思える。何か慶事でもあったのかと縹が尋ねると、如南山はにっと笑うだけで彼を客間へと通した。

豪奢な客間は、先日も目にしたばかりだから縹に驚きはない。だが一歩踏み入った途端、縹は目を丸くせざるを得なかった。

そこには既に、三人の先客がいた。三人とも縹と同年代かやや年嵩で、一人は縹よりも小柄な目端の利きそうな男、もう一人は樽のような巨体の大男。

そして残る一人は逞しげな、堂々たる威風すら漂わせる青年。

その精悍な顔つきが、縹以上に目を見開かせていた。

「……縹か？」

「樊兄！　鐸兄に、礫も！」

腰を下ろしていた三人は、縹の姿を見ておおと声を上げながら立ち上がった。礫が飛びつくようにして縹の肩を摑み、鐸が大きな掌を頭の上にのせる。その後ろから進み出た童樊は、落ち着いた表情の中に白い歯を覗かせた。

「まさかこんなところで会えるとはな。元気にしていたか？」

「もちろんさ。樊兄こそ将軍様になったと聞いてびっくりしたよ。凄いじゃないか」

互いに肩を抱き、笑顔を交わし合う四人の背後で、如南山がにこにこと笑みを浮かべている。

「ちょうど童樊たちが立ち寄ったその日に縹が訪れるとは、こいつは神獣の思し召しという奴だ。縹の神官叙任の祝いも兼ねて、今日は大いに食べ、飲もう！」

そう言うと如南山は使用人たちに命じて、次々と豪華な料理を運び込ませた。彼にしてもこの稜に故郷の面々が集まるのは貴重な機会なのだろう。如南山の気前の良さに、若い四人は遠慮なく馳走になることにした。

「そうか、縹は正式に神官となったのか。ほっぽり出したままだったから気にはしていたんだ」

童樊は楽嘉村の堂主の跡継ぎという立場を捨てて出奔したから、縹が神官に就いたと聞いてひと安心という顔をしている。如南山もそのつもりでいるから、ここで「堂主を継ぐ予定はない」と明かすほど、無粋な縹ではない。

「ただ、このまま真っ直ぐには戻らずに、修行を兼ねて天下を見聞してこいって言われてる」

「ほう」

如南山が興味深げに乗り出し、次いで礫が杯を片手に問う。

「じゃあ、耀だけでなく他の国も見て回るってわけか。そいつはまた気儘なこった」

「そうだね。まずはこのまま紅河を下って内海の乙に渡り、その後に北天の玄を目指そうと思う」

「乙は周りを海に囲まれているだけあって、魚が美味いっていうな」

目の前の肉に齧り付きながら同時に乙の食を連想するところは、いかにも鐸らしい。

「海はでかくていいよ。紅河なんて目じゃない、どこまでいっても水だらけで果てしないんだ」

縹が海への想いを馳せながら呟く。すると童樊は不思議そうな顔で尋ねた。

「まるで見てきたみたいに言うが、お前、海なんて見たことあったか？」

童樊の疑問はもっともであった。周囲を山に囲まれた楽嘉村で育った者が、海など見る機会は有り得ない。

「俺たちも戦であちこち出張ったが、まだ海は見たことねえなあ」

「紅河よりも馬鹿でかいとか、想像もつかねえ」

鐸も礫もそう頷いて見返してくるので、縹は頭を掻きながら首を傾げた。

「そういえばそうだ。なんかの書物か、それとも夢で見たかなあ？」

「もしかして、まだあのきらきらした夢を見てんのか」

「例の夢か。じゃあ仕方ねえや」

「それにしても未だに見続けてるたあ、随分と長い付き合いだな」

縹が見続けている夢の話は、童樊たちも知っている。だが今でもその夢に囚われていると知って、三人とも程度の差こそあれ驚いた顔を見せた。

それどころか、夢に見た景色を見つけ出すことこそ旅の目的であると聞かされれば、なおさらである。

「そいつはまた無茶な話だなあ」

「天下周遊の口実だろう。堂主様が気を遣ったのさ」

「なんにせよせっかくの機会だ。神官なら、知見を広めるに越したことはない」

めいめいに語る童樊たちに、縹は曖昧に頷くことしかできなかった。

夢の景色を追い求めることについて、縹の胸中には期待と不安が未だとぐろを巻くようにして居座っている。

如春に背中を押されて、神官の叙任は受けた。だが本当の意味での旅は、この稜を発つところから始まるのだ。だというのに気持ちが整理できないままでいるから、縹はそれ以上夢について語る言葉を持ちようがない。

幸いなことに、ひとり会話についてこれなかった如南山が、話題を変えるべく童樊に話しかけた。

「童樊たちは破谷からの引き揚げ途中だったな。よく立ち寄ってくれた」

彼らが破谷に出征中であるとは、縹も嶺陽で業燕芝から聞かされて知っていた。彼が業燕芝と既に面識があると知って、童樊がさすがに苦笑する。

「燕芝様と会ったのか。お前はてっきり楽嘉村に籠もりきりだと思っていたのに、いつの間にか色々と知り合いを増やしているな」

「たまたまさ。樊兄に会うなら衛府を訪ねてみろって言われて、そこで偶然お会いしたんだ。

樊兄のこと、凄く褒めてたよ」

「そいつは面映《おもは》ゆいな。俺を引き上げてくれたのは衛師閣下だが、面倒を見てくれたのはもっぱら業燕芝様だ。今でもあの方には頭が上がらん」

童樊は口ほどには照れるでもなく、そう言ってまた杯を呷る。素直な口調でそう言えるのだから、彼にとって業燕芝とは言葉通りの存在なのだろう。鐸も巨体の上で首を大きく縦に振る。

「衛師閣下も業燕芝様も、俺たちにとっちゃ大恩人だ。あの方たちには一生足を向けて寝られねえ」

「まあ、普段はどっちもおっかねえけどな」

礫が大袈裟に身体を震わせて、童樊が違いないと応じて笑う。童樊が名だたる名将たちと肩を並べる存在になったと改めて知って、如南山が感慨深げに頷く。

だが縹は、業燕芝が童樊について語る際、一瞬閃かせた表情を思い返していた。彼女のあの表情は縹にとって、そして誰よりも童樊にとって大事な女性の顔を連想させる。

そこに思い至ってしまった以上、縹はその名を口にしないではいられなかった。

「景姉にも会ったよ」

そのことを告げるのは、勇気が要った。

だが童樊と顔を合わせて、彼女の名を告げぬままでいるのは、それこそ不自然であった。なにより彼女の近況を最も知りたいのは、他ならぬ童樊だろう。

縹がどのような思いで景の名を告げたか、童樊も理解したのだろうか。不意にその場から会話が途絶えて、如南山だけが訝しげに目をきょろきょろとさせる。

童樊は手にしていた杯をそっと卓上に置くと、そのまま面を上げずに尋ねた。

「……あいつは元気にしているのか」

ようやく口に出されたそれだけの言葉に、いかほどの想いが込められているのか。思わず唇を嚙み締めたのは縹だけではない。鐸も礫も、同じような面持ちで彼の顔を見返している。

「元気だった。村にいた頃に比べたら見違えるほど綺麗になってたけど、中身は相変わらずの景姉だった」

「……そうか」

「景姉は、いつか樊兄が迎えに来ることを信じてるって、そう伝えてくれって言ってた」

「――そうか」

縹の答えに頷きながら、童樊が胸の奥から深々と吐き出したのは、五年に渡って溜め込まれた不安が打ち消されたという安堵か。それとも未だ景の元にたどり着けない、己の不甲斐なさだろうか。

それは簡単に言葉にできるようなものではないのだろう。

短く頷く以上の反応がない童樊を見て、縹はかえって彼の中に蓄積されてきた想いの大きさを知る。

「不思議だね。南山様を訪ねようと思ったのも、そもそもこの歳に神官叙任となったのも、全部こうして樊兄に会って、景姉の言葉を伝えるためだったように思える」

縹が漏らした言葉に、鐸が巨体全身を震わせるようにして大きく頷き、「神獣の思し召しって奴か？」と礫が呟く。如南山もようやく深い事情があるらしいと悟ったのか、「然り然り」

と神妙な表情でいる。

やがて顔を上げた童樊は、縹の顔を真っ直ぐ見つめ返しながら、その目はあらゆる想いを包み込むかのように穏やかであった。

「今回の出征は色々と腹に据えかねることもあったが、お前から景について聞けたことで、そんなもん全て吹き飛んだ。礼を言うぜ、縹」

太い眉根をぱっと開いて明るさを取り戻した童樊が、そう言って縹に酒を注ぐ。

「さあ、飲め。お前の神官叙任祝い、それに天下周遊の安全祈願やら色々一緒くただ。今日は南山兄に甘えて、とことん飲もう！」

「おお、若者たちが遠慮するな。たらふく食って飲め！」

童樊の台詞に如南山が乗っかって、鐸も礫もその言葉通りに卓上の料理や酒を味わい尽くす。

その晩の如南山の屋敷には、夜分遅くまで明かりが灯り続けて、男たちの笑声がいつまでも尽きることはなかった。

# 第四章　闇夜

## 一

旻《びん》の都は、桓丘《かんきゅう》という。

　歴代の旻王が居を構えたこの都市は思いのほか簡素で、都にしては物足りなく映る。というのも元来旻の地は地方豪族の力が強く、旻王とは彼らの間を取り持つ調整役のような存在で、代々の旻王は都を拡充する余裕の持ちようもなかったのだ。割拠する豪族たちを力でねじ伏せ、彼らを率いて外征まで可能にしたのは、先代王の強力な武が成せる業であった。

　だが先代王は麓南《ろくなん》の戦いで負った傷が元で没し、後継たる男児は未だ幼かった。彼が成長するまでの間を繋ぐべく即位したのが、先代王の長女・枢智《すうち》蓮娥《れんが》である。

　二十四歳だった枢智蓮娥は、当時は有力な臣下の一人に嫁いでいた。彼女にとっては二人目の夫である。一人目は嫁いで間もなく戦死してしまったため、今度は文官へと嫁がされていた。既に一子を儲けていた彼女は、この時点で特に目立つ存在ではなかった。

　だが麓南で旻軍が大敗し、帰還した王の傷も日増しに悪化していく。宮中では後継者問題が勃発しかねなかったちょうどその折り、枢智蓮娥の夫と子が突然死した。死因は食中毒だという。偶々《たまたま》難を逃れた彼女は、やがて王の崩御を迎えると、当然のように次代の旻王位に就いた。

　あまりにも絶妙な奇運によって王となった枢智蓮娥には、即位当初からその偶然を疑う、不穏な噂がつきまとう。

――もっとも陛下を初めて目にする者は、まさかと噂の方を疑うに違いない――

王宮で枢智蓮娥に謁見する墨尖《ぼくせん》は、跪《ひざまず》いて前に突き出した両腕の間に顔を埋めながら、上目遣いの先にある女王の顔を見てそう思う。

玉座に腰掛ける枢智蓮娥は、まるで触れれば折れそうな程にか細い。

二度の結婚を経て一児を生《な》した女性とは到底思えない、十代半ばの可憐な乙女にしか見えないだろう。

「墨尖、大義であった。長年の大望である破谷《はこく》の攻略をついに果たし、先代陛下も天界で喝采を上げていらっしゃることであろう」

艶やかな桃色の唇から発せられるその声はいかにも儚《はかな》げで、身の丈に合わない王位に見合うべく精一杯背伸びする健気な少女の如しである。

「もったいないお言葉なれど、私は秉沸《へいふつ》殿の策に従ったまで。今回の功は秉沸殿に帰されるべきかと」

畏《かしこ》まってそう答える墨尖の言葉は、半ば以上本心であった。

破谷に間者を忍ばせて城内から散々に攪乱《かくらん》し、混乱した隙を攻める。同様の策は以前から何度も試みたものの、その都度間者の潜入に失敗してきた。

そこで秉沸は、神獣安眠祈願祭への使節団を通過させる際に間者を放つことを考えた。当代の太上神官は極めて情熱的な理想主義者であるという点を、巧みに突いたと言える。

見ようによっては狡猾な策は、先代王にはおそらく採用できなかった。先代王は見た目にわかりやすい武をもって国内をまとめてきたのであり、搦め手を用いる時点で最大の強みである武を疑われる可能性があった。

だが枢智蓮娥にはそのような拘りはない。可憐な女王は、秉沸が唱えた策の採用に躊躇しなかった。

「謙遜するな。秉沸の策がどれほど見事だとしても、実行者がなければ絵に描いた餅に過ぎん。墨尖の功が秉沸に勝るとも劣らぬこと、誰も異を唱える者はないだろう」

微かに瞼を伏せた女王は、そう言って指先をそっと唇に当てる。その白く細い指先を、唇の間から一瞬這い出た舌先がちろりと舐めたのを、墨尖は見逃さなかった。

同時に墨尖は、己の喉の奥でごくりと唾を飲み込む音を聞いた。

少女にしか見えずとも、この女王は二十代半ばの成熟した女性なのだ。少しでも力を込めて抱きしめれば折れそうなたおやかな肢体の内に、恐るべき情欲を蓄えている。

そして内なるものを発露することに躊躇がないという点で、彼女は明らかに先代王の血を引き継いでいた。

「墨尖には後ほど、余が自らたっぷりと褒美を取らそう。今宵は余の寝所に参れ」

一夜を共にせよという女王の直截《ちょくせつ》な命に、墨尖はおろか居並ぶ群臣たちも誰も驚かない。そして墨尖は彼女の命に逆らえない。枢智蓮娥という女王は、己の意の赴くまま振る舞うことに躊躇《ためら》わないだけではない。そのためにはどのような手段も辞さないということを、群臣一同骨身に染みて知っている。

即位直後の枢智蓮娥は、それまで先代王の下で幅を利かせていた地方豪族たちに、一族総出で王宮に参上するよう召集をかけた。それは先代王の死によって離反しかねない彼らに改めて協力を請うためと、誰しもがそう思っていた。勢力伸張のまたとない好機に、意気揚々と王宮に集まった豪族たちは、数刻後には全員が血の海の中に横たわっていた。

枢智蓮娥は王宮に集めた地方豪族たちを広間に閉じ込めて、一斉に矢を射かけたのである。いつの間に設けられたのか、王宮の壁の内には天井近くにぐるりと手摺り付の細い通路が張り巡らされていた。通路から身を乗り出した何十人もの兵士たちは、各地の有力者一族でひしめく広間に向かって延々と矢を放ち続けた。広間に集められた老若男女に浴びせかけられた矢数は何百本になるかわからない。

いつ果てるともない阿鼻叫喚を、通路に上がって眺めていた枢智蓮娥は顔を背けるでもなく、ただ微笑を浮かべていたという。

地方豪族たちを根絶やしにし、彼らが治めていた土地に王の代官を直接送り込むことで、枢智蓮娥は強引に中央集権体制を推し進めた。無論反発も少なくなかったが、有力者をこぞって失った地方は組織だった抵抗もできず、散発的な叛乱はことごとく鎮圧された。

先代王が武をもってまとめ上げた旻を、枢智蓮娥は謀《はかりごと》をもって己の手中に収めてみせた。

そして今、彼女はかつて地方豪族たちを殺し尽くした広間にて、殺戮を眺めていたときと変わらぬ微笑を墨尖に投げかけている。幾度も危険な戦場を駆け抜けてきた墨尖だが、彼女の笑みを目にする度に、背中を冷たい汗が伝うのであった。

＊＊＊

女王の広すぎる寝所には四隅に小さな明かりが灯されて、その側には火を絶やさぬように各々一人ずつの侍女が控えていた。彼女たちはこの部屋で起きたことも、交わされた会話も、決して口外しないよう厳しく戒められている。それは女王の側に侍《はべ》る者として当然の資質であるが、墨尖にとってはせめてもの慰めであった。

なにしろ女王との情事で先に精根尽き果てるのは、毎度墨尖と決まっているのだ。彼は齢《よわい》三十半ばと男盛りの最中にあるが、枢智蓮娥は墨尖の精を一滴残らず吐き出させるまで彼の肉体を貪り尽くし、逞しいはずの彼が音を上げるまで止むことがない。いったいその華奢な身体のどこから底なしの力が湧き出すのか。

墨尖は女王の寝所に招かれる度、征服されたような想いに苛まれる。それと同時に、全身を隅々まで支配される敗北感には、ある種の心地よさが伴うこともまた確かであった。

「秉沸とお前のお陰で、ようやくこの世の仕組みを覆す機会が訪れた」

全裸のまま寝台の端に腰掛けて、息も絶え絶えな墨尖の広い背中に、枢智蓮娥は未だ余裕のある声音で語りかける。

「……この世の仕組みを覆す、とは？」

肩越しに振り返った墨尖の目の先で、仄かな明かりに照らし出された枢智蓮娥の白い裸身が、寝台に横たわっている。顔にかかる黒髪をたくし上げながら、墨尖を見返す枢智蓮娥の瞳は恍《こう》惚《こつ》に潤んで見えた。

「人は皆、神獣の夢とやらに振り回され過ぎる。この世のことはそろそろ、神獣などというあやふやなものから、人の手に引き渡されるべき頃合いよ」

神獣信仰が根づく世に口にするには不穏な発言を、枢智蓮娥はまるで寝物語のように甘ったるい口調で語る。

「仰ることがわかりかねます。陛下はこの世が神獣の夢であるという理《ことわり》を、信じてらっしゃらないのですか?」

おそるおそる訊き返す墨尖に、女王は少女のように屈託のない笑声で応えた。

「この世が神獣の夢か否か、それ自体はどうでも良いのだ」

墨尖の表情がますます訝《いぶか》しげに曇っても、枢智蓮娥は構わずに語り続ける。

「肝要なのは、そう説き続けてきた夢望宮《むぼうきゅう》が、もはやこの世を安んじる力を失っているということよ。だのに彼奴《きゃつ》らはいつまでもこの世を我が物顔とするから、あちこちに無理が生じる」

つまり夢望宮が天下を治めるという図式は既に破綻しているということか。そういうことであれば、墨尖にも得心がいく。

夢望宮が、つまり耀《よう》がこの世の統治者であり、旻や燦《さん》、玄《げん》という地方に封じられた王を従えるという様式を今さら信ずるのは、夢望宮にも多くはあるまい。いるとすれば――

「しかし当代の太上神官は、復古を理想に掲げる大徳だとか」

今現在の太上神官・超魏《ちょうぎ》は、その高邁な理想を声高に説くという。旧来の体制をひっくり返すためには、いささか厄介な相手ではないか。

だが赤い舌先で唇を舐める女王は、むしろ超魏が相手であることを歓迎するように見えた。

「そうではない、墨尖。真っ向から思想の違える相手を完膚なきまで叩き潰してこそ、この世の革新を衆目に知らしめる好機」

そう言って身体を起こした枢智蓮娥が、寝台の上に四つん這いになって墨尖の背後ににじり寄る。彼女は耀をねじ伏せる未来を、既に当然のこととして思い描いているのだ。女王の甘い吐息を受けて背筋に泡立つ感覚は、くすぶりかけた情欲の炎の再燃か。それとも彼女の説く新しい世を想像した武者震いか。

「これまで耀の命運を辛うじて支えてきたのは、難攻不落の破谷と、業暈《ぎょううん》の手腕。そのひとつが崩れたのだから、耀の落日は約束されたも同然ではないか？」

枢智蓮娥は正しい。

破谷という守備の要衝を失って、耀が今後旻の攻勢を防ぐ手立ては極めて限られる。いかに業暈が名将であっても、その負担は今までの比ではないだろう。

そして旻が――枢智蓮娥が耀をねじ伏せるために打った手は、破谷の奪取だけではない。

「秉沸は既に次の策に取りかかっている頃合いでしょう。私も来月には予定通り出立します」

「お前たちの働きぶりには感謝するほかない。如何《いかん》せん、余にはまだまだ信頼できる後ろ盾が少ない故、頼りにしておる」

墨尖の広い背中に両手を這わせながらしなだれかかる枢智蓮娥は、か細い声音でそう囁いた。

実際、即位したばかりの彼女には、身内の王族以外に強力な味方というものは存在しなかった。その彼女がどのようにして、地方豪族たちを族滅《ぞくめつ》するという強硬手段を採り得たのか。度を超えた虐殺の協力者を、枢智蓮娥はいかなる手段で獲得したのか。

その答えが、墨尖のいるこの寝所である。

枢智蓮娥はその庇護欲を刺激する可憐な容貌をもって、群臣の中でも特に優秀な男たちを次々と寝所に誘い込んだ。そして一度夜を共にすれば、いかな戦場の勇者も怜悧な文官も、彼女にはもう逆らえなかった。

枢智蓮娥の性技とは、房中術のように洗練された技術とも異なる。彼女は野性の赴くままに振る舞うのみだが、その一挙手一投足が男を滾《たぎ》らせ、悦ばせ、最後は全てを奪い尽くされてしまう。

そして精根尽き果てた男に、彼女は囁きかけたのだ。豪族たちの族滅を。彼女の下に生まれ変わる新しい旻という国の姿を。今もまた枢智蓮娥は墨尖に、夢望宮に取って代わって南天《なんてん》を支配するという夢を無邪気に語ってみせる。

枢智蓮娥が思い描く未来は、情交によってもたらされる悦楽以上に魅力的であった。

それは彼という武人の本能を掻き立てるのに余りある、拒みようのない誘惑であった。あるいは墨尖が彼女に溺れることを正当化する、これ以上ない大義名分であった。

こうして心身共に心服させられた男たちが、枢智蓮娥という女王を支えている。

「いずれ余が孕む子は、お前たちの子だ。未来の旻王のため、お前たちの一層の働きを期待しているぞ」

言いながら自身の白い下腹部を優しく撫でる女王に、未だ妊娠の兆候はない。墨尖はなんと返して良いものか、適切な言葉を思いつくことができなかった。

彼女は夫を立てるつもりなどさらさらないのだ。やがて産み落とされるだろう子は、あくまで〝枢智蓮娥の子〟でしかない。種の不明な父親というあやふやな存在を、彼女は必要としないのである。

不明瞭なものを排し、確かな存在のみに信を置く。それは枢智蓮娥の徹底した思想であった。なればこそ彼女は目に見えぬ神獣を軽んじ、地方豪族たちの忠誠なるものを疑い、血統を主張しきれない父親など不要と斬り捨てる。

確かなものしか信じない女王が切り拓こうとする世とはいかなるものか。ひと目見たいという誘惑に搦めとられてしまった以上、墨尖は枢智蓮娥にもはや抗えないことを自覚していた。

二

破谷から軍を引き揚げた業暈は、嶺陽《れいよう》に戻ったその足で夢望宮へと向かった。既に夜半近くだというのに急な来訪を受けて、神官たちの間にただ事ではないという緊張感が張り詰める。

「太上神官猊下《げいか》にお目通りを願いたい」

業暈はそれほど上背があるわけではない。だがずんぐりとした背格好は全身が鍛え上げられた筋肉に覆われて、夢望宮に籠もるばかりの神官たちには直視しがたい武威を放つ。本殿に踏み入った業暈を押し止めようにも、ひと睨みされれば誰もが震え上がるばかり。しかもこの日の業暈は、全身から溢れ出す怒気を隠そうともしない。

総毛を逆立てる業暈に声をかけられるとしたら、太上神官・超魏その人以外には、もう一人しかいない。

「本殿《ここ》は許しも無しに神官以外の立ち入りは禁じられております。これ以上の狼藉は、いかな衛師《えいし》殿といえども看過できませんな」

廊下を突き進む業暈の前に立ちはだかったのは、変子瞭《へんしりょう》の長身であった。

「猊下に用向きとあらば、まず私が伺いましょう」

「そこを退《の》け、若僧」

しゃなりとさえ形容したくなる変子瞭の顔立ちを、業暈の大きな丸い目は眼中に無しとばかりに一瞥する。

「貴様のような小才子では話にならん」

「衛師殿こそ、そのように興奮されたままで猊下と冷静に向き合えるとお考えですか。私ときく口などないというのであれば、それはそれで結構。ですがここに居合わせてしまった以上、私としても立場上引き下がるわけには参らんのですよ」

変子瞭は業暈の前から一歩も退《ひ》こうとしない。ぬけぬけとした言い草といい涼やかな表情といい、彼にはどこか状況を面白がるような余裕さえ感じられる。太上神官を守ろうという実直さとは縁遠い、その態度が業暈には鼻につく。

変子瞭が当たり前に醸し出す違和感は、業暈の猛りを冷ますには十分であった。彼は非礼を詫びると、改めて政議殿《せいぎでん》での超魏との謁見を要求する。

「今回の破谷からの撤収の命について、その真意を伺いたい。猊下がお越しになるまで、私はいつまでも政議殿でお待ち申し上げると、そのようにお伝え下され」

業暈を知る者なら、彼がこう言えば政議殿に平気で何日も籠もり続けるだろうということ、想像に難くない。変子瞭もまた、仕方なしといった具合に肩をすくめた。

「承りました。猊下には一字一句その通りお伝えしましょう」

＊＊＊

神官や祭踊姫《さいようき》ばかりが詰める夢望宮にあって、政議殿はやや趣きの異なる建物である。

朱塗りの太い支柱に支えられた豪壮な平屋建て、という外観自体にはその他との差異はない。大きな違いは、神官以外も集うという点だ。

政議殿はその名の通り、耀という国の政を取り仕切るためにある。そこでは太上神官を筆頭とする神官と、衛師を初めとする武官たち、それぞれの首脳級が膝を突き合わせる。大人数が一堂に会し得るだけの広々とした室内で、座する業暈ただ一人の岩のような人影が、灯された明かりに照らし出されて暗闇に揺らめいていた。

果たしてどれほど待ち続けただろうか。やがて広間の板戸が音もなく開き、超魏の姿が室内に現れると、業暈は床に額を擦りつけんばかりに平伏した。

「猊下にはおやすみのところを騒がせて、真に畏れ入ります」

「良い。夜分の来訪とは、よほどの大事ということであろう。衛師がそれほど急ぐというのであれば、私ものうのうと寝ているわけには参らぬよ」

超魏は穏やかに応じると、広間でも一段高い上座に腰を下ろした。業暈は座したまま身体の向きを変えて、超魏の顔を正面から仰ぎ見る。

「我が軍はつい先ほど、嶺陽に引き揚げて参りました」

慇懃な、だがその目に思うところをありありと滲ませた業暈の顔を、超魏は鷹揚に見返した。

「大義であった。衛師はここのところ東奔西走で、祈願祭にも出席できぬという忙《せわ》しなさ。耀の大黒柱であるそなたに万一があっては困る。もう少し身体を労《いたわ》ることを覚えても良いのではないか」

「もったいないお言葉なれど、天下は未だ平穏には程遠く、休養は今しばらく先のことと考えております」

「天下未だ穏やかならず、とな」

業暈のその言葉に、超魏の白い眉が微かに跳ね上がった。

「であれば今回の破谷よりの引き揚げの意味、わざわざ尋ねずとも理解できよう。無駄な血を流すことなく争いを収める、そのための手段に他ならん」

暗い室内に唯一灯された明かりに照らされて、太上神官の顔には深い陰影が色濃く刻まれる。まるで墨絵の如く厳かな雰囲気を纏う超魏を、業暈の大きな目が真っ直ぐに見返した。

「局地的に見れば兵の損耗は避けられたのでしょう。ですが今後の旻軍の侵攻に対して、我々は有効な手立てを欠くこととなりました。しかも旻の新王・枢智蓮娥は、先代と比べても手段を選ばぬ策士と見えます」

そう言うと業暈は、努めて冷静な口調で問うた。

「耀の民は、今日より旻軍に脅かされる恐怖に怯えることとなります。このことについて猊下はいかようにお考えか、その真意をお聞かせ願いたい」

「衛師よ」

超魏は厳かな顔つきはそのまま、わずかに眉間に皺を寄せて口を開いた。

「そなたには何度も言うておろう。耀の民とは、天下の民を指す。旻も燦も耀の一部に過ぎん。彼の地に住まう者もこの嶺陽の住人も、皆等しく神獣を奉じる耀の民である」

「猊下の理想は重々承知しております。ですが現実には耀の民と旻の民は異なる――」

「理想ではない、それが唯一の現実であり、真実である！」

業暈の言葉を遮って、超魏はそれまでの穏やかな口調から一転して語気を強めた。

「そもそも衛師とは夢望宮の守護者であるぞ。旻や燦と無闇に矛《ほこ》を交えるそなたの振る舞いは本来の職分を超えるどころか、かえって天下の安寧を損ねるものとわからぬか」

「お言葉ですが猊下、旻でも燦でもない、耀の治める地に住まう民は確かにいるのです。その彼らが危機に瀕すれば、我ら以外に守る者はおりません」

「だからその都度危機を武で追い払うというのか。それで天下が平らかになるとでも思うか！」

ただ一つ灯された明かりを挟んで、超魏も業暈も一歩も退こうとはしない。

未だ底冷えする政議殿に、互いに譲ることのできない主張を衝突させて、二人の額にもこめかみにもうっすらとした汗が滲む。

「のう、衛師。私は天下安寧のため、そなたにはこの嶺陽に腰を据えて欲しいと思うておるのだ」

大上段から声を張り上げていた超魏が、不意に口調を穏やかなものに戻した。

「旻や燦、玄に限らぬ、天下の声に遍《あまね》く耳を傾け、そこに住まう民たちの求めに応ずべく差配する。さすれば争いも芽吹く前に摘み取れよう。それだけの力量を備える者といえば、私はそなた以外に知らぬ」

それは確かに理想的な天下の在り方だろう。だが超魏の言うように天下を差配するには、今の耀は圧倒的に力も権威も足りない。業量はそのように反論しようとして、超魏を見返した途端に口を噤《つぐ》んでしまった。

超魏の皺だらけの顔に浮かぶのは、意見が嚙み合わぬままであろうとも、なお業量に寄せる厚い信頼――などではない。

少なくとも業量にはそう思えなかった。

超魏が信じるのは、己の思想の絶対的な正当性のみなのだ。その正当性は業量の反論も意見も全てを包み込むことができると信じて疑いもしない。この老人が穏やかに見えるのは、自身の思想に対する盲目的な信頼故である。彼は諫言《かんげん》に耳を傾けるのではない。ただ余裕を持って聞き流しているに過ぎない。

それと知りながらも、業量はこれまで幾度も超魏に対して言上《ごんじょう》を重ねてきた。だがその度に聞き入れられず、最後はこうしてなだめにかかられて終わるのが常であった。無力感に苛まれる中、せめて業量の裁量の範囲でこの耀を支えてきたつもりである。

しかし破谷の失陥《しっかん》は、もはや彼にも対処する術が見出せない、耀にとっては致命傷だ。

口を閉ざした業量を見て、説得に成功したと思ったのであろう。超魏は満足そうな顔で立ち上がると、「衛師も疲れておろう。今宵はゆっくりと休まれよ」と優しく告げて、政議殿を後にする。

一人漆黒の広間に残された業量は身じろぎもしないまま、心許なげに揺れる明かりにいつまでも照らされ続けていた。

＊＊＊

太上神官と衛師は、いずれ袂を分かつ。

そう考えるのは変子瞭だけではないだろう。

二人とも高い指導力と民からの人望を備えた指導者だ。だが超魏はその高すぎる理想に凝り固まって、現実に即した柔軟性に乏しい。業量は外への対応は見事だが、内に対して極めて甘い。超魏という理想主義者を主に戴くのであれば、巧言を繰りながらでも良い、もっと狡猾に振る舞うべきなのだ。

だが業量には業量なりの理想があるのだろう。彼は真っ向から超魏に諫言しては都度退けられて、打てる手を自ら狭めていく。

愚かなことだ、と変子瞭は思う。

二人ともそれぞれの夢を追うばかりに、現実に追い詰められていく。もっとも超魏の場合は、追い詰められていることにも気づかないままだろう。それは彼にとっては幸せなことかもしれない。

そして超魏が幸せなままであるということが、変子瞭には許しがたい。

あの老人は、生まれてこの方突き詰め続けてきた、理想という虚ろな世界の住人だ。自身は多幸感溢れる夢の世界に揺蕩《たゆた》いながら、周囲に現実の労苦を強い続けてきていることに毛ほどの自覚もない。

そんな彼を遠目から愚かと嘲《あざけ》るには、変子瞭の立ち位置は余りにも近すぎた。それどころか超魏に最も苦しめられてきたのは他ならぬ変子瞭自身であるという、その自嘲めいた認識無しに、もはや変子瞭という人格は成り立たない。

超魏は知るべきなのだ。彼が視界に入れようとしてこなかった、理想とかけ離れた現実を突きつけられて、狼狽《うろた》えるべきなのだ。それこそがこの世を安寧に導く、太上神官が修めるべき務めであろう。

どんなに高尚な理想も、現実という土台無しに唱えられては、痴れ者の戯言と変わらないではないか。

「猊下が説き続けてきた理想を推し進めれば、果たしてどのような現実が待ち受けるか。この変子瞭があなたの耄碌《もうろく》した目にご覧入れましょう」

超魏が政議殿から退出して、既に数刻が経つ。だが業暈は未だ内に籠もったままだ。しんと冷え込んだ広間の中で、彼は灯火の油が切れるまで懊悩《おうのう》を抱え続けるのだろう。

政議殿を外から眺める変子瞭は、室内で座したままであろう業暈に向かって、届くはずのない声をかける。

「あの老人を今日までのさばらせてきた、衛師閣下も同罪だ。いずれ御身《おんみ》をもって償っていただきます」

超魏に愛でられてきた端正な顔を、むしろ忌むべきとばかりに歪めながら、変子暸の低い呟きには暗い悦びが込められていた。

## 三

衛府《えいふ》は耀の武を統括する、軍の最高府である。周囲を土塀にぐるりと囲まれた、華美な装飾を極力排した無骨な建物が、嶺陽に在る間の童樊《どうはん》の出仕先だ。

中庭の練兵場では、兵士たちが日課の訓練に励んでいる。将軍たる童樊は、その様子を腕組みしながら見守っているのだが、今日の彼は不意に眉間に皺を寄せることが多い。その度に兵士たちは一層気を引き締めるのだが、実のところ童樊の顔をしかめさせる原因は、自身の内にあった。

破谷から引き揚げて以来、童樊の胸中に迷いがある。

務めに励もうと気を緩ませようと関係なく、迷いは不意に顔を覗かせる。一度顔を見せれば、意識的に振り払おうとしないことには、いつまでも胸の内に居座り続けようとする。

――このまま軍人として成り上がったとして、本当に景《けい》を取り戻せるのか――

耀という国の仕組みも知らぬ頃は、軍人として出世を果たせば、いずれ景と再会を果たせるものと考えた。そのために業暈の配下に加わり、必死になって武功を打ち立ててきた。業暈にも認められて、ついに将軍にまで抜擢された。実際、軍人は天職であると、童樊自身も思う。

だが、未だに景と言葉を交わせてもいない。

稜で再会を果たした縹《ひょう》の口から、童樊は求めて止まなかった景の想いを聞いた。いつまでも待つという景の言葉が、童樊をどれほど歓喜させたことか。必ずや再び景をこの腕に掻き抱こうと、改めて己に誓った。

それなのに今の自分は、夢望宮の祭殿で華麗に舞う景を、たまさか嶺陽の街中で神官に囲まれながらすれ違う彼女の姿を、無言で見つめることしかかなわない。

やがて軍人の頂点たる衛師の座を手に入れれば、夢望宮に踏み入ることもできるのだろう。だがそれまでに、さらにどれほどの手柄を積み上げなければならないのか。いっそ旻や燦を攻め滅ぼすほどの勲功を積めばそれも可能やもしれないが、太上神官にそんなつもりがないことは、今回の破谷失陥を見れば明らかだ。

そして業暈も、太上神官に抗ってまで意見を押し通そうとはしない。

自分の力不足だというなら、今まで以上に身を粉にする覚悟はある。しかし自分でもどうしようもない要因が景との再会を阻むというのなら、もっと別の手段を考えるべきなのではないか――

「童樊、少し良いか」

練兵を終えたばかりの童樊を、業燕芝《ぎょうえんし》が呼びとめた。童樊は未だ脳裏にかかる靄を追いやるべく、ぶるんと首を振ってから応じた。

「これは燕芝様、いかなるご用で」

「なんだ、その素振りは。衛師の右腕らしく、もっと堂々としろ」

冷やかすような業燕芝の言葉は、あながち大袈裟でもない。今の童樊は業燕芝と並んで業暈衛師の左右を固める、衛府の中心的存在であることは、その栄達を羨《うらや》み妬《ねた》む者であっても認めざるを得ない。

「燕芝様の前で気を抜こうものなら、いつまた叱責されるかと緊張しきりです」

「よせ。今のお前にそんな真似をしたら、私こそ父上からお叱りを喰らうわ」

そう言って笑い返す栗色の瓜実顔には、父親に似て大きな目が心持ち細められて、存外あどけない。

戦場では誰よりも勇猛果敢な彼女が最近、童樊の前では不意に柔らかな表情を見せる。業燕芝の女性を垣間見る機会が、このところ増えたように思う。

「ところで童樊、今宵は空いているか」

「特にこれといった用はありませんが」

童樊が答えると、業燕芝は安心したように白い歯を見せた。

「それは良かった。実は破谷からの引き揚げ以来、父上がめっきり難しい顔のままでな」

「衛師閣下が？」

業暈が破谷から嶺陽に撤収したその夜の内に、夢望宮に談判に向かったこと、その結果が芳《かんば》しくなかったことは、童樊も知っている。だがそれほど気に病んでいるとは気がつかなかった。

つい先ほども執務室の窓から練兵を眺めていた業暈が、どのような顔をしていただろうと童樊は思い返す。だが軍務をこなすときの業暈は厳格そのもので、気分の上下が窺えるものではないのだ。

「公にはそうだろう。父上がそんな顔をなさるのは、家の内だけだ」

業燕芝が細い眉尻を微かに下げるのを見て、確かに業暈の性質《たち》であればその通りだろう、と童樊も思う。

「娘に酌をされても気晴らしにはならんようだ。童樊、少し父上の相手をしてやってはくれぬか」

「畏まりました。私如きでは恐縮ですが、せめて閣下の気持ちが上向けるよう、お相手を務めましょう」

すると業燕芝は「頼んだぞ」と頷きながら、ぱっと開いた眉根からはささやかな安堵まで窺える。それほど業暈は塞ぎ込んでいるのかと驚きつつ、その晩、童樊は秘蔵の酒を携えて業家の屋敷を訪れた。

「よく来てくれた、童樊」

出迎えてくれた業暈は思ったより顔色も良く、童樊を快く歓迎してくれた。業家の邸宅はさすが衛師に相応しい広大な敷地と立派な屋敷だが、素朴な装いの邸内は主人の人となりをよく表している。

童樊が通されたのは、丹念に手入れされているらしい中庭がよく見える一室であった。

「今宵は月がよく映えるので、外の景色も楽しめるよう席を設けた」

業暈の言う通り、雲の少ない夜空には満天の星々が煌めき、とりわけ月が煌々と明るい。中庭にはまだ芽吹く気配のない桃の木に囲まれた池が、静かな水面に丸々とした月の輝きを映し出していた。

「これは良い。もう少し暖かくなれば、池に舟を浮かべて一献《いっこん》傾けたくなりますな」

「ああ、桃の花が咲く頃になったらまた来ると良い。お前の言う通り、舟を用意しておこう」

業暈は上機嫌に応じると、早速童樊に杯を勧めた。注がれるのは童樊が持ち寄った稜《りょう》の酒である。先日、縹と鉢合わせた如南山《じょなんざん》邸での会食の折り、去り際に土産として手渡されたものであった。

稜は業家の生地であるから、その酒は業暈にも馴染みが深い。久々に口にする故郷の酒に、泣く子も黙る衛師が口元を弛ませる。

「都の酒はいささか上品すぎて物足りん。稜で育った私には、やはり稜の酒が合う」

「こと食に関しては、私も稜が好みです。各国の船が持ち寄る美味珍味は、あそこでしか味わえません」

紅河《こうが》の中流域にある稜には、水運を利用して南天北天《ほくてん》を問わず様々な物産が集中する。嶺陽に持ち込まれるのはそこから厳選された逸品ばかりだが、平民上がりの童樊としては、たまには市場で手摑みした食材にそのまま齧りつきたい。その点で稜はうってつけであった。

「なによりあの雑多な活気が良い。嶺陽にはない生命力を感じます」

「そうだろう。逞しさと進取の気性は、稜人の持って生まれた性《さが》だ」

業暈は手ずから童樊の杯に酒を注ぎ足しながら、不意に呟くように言った。

「私は時折り、耀の政は稜に移すべきではないかと考えることがある」

業暈が漏らしたその一言は、童樊の耳を少なからず驚かせた。

「それは大胆な。では嶺陽の扱いは――」

「嶺陽は天下万民の信仰の象徴として残し、稜が耀一国の政を司る。夢望宮が信仰と政を同時に見ようとするから無理があるのだ。耀もまた旻や燦、玄と同じ扱いと見なし、その上に夢望宮が君臨すれば良い」

童樊は表情にこそ出さなかったが、業暈はそんなことを秘かに考えていたのかと、内心で驚愕していた。

それは夢望宮の権威を最大限に祀り上げつつも、天下に及ぼす実権は手放せという、見方によっては叛意を疑われかねない思想だ。ことに超魏のように古《いにしえ》の在り方を理想とする者には、到底受け容れがたいだろう。

「稜は耀のみならず天下でも一、二を争う大経済都市だ。各地との交流も稜の水運があれば嶺陽よりはるかに容易《たやす》い。それに万が一攻められようとも紅河一を誇る大水軍と――」

そこで手元の杯をぐいと呷ってから、業暈は言い足した。

「投石陣がある」

投石陣とは、稜城塞近くの紅河畔に構築された、丘陵状の砦のことである。この砦には何台もの投石器がずらりと設置され、紅河を往来する敵の船を陸から雨あられと攻撃する。水軍以上に稜の守護神的な存在だ。

「あれがある限り、紅河を上って稜に攻め入ろうという船はないだろう。早々に海へと追い払われる」

「海ですか」

業暈が口にした「海」という単語に、童樊は思わず反応した。

若くして多くの戦功を上げてきた童樊だが、未だ船上戦の経験は無い。それどころか海そのものを見たことが無かった。

「私にとっては未知の世界ですな。この五年、あちこちの戦場を駆けずり回ったつもりでおりましたが、まだまだ天下は広い」

そういえば、縹は海に向かうと語っていたことを、童樊はふと思い出した。

五年ぶりに再会した弟分は、楽嘉村《らくかそん》にいた頃と変わりないというのに、なぜだか青年らしく見えた。夢に見る景色を求めて天下を周遊するつもりとは、それが縹でなければ、この時世になんと地に足の着かないことをほざくと思う。だが縹にそう言われるとしっくりくるのだから不思議なものだ。

思えば縹は昔から――楽嘉村にいた頃から、どこか自分たちとは異なる存在に思えた。いつも当たり前のように共にあり、振舞いも気が利いているというのに、童樊はなぜか彼を身内と数えていなかった。童樊が出奔する際、鐸や礫と共に縹を誘おうという考えはなかったし、縹もまたそれが当たり前のように童樊たちを見送った。

今は、それこそが縹という人物なのだろうと思う。誰にも、何にも縛られず、人と人との間を気儘に漂い、時に繋ぐ。稜で再会した縹が、景の想いを童樊に言伝《ことづて》したのは、おそらく偶然ではない。

縹から伝え聞いた景の言葉は、童樊の決意を新たにした。なんとしても景を迎えに行く。それは景と交わした絶対の約束であり、なにより自分自身の望みだ。

だからたとえ己に寄せられる想いがあろうとも、応えることはできない。

「父上も童樊も、水面の月を愛でるのかと思えば風情のない話に終始して、なんとも無粋なことだ」

童樊の背後から、業燕芝の呆れ気味の声がした。振り返った童樊の瞳に映るのは、しかしいつもの男装姿の彼女ではない。

金糸の刺繡が万遍なく施された衫《はおり》の下に、藍染めの帯を腰に巻いた絹地の包衣《ほうい》。常なら頭巾で無造作に束ねた黒髪は丁寧に編み込まれて、簪《かんざし》まで挿した二つ髷《まげ》の下に覗く栗色の面立ちには、目元や唇に薄い紅まで差している。

思わず口が半開きのまま何度も目をしばたたかせる童樊に、業燕芝が愉快そうな笑顔を向けた。

「そのように見つめられると、さすがに面映ゆいぞ」

「……これは失礼。あまりの美しさに、言葉を失ってしまいました」

「口が上手いな、童樊」

袖口で口元を隠しながら、業燕芝は目を細めた。

「女子《おなご》らしい格好は何かと準備が億劫だが、こうしてお前を驚かせることができるなら、甲斐があったというものだ」

満更でもなさそうに酌をする業燕芝から、童樊は恐縮しながら杯を受けた。二人の様子を、業暈がことのほか満足げに眺めている。

「お前には今回の戦でも色々と苦労を掛けたからな。少しばかり趣向を凝らして慰労をという燕芝の提案に乗ってみたが、どうやら覿面《てきめん》だったと見える」

業暈の言葉に、童樊は苦笑しながら杯を呷った。つまるところ、塞ぐ業暈を慰めようという誘いは、童樊を招く口実であった。それにしても女として着飾った姿を業燕芝が披露しようとは、もはや彼女の想いを童樊は無視できない。

この父娘は童樊に好意的であるどころか、もしやすると業燕芝の婿に迎えようとさえ考えている。業燕芝は童樊の景に対する想いを知っているはずだが、五年も経てば色褪せるものと思われたのだろうか。

業暈も業燕芝も、童樊にとってはかけがえのない恩人である。二人に対して報いたい気持ちは当然にある。むしろそのつもりだからこそ、これまで業暈の忠実な部下として粉骨砕身して働いてきた。

だとしても、業燕芝の想いには報いようがない。それはどれほど大恩のある相手だとしても、譲れない領分なのだ。

＊＊＊

泊まっていけという業父娘の誘いを固辞して、童樊は自宅への帰路に就いた。

景への想いは断ち切れない。これ以上業家にとどまり続ければ、かえって恩ある二人に礼を失した振る舞いをしかねない。彼らの好意に臆面もなく甘えることは憚《はばか》られた。

童樊の自宅は、業家からは酔い覚ましに歩いて帰るのにちょうど良い程度の距離にある。夜風に当たって程よく酒精も抜けた童樊を、下男が出迎えた。

「お帰りなさいませ、旦那様。客人がお待ちです」

「客だと?」

この夜半に訪ねてくるとは何者かと尋ねると、その客人は「夢望宮からの遣い」としか名乗らないという。しかも童樊が外出中と聞いても、帰るまで待たせてもらうと言って屋敷に上がり込んだというのだ。怪訝に思いながら客間に顔を出すと、そこには姿勢良く佇む長身の人影があった。

「やあ、将軍。業家の酒は楽しまれたようだ」

馴れ馴れしい言葉遣いに、美女と言われても通用しそうな整った面持ち。その顔に童樊ははっきりと覚えがある。

「変子瞭殿が、なぜこのようなむさ苦しい家にいらっしゃるか」

童樊が彼を知るのは、太上神官の側近だからという理由だけではない。まだ一兵卒だった頃、祭殿に詰め寄ろうとしたところを押し止めた変子瞭の言葉を、童樊はしかと記憶している。

景を求めるなら出世を極めて堂々と迎えに来いという彼の言葉は、今でも童樊の脳裏に深く刻まれていた。

「五年前ならいざ知らず、今をときめく将軍様がそう謙遜するものではない」

待つ間に差し出されたのであろう茶を優雅に啜る変子瞭に、童樊は露骨に不審な目を向けた。

「あなたのような高位の神官が、我が家まで訪ねる理由を問うている」

「まあ、座れ」

変子瞭は客人のくせに、家の主人である童樊に腰を下ろすよう促す。童樊は一瞬苛立ちを覚えながらも、無言のまま彼の向かいに座った。

「私も自ら出張る羽目になって辟易《へきえき》しているのだ。全く猊下は人遣いが荒い」

「もったいをつけるな」

変子瞭は太上神官・超魏の側付であるだけでなく、景の世話役も務めている。その彼が人目を忍ぶかのようにして童樊の前に現れた。超魏と業暈の関係悪化が取り沙汰される中、それ自体が既に凶事である。

努めて無表情を心懸けたつもりだが、童樊の胸中などまるでお見通しとでも言うように、変子瞭は口角を小さく上げた。

「安心しろ、景麗姫《れいき》は無事だ。少なくとも今のところは」

変子瞭の言い様は、かえって不安を掻き立てる。童樊の胸中を乱すところまで、おそらくは彼の計算通りなのであろう。

同時に童樊には、この青年神官が訪ねてきた目的を半分だけ察することができた。つまり彼は景の身の安全と引き替えに、童樊になんらか用命を申し渡すつもりなのだ。それもおそらくは後ろ暗い、ろくでもない内容に違いない。

「何が望みだ」

「そう怖い顔をするな。将軍には猊下の心を安んじる手助けをしてほしい、それだけだ」

艶然とした微笑みを湛えた青年神官が、どこか濡れそぼって見える唇から続けて吐き出した言葉には、想像以上の毒が込められていた。

「業暈衛師に叛意有り」

その一字一句を聞きながら、童樊の目は徐々に見開かれて、やがて限界まで達した。

「何を戯《たわ》けたことを――」

「先日の直談判以来、猊下は深く気に病んでおられる」

童樊の反論を遮って、変子瞭の語りは止まらない。

「不満を溜め込んだ衛師がいつか牙を剝くのではないか、夢望宮の実権を手に入れようと兵を起こすのではないか、あの晩から猊下の心は安まる日がない」

太上神官の不眠など知ったことではない。そこまで不安に苛まれるとしたら、それは超魏自身にやましいところがあるからだろう。童樊は床に拳を叩きつけて抗議を示したが、変子瞭はそれすらも気にとめず、長い睫毛の下から舐めるような視線を寄越した。

「童樊将軍には、衛師に逆心を仄めかす言動がないかを探って欲しい」

変子瞭の言葉はもはや毒を通り越して、鋭利な刃物の如く童樊の耳に突き刺さる。若い将軍の歪んだ顔を見て、青年神官は薄い笑みを浮かべてみせた。

「将軍の証言があれば、いかな衛師といえども罪に問われよう。なに、衛師の右腕たるそなたであれば、造作もないことだ」

四

稜を進発した船が、北に向かって緩やかに紅河を下る。

川幅は見る間に広がって、両岸もぼんやりとしか見えないような錯覚に陥ったが、それも内海に出るまでの一時のことであった。

蒼穹の下に広がって見えるのは、前後左右、見渡す限り黒とも青とも緑ともつかない海面しか見当たらない。広大な海は遠目には静かに見えるのに、船の周りではいくつも連なる波のうねりとなって、船体にぶつかっては砕け散り白い飛沫《しぶき》を立てる。

紅河をはるかに凌ぐその力強さを目の当たりにして、縹の胸中に過《よ》ぎるのは「懐かしい」という想いであった。

どこまでも広がる海面と白い波頭が織り成す光景は、全てがどこかで見聞きした記憶に重なって思える。山村に生まれ育ち、この歳まで海どころか紅河すら見たことのなかった自分が馬鹿なとは思うのだが、自然ともたらされる既視感はどうしようもない。

この海の真ん中には、内海の交易を一手に牛耳《ぎゅうじ》る島国・乙《いつ》がある。さらにその向こうには北天大陸が広がり、そこには森林と極寒の地を支配する玄がある。乙や玄が果たしてどのような国なのか、縹が抱くのは好奇心ばかりではない。久しぶりだという思いが胸の奥底から当たり前のように湧き上がる、それは彼自身にとっても理解しがたい現象であった。

夢に見る景色を追い求めるための旅のはずなのに、これはいったいどうしたことだろう。まるで、無意識のうちに閉じ込められていた記憶を、折に触れて解き放つかのようではないか。

内海を眼前にして以来、この不可解な現象が縹を捉えて放さない。永遠に続くかと思われる海面を目にしながら、縹は憶えのない既視感を持て余し続けていた。

＊＊＊

乙は北天と南天の中間よりやや北天寄りの、大小二十以上の島からなる島嶼群である。

元は内海を通航する船を獲物とする海賊たちの拠点だったが、やがて海賊たちが自ら交易に手を染め、いつしかそちらが本業となった。出自が出自だけに最強と呼ばれる水軍力を背景に、今や内海の交易を支配する海運国家にまでのし上がった。

縹の乗る船が入港したのは、乙という島国にいくつもある港の一つだという。港一つに限れば稜の川港に規模は劣るが、これだけの港がいくつもあると聞けば、乙という国の力がわかるというものだ。

実際、乙の港で目にする船は、その多様性では稜を上回る。

快速性を重視する耀の船に比べると、玄の船は重厚かつ巨大。朱や黄など派手に彩られた船は、遠く燦から訪れたらしい。その他にも大きさも形も色合いも様々な船がひしめき合って、さながら世界中の船の品評会のようだ。

港に降り立つと、これも稜に勝るとも劣らず賑やかで騒がしい。

活気に満ちているというべきなのだろう。誰もが手を休めることなく忙しなく動き回り、隙あらば商おうという輩《やから》で溢れ返っている。錫杖を持つ縹はひと目で神官とわかるから、さすがに面と向かって商いを持ちかける者はいなかったが、周囲を行き交う人々の精力的な活動には目を見張る。

人いきれの中を掻き分けながら、縹はこの島の廟堂を探した。乙は国中に神獣信仰が根づいていると聞く。ならば廟堂もあるだろうから、神官である縹は頼れるはずであった。

何度も住人に道を尋ねながらついにたどり着いた廟堂は、やや急な坂を上りきったところにあった。

遠目に港や海まで見下ろせる、なかなかの眺望だ。辺りを見回しながら踏み入れた敷地には、思った以上に人の出入りが多い。なぜだろうと人の動きを目で追うと、敷地内にはいくつかの茶屋食堂が収まって、彼らはそこの利用客なのだと目星がついた。それどころか本堂にも少なくない人の出入りが見受けられ、どうやらこの廟堂はそのまま宿を営んでいるらしい。

客の多い乙ならではだが、それにしても廟堂そのものが商いに手を染めていると知って、さすがに縹も驚くほかない。

だからというべきか、縹の訪問は決して歓迎されるものではなかった。

「なんだ、本物の神官かい」

堂主はふくよかで愛想の良い男であったが、縹が神官と知ると途端に素っ気ない態度を示した。廟堂は外から来た神官に無償で寝食を提供する、というのが通例だ。金にならない客はお呼びでないということなのだろう。堂主は縹の相手をさっさと堂子《どうし》に押しつけて、次に待つ客にまた愛想笑いを向ける。

縹を案内する堂子もまた、主に負けず劣らぬ無愛想ぶりであった。

「寝所は広間をご利用下さい。食事は敷地内の食堂で、錫杖を見せていただければ粥一杯をお出しします。それ以上をお求めの場合は、別に銭を頂戴します」

堂子の言葉に、縹はただ諾《だく》とだけ頷いた。ここまで徹底した商売根性には、いっそ感心するほかない。説明を終えた堂子はもはや用事は済んだというわけか、さっさと彼の元を離れていってしまう。

ぽつねんと取り残された縹は、さてこれからどうしようかと思案した。

本来であれば堂主に色々と話でも聞いて、夢に見た景色と似た土地に心当たりがないか探りを入れたいところである。だがあの調子では、ここの堂主は縹と話をするために時間を割いたりはしないであろう。では他の誰かに尋ねようにも、乙は完全に見知らぬ土地である。当てなどあるはずもない。

寝入るにはまだ早いので、とりあえず錫杖を片手に抱えたまま廟堂の中庭に出る。それにしても敷地内を出入りする人数を数えるぐらいが関の山で、妙案は浮かばない。やがて夕陽が水平線の彼方にとっぷりと暮れてしまってから、これ以上考えても仕方なしと踵《きびす》を返しかけると、本堂の入口には新たな来客たちの姿があった。

縹にはつれなかった堂主が、目尻を下げて露骨に揉み手までしているところを見ると、相当の上客なのだろう。客は男ばかりの三人組だが、その内の一人が残りの二人を従えているように見える。主人と覚しき一人は堂主と会話中で背格好しか窺い知れないが、声音から推し量る限りでは縹よりひと回りほど年嵩だろうか。彼らの脇を通り抜けて本堂に入ろうとした縹が、ささやかな好奇心でふと振り返ってみたところ、堂主相手に穏やかな笑みを浮かべる青年の柔和な顔つきが目に入る。

すると縹の視線に気づいたらしい青年が、こちらに向かって軽く会釈した。

はて、この青年とどこかで出会ったことがあるだろうか。思いがけない反応に戸惑いつつ、縹もまた申し訳程度に小さく頭を下げる。その弾みで彼の右手の内にある錫杖が、小さくしゃんと鳴った。

＊＊＊

翌朝、縹は廟堂の敷地内に併設された食堂で、一杯の粥の上に買い足した漬物を載せて食していた。錫杖を壁に立てかけて、座敷に敷かれた敷物の上で一人黙々と朝餉《あさげ》を掻き込んでいた縹の顔に、ふと影が差す。

「ご一緒させていただいてもよろしいか」

面を上げた縹にそう声を掛けたのは、昨夜目が合ったあの青年であった。縹が視線だけで店内を見渡すと、まだ他に腰を下ろす余裕は十分あるように見える。にも拘わらず同席を願い出るということは、青年には縹と共にしたい理由があるということだ。

「ええ、どうぞ」

縹にしてみれば断る理由はなかった。宿を利用するぐらいだから青年は乙の人間ではないだろうが、だとしても今の縹には様々な人から話を聞く必要がある。すると青年はにこりとしながら膳を敷物の上に置いて、その前にすとんと腰を下ろした。

改めて目にする青年は見るからに人当たりの良い、温厚そうな面立ちだ。青年は心持ち面を伏せながら、握り締めた両手を前に差し出して礼を示した。

「私は秉沸。旻は桓丘の者です」

「縹と申します。耀の国、楽嘉村の出自です」

こんな食堂の片隅で礼に則った挨拶を交わすことになるとは思っていなかったが、そういえばここはまだ廟堂の敷地内なのであった。

「縹殿はやはり、耀の神官なのですね」

縹の名乗りを聞き、立てかけられた錫杖に目を向けてから、秉沸なる青年は微かに口角を上げた。その表情に縹は軽く眉を跳ね上げる。

「やはりとは、もしやどこかでお会いしたことがあったでしょうか？」

「ああ、いえ。あなたがご存知ないのも無理はない」

秉沸は縹の疑念を打ち消すように、顔の前で小さく手を振った。

「私にはちょっとした特技がありまして。一度目にした顔はしっかりと記憶できるのですよ。縹殿のお顔は、嶺陽の祈願祭でお見かけした覚えがある」

それはちょっとしたどころか大した特技というべきだろうが、嶺陽の祈願祭で見かけたと聞いて、縹は首を傾げた。

耀と旻は長びく争いで、ここ数年は滅多に人の交流もない。流民というならまだしも、秉沸の身なりはどう見てもそれなりの地位にある者の装いだ。それもこのような状況下で夢望宮の祈願祭に参加できる旻人といったら、よほどの高位者に違いない。

もしやとんでもない人物と相席しているのかもしれないと思い当たって、縹は我知らず背筋を伸ばした。

「耀の神官であるあなたに、一つ頼みがあるのです。差し支えなければ食事後もお付き合いいただきたい」

　縹の緊張を知ってか知らずか、秉沸はそう言って細い眉根を心持ちひそめた。

「本来ならここの堂主にお願いすべきなのでしょうが、乙の神官はどうにも商売気が強すぎて、今一つ信用ならない」

「まだ神官に成り立ての若輩ですが、こんな私でもお役に立てましょうか」

「むしろ夢望宮にない、若い神官の方が安心できる。縹殿には、私の告解《こっかい》を聞いて欲しいのです」

　告解とは、自身の言動や暮らしぶりを神官に語って聞かせることである。

　この世を創造した神獣といえども、万民の生活を全て把握することは難しい。そこで神官を経由して神獣に己の言動――それも秘事であればある程よいとされる――を伝え、代わりに加護を受けるという儀式だ。

　庶民の間では廃れつつあるが、貴人たちは未だに重宝する儀式なのだという。彼らが日々の生活で触れる秘事は、庶民に比べればはるかに重大事が多いのだろう。一人で抱えきれなくなった秘密を神官に打ち明けることによって、少しでも心の平穏を保ちたいと、そう考える人々がいても不思議ではない。

　一方で神官たちは、告解で得た情報をもって権威を維持してきたと、まことしやかに噂される。実際にそのような場合もあるだろう、とは縹も思う。であれば情報をも商いの材料にしかねない乙の神官に、秉沸が不信を抱くのも致し方ない。

だが旅先で知り合った新人神官に告解した内容が、そのように利用される可能性は低いと、秉沸は考えたのであろう。彼の意図には納得できたから、縹は朝食後、誘われるままに秉沸と共に廟堂を後にした。

「改めて自己紹介しましょう。私は旻の枢智蓮娥王陛下に仕えます、秉沸と申します」

廟堂からやや歩いた距離にある、周囲に人家も見当たらない岬の端にたどり着いたところで、秉沸はそう名乗った。

その口上を聞く限り、どうやら旻王直属の部下ということだろう。予想を上回る貴人であるとわかり、縹は思わずぶるっと身体を震わせる。

「先日は旻王陛下の名代として、嶺陽の夢望宮で執り行われた神獣安眠祈願祭に参加致しました。縹殿をお見かけしたのは、ちょうど祭踊姫たちの舞の最中です」

祭踊姫たちの舞といえば、縹は夢望宮の広場で人混みに紛れて、景の舞に見とれていた。あの中の縹の顔を見分けて、なお記憶しているということか。もしやあの場に居合わせた人々の顔を、秉沸は全て覚えているのだろうか。

これは身分以上に、相当の異能の持ち主だ。どう対すれば良いのかも思いつかず、縹はとるものもとりあえず秉沸に頭を下げた。

「それほど高貴な方とは、知らぬこととは言えご無礼仕《つかまつ》りました」

「いえいえ、ここでは私とあなたはあくまで神官と告解者に過ぎません。どうぞ面をお上げ下さい」

秉沸はどこまでも穏やかな面持ちのままである。相手に警戒させない柔らかい表情は、だがその裏に潜むものを一切表に出さない分厚い鎧でもあった。腹の底を欠片《かけら》も読ませせない笑顔で、秉沸は語りかける。

「とはいえ夢望宮で見かけたあなたと同宿と知り、不思議な縁を感じました」

「言われてみますと奇遇ですね」

「縹殿は楽嘉村の出と仰いましたね。確か稜から破谷に至る道中の村と聞いた覚えがあります。それが乙にまで足を伸ばされたのは、いったいどういったご用で？」

秉沸の口調はあくまで丁寧で、穏やかな表情にも変わりはない。

だが彼の問いかけに、曖昧な回答は許されない。そんな圧を、縹は全身で感じた。

「夢に見た景色を探すためです」

縹に含むところは何もない。圧に対して、むしろ正面から受け止めるようにして、縹はきっぱりと答えた。

「私にはこの数年、何度も夢に見る景色があります。その景色が果たしてこの世のものか否か、天下を旅して見極めようという所存です。乙はその第一歩であり、この後は北天に渡り玄の国を見て回ろうと思います」

「ほう」

緊張しながらも怖れを成さず。その態度に、秉沸は感心した体《てい》で頷いた。しばらく縹の顔を見つめていた彼が、やがて無言で顔を左右させると、途端に縹が感じていた圧が消えた。

「失礼しました。どうやら私の見立てが誤っていたようです」

軽く頭を下げてから、秉沸は改めて縹の顔を覗き込む。

「告解の儀ということで、正直に申し上げましょう。私はてっきり、縹殿は私の後をつけて回る間諜と疑っておりました」

「私が間諜？　それはまた――」

買い被られたものと返しかけた縹の言葉を、秉沸が遮った。

「いざとなれば伴の者に始末させるつもりでありましたが、私の思い違いであった様子。伴は先ほど下がらせましたのでご安心下さい」

秉沸の言葉を冗談とは思わなかった。それまで感じていた圧はなるほど、伴の者が放っていた殺気ということか。そうとわかって縹の喉がごくりと鳴る。

「申し上げました通り、私は旻王陛下の代理として各地を巡っております。それもなるべく人目を憚る故、間諜の類いは除かざるを得ません。立場上やむを得ずではありますが、神官ともあろうお方に不埒《ふらち》な真似を働こうとしたこと、お許し下さい」

「それも含めての告解と受け止めますよ。秉沸様のお話は、神獣にはさぞご満足いただけたであろうこと、請け合いましょう」

努めて落ち着き払った縹の受け答えに、秉沸が軽く口角を上げる。その表情はそれまでの仮面めいた笑顔と異なり、安堵した内心が零れ落ちたように見えた。

こんなやり取りが日常茶飯事であるのならば、高貴な人々が未だに告解の儀を必要とするのも頷ける。ましてや秉沸のように直接王命を受ける立場であれば、つい吐き出したくなるような秘事をいくつも抱えているに違いない。

「それにしても天下を探して回るほどの景色とは、いったいどれほどの絶景なのか。願わくば伺いたいものですな」

　吐き出すものを吐き出して、何か支《つか》えが取れたのだろうか。秉沸のその言葉からは、直前までと打って変わって率直な心情が感じ取れた。そういう問いであれば、縹も肩の力を抜いて答えることができる。

「華やかであり圧倒される光景であることははっきりと記憶しているのですが、それ以上はいかなる言葉をもってしても名状し難い。そもそもこの世にあるかも疑わしく、果たして探し回る価値があるのかどうか、私にも今もって自信がありません」

「だがその景色を求めて旅に出るほどというなら、よほど筆舌に尽くせぬ絶景なのでしょう。私も是非、夢の中でも良いから目にしてみたい」

　縹の言葉に秉沸は細い目をますます細めて、くっと笑う。

「なんにせよ羨ましいことこの上ない」

「いえ、秉沸様のようなお方に羨ましがられるようなことでは」

　縹にしてみれば探す当てすら覚束ない、それどころか夢の景色を追い求めること自体未だ不安が拭いきれない、五里霧中を漂うかのような旅路である。だがそういえば、嶺陽で景も変子瞭も似たようなことを口にしていたと、縹は思い出した。

「夢中を彷徨《さまよ》う神獣の如し、と評されたことがあります」

「言い得て妙ですな。心の赴くままに天下を巡ろうという視座は、確かに神獣に等しい」

　かつての変子瞭の言葉が、いたく気に入ったらしい。秉沸は愉快そうに笑声を漏らした。

「当ててみましょう。その評者は、察するに相当の貴人ではありませんか？　例えば夢望宮でも太上神官猊下に近いお立場とか」

秉沸の当を得た推量を聞かされて、縹はぽかんと口を開けた。

「秉沸様はなんでもお見通しですね。仰る通りです」

「何、簡単なことです。私にはあまりにもしっくりする評でしたので、もしや私と似た立場にある御仁ではないかと推し量ってみたまで」

言われてみれば、旻王・枢智蓮娥の側近らしい秉沸と、太上神官・超魏の側付である変子瞭とは、通じるところがあるかもしれない。

「己の有り様に疑いはありません。ですが比類なき御方の下に在り続けると、時折り窮屈を感じるのもまた事実。そんな我々にとって、しがらみのない気儘な旅など夢のまた夢なのですよ。私には、その御仁の心情に沿える気がします」

そう言うと秉沸はふと笑みを収めて、俄に目を見開く。薄茶色の瞳に浮かぶのは、色濃い羨望の眼差しであった。

「誰も彼もがしがらみに囚われるこの世の中で、なぜあなたはそれほど気儘でいられるのか。それほど自由な者が、果たしてこの世に有り得べきなのか。それがきっと彼の本心であろうと思いますよ」

五

玄に向かう船は大きく頑丈な造りで、稜の船に比べれば船足は遅いものの、安定感に勝る。

船首近い右舷の手摺り越しに見渡せる海面は穏やかだから、揺れの少ない船上にあると静止しているかのような錯覚を覚えた。

「この調子で無事に玄までたどり着けるよう、神官様には願掛けをよろしく頼みますよ」

名も知らぬ水夫からかけられた言葉に曖昧な笑顔で応じながら、縹は海に目を向ける。まるで時が止まったかのような海原を前にして思い返すのは、乙を出立する前に秉沸と交わしたやり取りだ。

玄に渡った経験があるという秉沸は別れ際、手向け代わりにいくつかの忠言をくれた。

「玄の人々は総じて気難しく見えますが、それは彼らが一つ一つの言葉を大事にしている故であり、決して無礼というわけではありません」

そこで秉沸は「もっとも」と微笑を交えて言った。

「縹殿のお人柄であれば、彼らにも障り無く受け容れられるでしょう」

「秉沸様が保証していただけるのであれば心強いですね」

ありきたりの世辞と受け止めた縹は無難な相槌を打ったが、見返した秉沸の顔は思いのほか神妙であった。

「私はこれまでの務めの中で、多くの人々と接してきました。ですが初対面からここまで腹の内をお見せした相手は縹殿、あなただけです」

それは光栄ですと受け流すには、秉沸の語気は静かだが強い。

「あなたは誰が相手であろうと、するりと懐に入り込むのでしょう。でなくては私がここまで饒舌になることはない」

「告解の儀であれば、それは不思議なことではありませんよ」

「実のところ、私にとっては今回が生まれて初めての告解です」

縹の顔を真っ直ぐ見据えながら、秉沸の語りは止まらない。

「私はこれまで各国の王や有力者たちと、和やかな談笑の裏で互いに腹を探り合ってきました。その私がこうして率直に語ってしまうことに、私自身が一番驚いている」

口調こそ穏やかだが、縹に対しては明け透けであるという己自身が、秉沸にとっては衝撃だったとよく伝わる。なんと答えるべきか言葉を探る縹に、秉沸は再び柔和な笑顔を向けた。

「どこでも、誰とでも自然に親しむ。私に言わせれば天下を眺《なが》むに相応しい、よほど神獣に近い資質に思えます。きっとあなたならではの天性と、重々自覚なされよ」

船上で、縹は秉沸の言葉を何度も反芻している。己の資質が希有であることを突きつけられて、縹は考えざるを得なかった。

どこでも、誰とでも自然に親しむ。

いや、親しむという言い回しそのものに違和感がある。縹にとってそれは積極的な行為ですらない、自然な状態である。

だがどうやら皆がそうではない。

誰も大なり小なりのしがらみや軛《くびき》に囚われて、万人が万人に等しく親しめるものではないのだ。

縹がこの世で味わったしがらみといえば、楽嘉村で過ごした頃に抱いた、堂主の跡を継ぐべきという使命感のみ。だが如春《じょしゅん》に「影が透けて見える」「下ろすべき根が見えん」となぞらえられて、縹は拒絶されたという思いよりもすとんと納得がいった。

やがて如春に背中を押されるようにして、楽嘉村の外に足を踏み出した瞬間に縹を襲った解放感は、筆舌に尽くしがたい。

楽嘉村という軛を外れて、ようやく帰れるという郷愁が胸に充ち満ちたのだ。

郷愁？　帰る？　どこへ？

いったい自分は何処の地に帰ろうとしているのだろう。

なぜ夢に見る景色に懐かしさを覚えるのだろう。

そんな自分とはいったい何者なのだろう。

夢の中の光景を追い求めるという旅の目的が、いつしか変容しつつある。思えば夢の正体を探ることに一抹の躊躇いを感じたのは、それが己の正体を見極めることに通ずると予感していたからかもしれない。だが戸惑いはあれども、抗おうとは思わなかった。

「縹」は「漂」に通ずという、如春のかつての言葉を思い返す。

見ることも感じることもできない巨大な流れに、流されるままにある。それこそが縹の縹たる所以《ゆえん》なのではないだろうか。

流されるままにたどり着いた先で、如何なる景色を目にするのか。何者と出会い、どのような経験が待ち受けるのか。

甲板の手摺り越しに望む海の果て、未だ視界の向こうにあるはずの北天の地を目にしようと身を乗り出しながら、縹の心を占めるのはそればかりであった。

＊＊＊

乙を進発して三日目。

その日は夕刻から空が分厚い雲に覆われて、日が暮れても星どころか月明かりもろくに届かない夜となった。一般の乗客は、甲板下の船倉が寝所代わりとなる。縹は甲板に連なる階段の裏、壁に凭《もた》れながら寝入っていたのだが、うつらうつらしていた彼の耳に、不意に飛び込んできた音があった。

反射的に頭をもたげたところ、後頭部に錫杖が当たってしゃんという音が鳴り響いた。そういえば盗難を恐れて、背中に錫杖を結《ゆ》わいていたことを思い出す。頭を擦りつつ耳をそばだてれば、声は頭の上、甲板上から聞こえてくる。どうやら大勢が駆け回ったり、立て続けに物が倒れているらしい。いったい何を騒いでいるのかと訝《いぶか》しんでいると、ところどころ人の声が混じって聞こえる。

それが悲鳴であると理解する前に、同室の誰かの声が叫んだ。

「海賊だ！」

目覚めたばかりの客たちが一斉にざわめいたのと、天井の扉が乱暴に蹴破られたのは、ほぼ同時であった。

暗闇の中から一段ずつ階段を下りて現れたのは、左手に松明《たいまつ》を掲げ、右手に剣を握りしめた賊の姿。既に何人か斬りつけたのだろう、松明に照らし出された刃先には、赤黒い血がべっとりとこびりついている。

炎の動きに合わせてゆらめく賊の顔は、まるで亡者のように暗い目つきで室内を一瞥した。すぐ傍にいた女が、ひいと叫ぶ。途端、賊の剣が躊躇なく振り下ろされて、女は声もなくどさりと倒れた。

眼前に倒れ込んだ女の目と、縹の目が合った。女の瞳から急速に光が失われていく、その様から目を逸らせない縹の顔は、女が撒き散らした血飛沫を浴びてまだら模様に彩られている。

船倉に踏み込んだ賊は、階段の陰にある縹に気がついていない。彼はさらに一歩踏み出して、狭い室内で逃げ惑う客たちに斬りかかった。その度に上がる悲鳴が何度も――何度も、何度も耳朶《じだ》に突き刺さるうち、縹は我知らず、喉の奥から不明瞭な声を張り上げていた。身体が勝手に立ち上がって、気がつけば賊に向かってやみくもに飛び掛かっていた。

背後から不意を打たれた賊は、縹の渾身の力を背に受けてたたらを踏む。だが辛うじて片足で踏みとどまると、腰にまとわりつく縹を睨みつけるや、無造作に刃を振り下ろした――が、その刃先は鈍い金属音と共に撥ね返され、弾みで賊の手から剣が床に落ちた。

背中の錫杖に守られたのだと気づくよりも早く、鳩尾《みぞおち》に強烈な蹴りが見舞われる。息が止まりそうな衝撃と共に、縹の身体が船倉の壁に叩きつけられる。

しばらく激痛に呻いていた縹が、やがて咳き込みながらも身を起こすと、いつの間にか賊は血の海の中に俯《うつぶ》せていた。

一目で事切れているとわかる賊の背中には、斜めに斬りつけられた刀傷があった。傍らには、賊が落とした剣を両手で握りしめて、荒い息を吐く男の姿。客の一人だろう、彼が退治したのだとわかって安堵したのも束の間、すぐさま別の悲鳴が上がった。

「火が！」

振り返れば、船倉の奥に積み上げられた積荷の、足元から炎が燃え広がり始めている。賊を斬り伏せた際に、放り投げられた松明から燃え移ったのだ。驚いた客たちが、我先にと階段に殺到する。

縹もなんとか人の流れに紛れて、這いつくばるようにして昇り切ると——

目の前に広がるのは、さらなる地獄絵図であった。

甲板上は、既に多くの賊たちに蹂躙《じゅうりん》されていた。あちこちに水夫たちの骸《むくろ》が転がって、彼らが流した血の臭いが辺り一帯に充満している。その様子に驚愕して足を止めた客たちを、賊たちが次々と斬り捨てていく。

「やめろ！」

幼子に斬りかかろうとする賊に組みつこうとして、ぶんと振り回された腕に簡単に弾き飛ばされた。勢いよく甲板を転がる縹の身体が、逃げ惑う老人の足を掬った。その場に倒れ込んだ老人の上に、また別の刃が振り下ろされた。

老人の血飛沫が、縹の顔に降りかかる。それどころかもはや全身が、錫杖までもが、誰のものともわからぬ血を浴びて赤黒く染め上げられていた。

視界に入るありとあらゆる場所で、延々と殺戮が続く。

だが縹にはどうしようもない。

繰り広げられる惨劇を目の当たりにしても、自分にはなんの力もない。

俯せたまま茫然自失としていた縹は、不意に襟首を掴まれて引き起こされた。

「てめえ、神官か」

錫杖を見て低く尋ねる声に、縹が虚ろな顔を向けた。

「ただの、非力な男だ」

すると賊は、有無を言わさずに縹を甲板に組み伏せるや、後ろ手に拘束しようとする。「何を――」と声を上げると、賊の拳が側頭部を殴りつけた。

したたかな衝撃に意識を刈り取られて、縹は為す術もなく昏倒した。

＊＊＊

内陸国である旻の宿願は、海――特に内海への出入口の確保である。そのためには二つの手段が考えられた。

一つは耀の地に侵攻し、西進して紅河畔を手中に収める方法。破谷への執拗な攻撃は、その先の紅河に至ることが最大の目的である。

そして今一つは旻の北、即ち南天大陸の東北岸一帯を支配下に置くことだ。東北岸の攻略は破谷攻略と並行して進められたが、望むような成果は得られていなかった。

最大の障害は、一帯に居座る海賊衆である。

東北岸から程近い沖合にある鱗《りん》の島を拠点とする彼らは、陸から攻撃をかけてもすぐに鱗の島に引き揚げてしまう。さらに追撃をかけようにも海戦ではかなわない。手詰まりとなった旻軍がやがて撤退した途端、東北岸一帯は海賊衆に獲り返されてしまうのだ。

先代旻王が為し得なかったのは、誰よりも臣下に対して武威を示す必要があり、力押し以外の手段が取れなかったためである。だが謀略をもって王位を手中にした枢智蓮娥にそのような拘泥はない。彼女は破谷の場合と同様に、搦め手を用いた攻略を指示した。

「上紐譲《じょうちゅうじょう》からの遣いによれば、決行は三日後の払暁《ふつぎょう》とのことです」

東北岸からやや南の台地に陣取った旻軍の帷幕で、墨尖は部下からの報告に無言で頷いた。

鱗の海賊衆は、五人の頭目がそれぞれに率いる集団の寄合所帯である。統率された行動は不得手だが、頭目一人を叩いても海賊衆自体はしぶとく生き存《い》ながらえてしまう。「正面から武力で圧倒することが難しければ、頭目たちの不和を煽りましょう」という秉沸の提言を容れた枢智蓮娥が、墨尖にその実行を命じたのは半年前のことである。

墨尖はまず海賊衆に間者を放ち、五人の頭目の内でも筆頭格・点蝶《てんちょう》が旻軍に寝返ろうとしている、という流言を広めさせた。点蝶はその代償として旻より鱗の支配権を認められた島主という地位を得るという、極めて現実味のある風聞だ。

海賊衆の間に疑心暗鬼を呼び起こすと同時に、彼らに具体的な裏切りの手段を示唆する、旻軍にとっては一石二鳥の計略である。

そしてひと月前、ついに墨尖に寝返りを打診する頭目が現れた。それが五人中最年少の頭目、上紐譲であった。

「上紐譲とやらの言うこと、信用できるのでしょうか」

未だ半信半疑の部下に、墨尖は無表情のまま答えた。

「間者の報告によれば、上紐譲はその若さから他の四人に軽んじられているという。正面から当たっても埒《らち》が明かないなら、奴の離反に賭けるほかない。三日後、我々も鱗に攻め入るよう準備せよ」

墨尖も確信できているわけではない。だが結局、彼の不安は杞憂に終わった。

上紐譲の手並みは鮮やかであった。彼はまず、墨尖に点蝶とのやり取りを仄めかす偽りの書簡を用意させた。その書簡をもって残る頭目三人に点蝶の裏切りを信じ込ませた上で、揃って点蝶一味の打倒を持ちかけたのである。

しかも頭目三人には点蝶一味を陸に追い詰める役を担わせて、上紐譲自らは鱗の島の制圧に専念した。陸で点蝶一味を討ち果たした海賊たちは、機を見て攻め寄せた旻軍に慌てふためくが時既に遅し。鱗の島に逃げ込もうにも上紐譲一味がそれを許さない。

かくして鱗の海賊衆は、見事旻軍に制圧されてしまった。

「あんたが旻の大将か。約束通り、鱗の島は俺が頂くぜ」

戦いを終えた墨尖の前に現れたのは、潮焼けした肌にいくつもの刀傷を残す堂々たる体軀の、四角い顎をした若者であった。野心と狡猾さを隠そうともしない顔に、墨尖は冷ややかな目を向ける。

「気が早いな、上紐譲。貴様にはまだ、我が軍を船で運ぶという仕事が残っている」

その言葉に上紐譲は太い眉を跳ね上げたかと思うと、ひとしきり笑ってから墨尖を見返した。

「てっきり冗談だと思ってたぜ、大将。ありゃ本気の話だったのか」

「無論だ」

睨み合うかのように顔を突き合わせて、先に視線を逸らしたのは上紐譲であった。大きな口の端を片方だけ吊り上げて、剽悍な男はせせら笑うように言う。

「わかったよ。ただし俺が鱗の島主になる約束、こいつは違《たが》えるんじゃねえぞ」

「安心しろ。旻王陛下にも貴様を島主に任ずる旨、お許しは得ている。これは島主としての初仕事と心得ろ」

ふん、と鼻を鳴らした上紐譲はそのまま踵を返そうとして、ふと思い出したように足を止めた。

「そういうことなら大将、ちいとあんたんとこで引き取って欲しいもんがある」

「なんだ」

墨尖が眉根をひそめながら尋ねると、上紐譲は数日前に捕らえた虜囚を預かれと言い出した。

「乙からの船を、うちの手下が襲ったのさ。もっとも水夫や客は生かすのも面倒だからあらかた始末したが、一人生き残りがいる」

「なぜ我々がそいつの面倒を見ねばならん」

「そう言うなって。ありゃあどこぞの神官だぜ。あんたら陸《おか》の連中は知らねえだろうが、海で神官を殺すと神獣の怒りが怖えんだよ」

そう語る上紐譲は、眉間に皺を寄せて至って真剣だ。彼のように狡猾な男すら、骨の髄まで神獣信仰に浸かっているのだと、墨尖は改めて思い知る。

「まあ、そう悪い話じゃねえだろう」

再びふてぶてしい顔つきを取り戻して、上紐譲は言った。

「海賊に襲われた乙の神官を、あんたらが救い出したってことにすりゃ、いい筋書きじゃねえか。ちょうど旻は乙と話をつけたとこなんだろう？」

見透かしたかのような上紐譲の言葉に、墨尖の頬がぴくりと引き攣《つ》れた。だが彼の言う通り、平民であればまだしも、神官となれば話は変わってくる。

「とんだ自作自演だ」と舌打ちする墨尖に、上紐譲はにやりとした笑みを向けた。

「旻の島主になった俺が、その旻のお仲間を襲うだなんて、あるはずねえよなあ。乙にも多少は恩を売れて、申し分ねえじゃねえか」

六

破谷の陥落によって、耀は旻に対する防衛戦略の練り直しを迫られた。業暈は衛府に幹部を集めて、今後の方針を討議した。

彼が目をつけたのは、破谷から余水《よすい》沿いに街道を西進して、山の合間から平原に抜けた場所にある土地である。

「ここを渓口《けいこう》と名づけ、砦を築く」

砦そのものは急造だから、破谷の堅牢さには到底及ばない。その主たる目的は、来たるべき旻軍を迎え撃つため、戦力を駐留させる拠点の確保にある。

「ですが父上。渓口より以東にもいくつかの村があります」

いくつかの村の中には、童樊の生地である楽嘉村も含まれている。業燕芝の言葉には、少なからぬ抗議が込められていた。

「渓口に砦を設けるということは、彼らを見捨てるということになりませんか」

業燕芝が発言する間、童樊は口を噤んでいる。それは、業暈の意図するところもよく理解できるためであった。

前線で旻軍を食い止める間に嶺陽からの援軍を待つという戦略自体は、破谷の陥落以前から変わりはない。ただ破谷が旻の手に落ちた今、城塞に頼った籠城戦はもはや望めない。旻軍を迎え撃つとしたら野戦になる。であれば山間を進軍するであろう旻軍を叩くには、その出口で待ち伏せる形が最も有効なのだ。

そしてなるべく嶺陽に近いほど、援軍の到着も早い。

「渓口以東は険しい山を深い森が覆っている。そこに点在する人々を守り切ることは難事だ」

業暈は娘の意見を、現実論をもって退ける。業燕芝がなおも反論しようとして、その矢先に童樊が口を開いた。

「燕芝様、私も衛師閣下の案に賛成です。旻に抗するにはこれしかありません」

「しかし」

「楽嘉村の民は、何事かあればすぐに山間に逃げ込むことに慣れています。それに旻軍も、楽嘉村のような小村をわざわざ攻撃する手間はかけないでしょう」

童樊にそこまで言われては、業燕芝もそれ以上異を唱えようもない。だが彼女は、そのまま引き下がろうともしなかった。

「では砦の建設と駐屯軍の指揮は、この業燕芝にお任せ下さい」

楽嘉村を放棄すると言わんばかりの砦建設を、童樊に担わせるわけにはいかない——娘の意図を、業暈も汲んだ。かくして渓口軍は業燕芝が率いることとなった。

だが衛府の方針に、誰もが納得できたわけではない。

「じゃあ衛師様は、俺たちの村を見捨てるっていうのか？」

新たな方針に最も反発したのは、礫《れき》である。鐸《たく》と共に童樊邸に呼び集められた彼は、話を聞くなり両眼を吊り上げた。

「いくら衛師様でもそりゃないぜ」

「騒ぐな、礫」

「鐸兄こそ、なんでそんなに落ち着いてられるんだよ！」

肩に置かれた鐸の大きな手を振り払って、礫は童樊にも食ってかかった。

「樊兄も、どうして黙って聞いてたのさ」

「楽嘉村にとっては、それが一番安全だからだ」

その言葉の意味がわからず顔をしかめる礫に、童樊は努めて冷静に説明する。

「旻が破谷から大軍で押し寄せたとして、楽嘉村のようなちっぽけな村をいちいち構っても、時間を食うばかりで益はない。連中にしてみたらさっさと渓口を抜けて、余水沿いに稜を目指すのが一番だ」

下手に邪魔立てしない限り、旻軍は楽嘉村など目もくれないだろう。おとなしく息をひそめて旻軍の進軍をやり過ごすことこそ、最適である。

童樊に説かれて鐸は大きく頷いたが、礫はなおも納得しかねるように立ち上がった。

「旻軍が進むのを、ぶるぶる震えながら見過ごせっていうのかよ。森に紛れて敵をおちょくるのが、樊兄の十八番《おはこ》だろう」

「そんなことしたら旻軍の目の敵にされるって、お前は樊の話を聞いてねえのか」

「情けねえってんだよ！」

鐸の制止も聞かず、礫はそう吐き捨てると童樊邸から飛び出していってしまった。

「礫め、遠目がきくくせに短絡的な奴だ」

大きくため息をつきながら、鐸は眉間に皺を寄せる童樊を見て慰めの声をかけた。

「気にするな、樊。あいつは今、ちょっと頭に血が上ってるだけだ」

「ああ」

童樊は短く答えたが、顔は強張ったままである。その表情にさすがに鐸も怪訝そうに眉をひそめる。

「何か他に心配事でもあるのか」

鐸の問いに、童樊は曖昧に答えることしかできなかった。

渓口砦の建設と、そこに軍を駐屯させるに当たって、嶺陽の軍から一定の兵力を割くことになった。旻軍の侵攻をひとまず食い止めるなら相応の数がいるという理由で、渓口軍には業燕芝以外にも更禹《こうう》などの諸将が率いる、主力の三分の一が割り当てられる。他に余裕があるといえば稜だが、紅河の門番役を務める稜軍から兵を割くわけにはいかない。

必然的に、嶺陽の兵力は一時的にも手薄になる。

残った兵力で主だったところといえば、業暈直属の兵と、他には童樊の兵のみであった。

――なんということだ――

その言葉を、童樊はなんとか口に出さずに呑み込んだ。嶺陽で武力を持つのは、業暈と童樊だけとなる。それまでなら童樊も特に意に介さない状況が、今の彼には決定的な意味合いを持つかのように思われた。

「衛師逆心の証跡《しょうせき》は、まだか」

あの日以来、変子瞭はひと目を避けて童樊邸に現れては、ことさらわざとらしく耳元で囁いていく。まるで童樊の苦悶を楽しんでいるようにしか見えないあの神官を、何度斬りつけようと思ったことか。

だが童樊が刀の柄に手を掛けようものなら、変子瞭は待ってましたといわんばかりに喜色を浮かべてみせるのだ。

「愛する女の命よりも恩人への忠義を重んじようとは、さすが衛師の右腕だけはある」

そう言われると童樊は動きを止めるしかない。それ以上一歩も前に踏み出せない将軍を尻目に、変子瞭は悠然と邸宅を辞するのだ。

――あの男の思惑に、易々《やすやす》と乗って堪るか――

変子瞭が立ち去った後を見つめる童樊の腹は、既に決まっていた。

だがそのためにはなんとしても乗り越えなければならない、巨大な壁がある。その堅牢ぶりに想いを致すと、童樊の眉間に刻まれる縦皺は一層深くなるのであった。

＊＊＊

業燕芝率いる渓口軍が出立して、半月ほどしたある日のこと。業暈の執務室を訪ねる者があった。

「童樊将軍がいらっしゃいました」

そろそろ日も暮れようという頃合い、窓から傾いた日差しが漏れ入る執務室のやや奥、長机の向こうに座していた業暈は、近侍の報告に首を傾げた。

童樊とは先ほどまで、他の幕僚と共に打ち合わせしていたばかりである。何やら言い残したことでもあったのだろうか。近侍に入室させるよう告げると、程なくして執務室に青年将軍の姿が現れた。

「失礼致します」

組んだ両手を前に掲げて礼を示す童樊の声音が、いつになく固い。やがて腕の間から持ち上げられた面からは、日頃精悍な彼には不似合いな緊張が見て取れる。

業暈は何があったとは尋ねずに、ただ童樊に腰を下ろすよう促した。

「お人払いを願います」

長机を挟んで業暈の向かいに座した童樊は、そう言って執務室の外に控える人影に目を向ける。彼は業暈が信頼する近侍であることを、童樊も十分承知しているはずだ。その上で人払いを願い出るとは、尋常ではない。

業暈の目配せを受けて、近侍が無言のまま執務室の前から立ち去る。そこでようやくひと息つく童樊を見て、よほどのことと察せざるを得なかった。

「どうした。そこまで神経質になるとは、らしくもない」

「……いささか人の耳目を憚る話題なれば。ご容赦下さい」

敷物の上に正座した童樊は、改めて衿を正して背筋を伸ばす。太い眉の下に覗く双眸に浮かぶのは、覚悟を決めた者にしか持ち得ない強い決心であった。

「衛師閣下に申し上げます。渓口砦の建設は、一時凌ぎ以上にはなり得ません」

茜色の夕陽に照らし出された童樊が、業暈を真っ直ぐに見つめながら口にしたのは、痛烈な一言であった。

「砦の建設と軍の配備は、旻の脅威を当面防ぐには有効でしょう。ですがその状態はいつまでも保てるものではありません。渓口軍という存在を真に活かすには、並行して旻との交渉を進める必要があります」

それは至極真っ当な諫言であった。

半ば恒久的な拠点であった破谷に比べれば、急造の渓口砦では防ぐのも数年が限界だろう。その間に旻と交渉の場を設けて、一時的でも停戦の約定を結ぶべきである。その際には渓口砦そのものを取引の材料とするのもやぶさかではない。

だが旻との交渉は、それ自体が可能性に乏しい。

最大の理由は夢望宮、延《ひ》いては太上神官・超魏にある。超魏にとっては旻その他の国々はあくまで耀の下にある――それどころか耀の一部であり、対等の交渉相手では有り得ないのだ。

彼にしてみれば耀は旻の要請に慈悲をもって応じるべきであり、一方で旻は耀の意志に従うべきである。与えるか命ずるかしかない。

「お前の言うことはもっともだ。だが夢望宮は旻との交渉を認めまい」

童樊が言うことは、実のところ業暈も理解している。だが仮に業暈が独断で旻王と話を進めても、超魏は全てを反故《ほご》にするだろう。それではかえって旻との関係が悪化するばかりでしかない。

超魏が他国との交渉を許すはずがない以上、業暈は目の前の危機に対処するほかない。そんなことは童樊も当然心得ているだろうに、なぜ今さらになってそのようなことを言い出すのか。

すると童樊は両の拳を床に突いて、ぐいと身を乗り出した。

「現状を打破する術はただ一つ。閣下が政《まつりごと》を掌握するほかありません」

「……なんだと」

聞き間違いかと眼《まなこ》を見開いた先で、童樊の意を決した瞳が業暈の顔を見返している。

「今、嶺陽にあるのは、閣下と私が率いる兵のみ。我々に歯向かえる武力はありません。我らで揃って兵を起こし、夢望宮から政を取り上げるのです。その上で閣下には〝耀王〟の座に就いていただくことこそ、耀を救うには最善と申し上げます」

童樊の言葉は、よほどの葛藤を経た上に紡ぎ出されたものなのだろう。一言一句が力強い、確固たる信念に基づいていることが、ひりひりと伝わってくる。

だからこそ業暈は、憤怒の表情で睨み返さざるを得なかった。

「正気か、童樊」

眉間に深い皺を寄せて、怒りを漲らせた業暈の顔は、褐色を超えて赤黒い。

「このようなこと、戯れに申せるものではございません」

業暈の形相を目の当たりにしても、童樊に怯む気配はない。それどころかなんとしても説得しようという、必死の覚悟が全身から溢れ出していた。

「稜に拠点を移して、王として耀の政を司る。今こそ閣下の構想を実現するその時です。この機を逃せば耀はますます衰え、旻の勢いに抗いようも――」

「我が秘事を、軽々しく舌に乗せるな！」

童樊の口上を叱咤で遮って、業暈は勢いよく立ち上がった。その手には傍らにあった剣が握られている。

「お前は耀の、夢望宮の衛師たるこの業暈に、大逆人の汚名を着せようというのか！」

「とんでもございません。むしろ危機に瀕した耀にとって、救難の英雄たるには衛師閣下以外に有り得ないと――」

「黙れ！」

一喝するや否や、業暈は剣の切っ先を童樊の額に突きつけた。

「いずれ衛府を任せうると信じた男が、聞くだに浅ましい世迷い言を口走ろうとは、この業暈一生の不覚」

猛る業暈の刀身が、真っ赤な陽光に照り返されて鈍く光る。だが童樊は床に額を擦りつけるほど面を伏して、なおも懇願した。

「この童樊、閣下を陥れようなどという邪《よこしま》な気持ちは、誓って露ほどもございません。ひとえに耀の将来を憂えての言、何卒お聞き入れ下さいますよう」

「聞く耳持たん！」

頑とした拒絶と共に、業暈が刀を握った手を振るった。

びゅんと風を切った剣先は次の瞬間、童樊の額の一寸先の床に突き立っていた。

「童樊。お前にはしばらくの蟄居《ちっきょ》謹慎を命ずる」

冷え切った声に宣告されて、童樊がついに顔を上げる。

「閣下――」

「その沸《わ》いた頭を冷やして、どれほど愚かしいことを口走ったか深く反省せよ！」

仁王立ちから見下ろす業暈の大きな瞳は、溢れんばかりの憤怒を抑え込もうという激情に打ち震えている。青ざめたまましばらく衛師の顔を見つめ返していた童樊は、やがて力なく立ち上がると、最後に前に掲げた両腕の間に深々と頭を埋めてから退室した。

執務室に一人残された業暈は、床に突き立てられたままの剣を前に、しばし微動だにできなかった。

瞳に浮かぶ激情はなお晴れない。ただ疲れ切った身体を支えるように、業暈は両手を柄にのせた。

「何があったというのだ、童樊」

剣が刺さった足下に視線を落としながら、業暈が吐き出した台詞は消え入りそうに小さかった。

＊＊＊

衛府の門から一歩踏み出すと、童樊は半身を捻って後ろを振り返った。

薄闇が垂れ込み始めた敷地内には、ぽつぽつと篝火が焚かれ始めている。威風堂々とした外観が徐々に炎に照らし上げられる様は、いかにも武の象徴に相応しい。

その奥の執務室に灯る小さな明かりをしばらくの間見つめていた童樊は、やがて悄然とした面持ちのまま天を仰いだ。

「是非も無し」

低い声で呟いた後、ゆっくりと伏せられた童樊の瞼は微かに震え、しばし止むことがなかった。

七

夢望宮の正門を潜り抜けて、大きな広場を突っ切った目の前にある祭殿は、神事を披露する際には広場に向けて正面が開放される。さらにその奥には、滅多に観衆が目にすることのない、舞台以上の広大な空間がある。

表からは易々と目に触れぬよう板戸に仕切られたその空間には、四辺に板張りの廊下が正方形になるように渡されている。その内の一つ、表の舞台に接した一辺からは、中央に迫り出すように設けられた〝内舞台〟がある。

三方を手摺りに囲まれた内舞台の下は、何もない虚空だ。奈落へと繋がる穴が、大きな口を開けるばかりである。

四辺の廊下の内、奥まった一辺から、穴の底に向かって下る階段がある。剝き出しの岩肌に沿って設けられた木造の階段には、その途中に灯された松明が点々と連なっている。五層の建物が収まるという穴の奥深くで、松明の火が微かに反射する。

穴底に垣間見える、黒い鏡のような水面こそが、神獣が眠ると伝わる地底湖だ。

内舞台は、地底湖に眠る神獣に安眠をもたらすためだけにある。月に一度ある〝黙踊《もくよう》〟の儀で、祭踊姫は内舞台でただ一人、神獣の深い眠りを祈願しながら舞う。

今宵も純白の装束に身を包み、誰の目にも触れぬ中で一人舞う祭踊姫がある。屋内に響くのは、彼女が手にした錫杖が鳴らす音と、内舞台の木張りの床が軋む音。他には松明が不意に弾けるぱちぱちという音が混じるのみ。

廊下沿いの壁に灯る油皿と、足下から照らし出される松明の明かりに包まれながら、どれほどの時間を舞い続けたのだろうか。やがて動きを止めた祭踊姫は、錫杖をそっと床に置いて蹲《うずくま》り、地底湖の奥底にいるはずの神獣に向かって頭《こうべ》を垂れた。

無人の屋内で床に口づけるような格好のまま動きを止めたのは、神獣への崇敬《すうけい》の念だけではない。

心身共に疲労して、動き出せなかったのだ。

――毎月毎月、一番姫の大事なお務めとはいえ、こたえるわ――

突っ伏したまま何度も荒い息を吐き出して、やがてゆっくりと呼吸を整えてから、景はようやく上体を起こした。

――これで神獣が安らかにおやすみいただけるってなら、安いもんだとは思うけど――

錫杖が音を立てぬよう拾い上げて、それでも軋む内舞台の上をそろりと歩きながら、景は内心首を傾げざるを得ない。

――その割には黙踊の詩歌に神獣の真名《まな》を埋め込むとか、昔の偉い人はいったい何考えてんだか。おかげで毎度胃がきりきりして仕方ない――

内舞台を降りた景が胸の内で愚痴った通り、黙踊には歌詞がある。ただし声に出して発することはない、口を動かすためだけにある歌詞だ。

〝黙唱《もくしょう》〟と呼ばれるその詩歌には、神獣に直接語りかけるため、神獣の真名が含まれているという。

神獣の真名は口に出すことも文字に起こすことも、当然ながら禁忌とされている。それ故に黙唱は、唇と舌の動きを見様見真似するという形で、歴代の祭踊姫筆頭である一番姫の間でのみ伝えられてきた。

――あんな伝え方で、正しく引き継がれているとも思えないけどね――

景自身、果たして先代に伝えられた通りに黙唱できているのかどうか、未だに自信がない。なにしろ歌詞のどの部分が真名を意味するのか、それすらもわからないのだ。

だが万一間違えて声に出し、たまさか神獣の真名を唱えてしまったとしたら。

この世を掻き消してしまう可能性がその都度脳裏に過ぎるのでは、月に一度の黙踊が景の神経をすり減らすのも致し方ないだろう。

精魂使い果たしたこんな夜には、心身共に癒やされたい。

――会いたいよう、樊――

かなうものなら童樊の逞しい腕に抱きしめられたい。余計な言葉はいらない。ただ彼の厚い胸に顔を埋めて、その長く太い指で黒髪を優しく梳《す》いて欲しい。

景がそう願い続けて、既に五年以上の歳月が経つ。

その間、景も童樊もお互いに十分過ぎるほどの栄達を果たし、だというのに未だに顔を合わせることもできない。先が見えない、もしかしたらこのまま童樊とは離ればなれのままなのかも知れない。そんな想いが頭を掠めたことは数え切れない。

「童樊が迎えに来るのを、いつまでも待つのではなかったか」

だがその度にせせら笑う変子暸の細面が瞼にちらついて、景はふんと鼻息を荒くするのだ。景の心身を貫いて支えるのは童樊への強い思慕だが、挫けそうになった時に己を奮い立たせるのは、変子暸の鼻を明かしてみせようという意地であった。

変子暸に対する景の想いは、一言では整理がつかない。

景と童樊の仲を引き裂く片棒を担いだのは間違いないし、太上神官の側付という立場を存分に活用した好き勝手は呆れるほかない。反面、景に対しては思いのほか気遣いも見せる。それは彼にしてみればせいぜい片手間に過ぎないのだろうが、右も左もわからない田舎娘だった景に有り難かったのは確かだ。

ただ一つ、はっきりと言えることがある。もう長い付き合いといっても良いはずの景でも、変子瞭の本心を窺い知ることは難しい。

それどころか近頃では、彼の所在さえ掴めない。

ここ最近は、夜な夜な夢望宮をこっそり抜け出しているという噂もある。今夜も大事な黙踊の儀だというのに、内舞台の間を出た景を出迎える神官たちの中に、彼女の世話役であるはずの変子瞭の長身は見当たらない。

いくら超魏に寵愛されているとはいえ、昨今の行状はさすがに目に余るのではないか。

「あの不良神官、いつか追い出されても知らないよ」

嘆息する景は、変子瞭が足繁く通い詰める先が童樊の邸宅であるということを知らない。そして今宵は、童樊から変子瞭を呼び出した初めての夜であった。

童樊が業暈に蟄居謹慎を言い渡された、その晩のことである。

＊＊＊

翌朝、衛府は明け方から混乱していた。

「衛師閣下がいらっしゃらない」

業暈は日の出と共に衛府に姿を現すのが常である。それが陽もすっかり顔を見せた頃合いになっても登庁の気配がない。訝しんだ部下が業家を様子見に行かせたところ、屋敷は賊が押し入ったかの如く荒らされていたという。

衛師の邸宅が襲撃され、本人は行方不明というだけでも一大事なのだが、事態はそれだけでは収まらなかった。万一業暈が不在の場合、代役を務めるはずの童樊までが見えないのだ。

「樊、いるか！」

耳を塞いでも鼓膜を震わすような大声が、付近に響き渡る。童樊邸を訪れた鐸と礫は腰に佩《は》いた剣もそのまま、下男の案内も煩わしいと言わんばかりに邸内に足を踏み入れた。

「その馬鹿でかい声は近所迷惑だぞ、鐸」

二人の訪問に、童樊は落ち着き払った声で出迎えた。庵のような一室で一服していた彼は、二人にも茶を勧める。だが鐸は腰を下ろそうとせず、童樊の顔を睨みつけた。

「なぜ登庁しない。衛府は今、大騒動だ」

「樊兄はいないし衛師様も行方知れずで、みんなおろおろしてんだぜ」

鐸の巨体の陰から顔を覗かせた礫自身、不安げに目を左右させている。

二人の顔をゆっくりと見上げてから、童樊はおもむろに告げた。

「俺は衛師閣下より謹慎を命ぜられた身だ。衛府には当分顔は出せん」

その言葉に二人は揃って目を剝いた。ただでさえ騒動の最中だというのに、さらに童樊が謹慎と聞かされては、鐸も礫も動揺を隠せない。

「お前、いったい何をやらかした」

当然の疑問をぶつける鐸を、童樊はちらりとだけ見返した。

「夢望宮より武力をもって政を取り上げ、閣下には王に就くよう進言した」

今度こそ二人とも大口を開けて絶句する。よりにもよって業暈が最も忌み嫌いそうな謀反を教唆《きょうさ》するなど、童樊の真意を測りかねると言わんばかりだ。

「閣下を裏切らずに景を救うには、これしかなかった」

「……どういう意味だ」

訝しむ鐸に、童樊は訥々《とつとつ》と語った。

超魏が業暈を疎んじていること。景の命を盾に取られ、業暈謀反の証拠を掻き集めるよう、変子暸に要求されていたこと。

ならば業暈と共に夢望宮を武力制圧し、その際に景を救い出す――それこそが現状を打破する最善と考えたこと。

「閣下に叛意などこれっぽっちもないことは百も承知だ。それでも一縷《いちる》の望みを賭けて説得を試みたが……やはり受け容れてはもらえなんだ」

鐸は無言で大きな口を引き結び、礫は小刻みに目玉を震わせる。そんな事情があったとは露知らず、なぜ相談してくれなかったと言いたげな二人は、それ以上に不審な視線を童樊に向けた。

悲愴な台詞に反して、童樊の顔に苦悶がない。むしろ全てをわきまえた上で、達観の境地にあるようにすら見えることを訝しんでいる。

目的のためには最後まで諦めず、ありとあらゆる知恵を振り絞り足掻き続ける――それが二人の知る童樊という男だろう。景の命が懸かっているというのに、目の前の悟りきったような態度は、彼らにとって有り得ないのだ。

彼らの面持ちに気がついた童樊は、二人を見返すと、まるで張りつけたような無表情のまま、低い声で言った。

「俺にはもう、これしか道がない」

思い詰めたような言葉にも拘わらず、童樊は淡々とただ事実を述べるが如く言う。

「お前たち、これからも俺についてきてくれるか」

「何言ってんだよ、樊兄。そんなの当たり前に決まってんだろ」

童樊の静かな迫力に気圧《けお》されて、半笑いを浮かべた礫が大きく頷いた。

だが彼の半歩前に立つ鐸は、青ざめた顔で童樊を凝視している。

「樊、お前」

そこで喉をごくりと鳴らしてから、鐸は童樊に問うた。

「衛師様はどこにいる。知っているんだろう、樊」

「……閣下は謀反の咎《とが》で、獄に繋がれた」

途端、鐸はこれまで見せたこともない恐ろしげな形相を浮かべて、童樊の褶《うわぎ》の襟をひっ摑んだ。太い両腕で友の身体を引き寄せる鐸の顔は、予想が外れることを期待して、だが予想に違わぬ告白への強い憤りに染まっている。

「お前、衛師様を夢望宮に売ったな！　謀反の濡れ衣を着せて！」

「……景を救うため、他に、手は、無かった」

「今すぐ取り消せ、衛師様をお助けするんだ！」

怒りに任せた鐸の両腕が、童樊の襟を締め上げる。童樊の太い首も、鐸の膂力《りょりょく》にはかなわない。

「衛師様がいなけりゃ、この国が滅ぶぞ！」

徐々に息を詰まらせながら、それでも童樊は頷こうとはしなかった。

「できん。景が、死ぬ」

「樊！」

なおも頑なな童樊の拒絶に、鐸はさらに両腕に力を込めようとして——その目が突然、くわと見開かれた。

童樊の手には、鐸の腰帯から抜き取った剣があった。その切っ先は鐸の腹の、右下から左上へと押し上げられるような角度で、深々と斬りつけられている。

鐸の目が血走って、両腕がついに童樊の首を摑んだ。だが剣先は既に鐸の鳩尾まで食い込んで、いつの間にか相当量の血溜まりが広がる床に腸《はらわた》がずるりと垂れ落ちる。

「お前……」

それ以上腕に力が入らない鐸が不意にむせ返り、大量の鮮血を吐き出した。顔面に鐸の血を浴びながら、童樊は無情に告げる。

「許せ、鐸」

言うや否や、童樊は力の限り剣を振り抜いた。鐸の心の臓を切り裂いた剣の先から、激しい血飛沫が天井や壁を染める。

正面から斜めに切り上げられた鐸の巨体は、その大きな手から力が失われると、童樊に縋るような形でずるずると膝を突き、やがて血溜まりの中に突っ伏した。

「閣下よりも国よりも、俺の大事は景だ」

友の亡骸《なきがら》に向かって語りかける童樊の眉間に、悲痛が漂う。だが全身に鐸の血を浴びて、剣を手にしたまま佇立《ちょりつ》する姿は、彼のわずかな心の動きを覆い隠すには十分過ぎた。

部屋の隅で腰を抜かしたまま、鏄が屠《ほふ》られる様を見届けるしかなかった礫には、童樊の内心を慮《おもんぱか》る余裕などあるはずも無いだろう。

「礫、後を頼む。俺は血を流さねばならん」

おもむろに声をかけられて、礫がひっと声にならない叫びを上げる。

怯える礫を一瞥した童樊は、やがて無言で踵を返し、この手で殺めた友の血に塗《まみ》れた部屋を後にした。

＊＊＊

業暈は常日頃より太上神官猊下の御心に不満を抱き、延いては耀を己の意のままにせんと欲す。過日、夢望宮を武をもって制せんとし、腹心・童樊に諫《いさ》められし。業暈大いに激怒し、童樊に蟄居謹慎を言い渡す。童樊やむなく夢望宮に業暈の企てを訴え、業暈獄に繋がる——

祭殿正面に立った変子瞭が、業暈の罪状と捕縛の経緯について読み上げる。その顔を睨みつけようという業暈の視線は、だが変子瞭の顔まで届かない。

夢望宮の広場に跪《ひざまず》いた業暈の、後ろ手に縄で結われたまま裸に剝かれた上半身は、数え切れないほどの拷問の傷痕に覆われていた。浅黒いはずの顔面もあちこち鬱血したり色とりどりな痣だらけで、多くを見渡してきた大きな眼は腫れ上がった瞼に塞がって見る影もない。

「業暈は衛師という要職にありながら、その職責を果たすどころか、夢望宮に取って代わらんと企てた。これは紛《まご》う事なき天下に対する大逆であり、その罪は万死に値する」

変子瞭の声音は嫌になるほど朗々として、周囲を囲む建物から固唾を呑んで広場を見下ろす人々の耳にもよく響く。

だから広場の西に面した建物の二層で、仲間の祭踊姫と共に眺めていた景にも、業暈が謀反の罪を咎められているということは十分に伝わった。

――なんでこんなことになっているの？――

項垂《うなだ》れる業暈を、祭殿から見下ろす神官たち。その中心に立つ超魏は白い髭を震わせながら、「なぜだ」「裏切られた」「許せぬ」と、しきりに口角泡を飛ばしている。

その隣に立つ変子瞭は、超魏の罵倒を澄まし顔で聞き流しているように見えた。

しかし景にはわかる。

冷静を取り繕えば繕うほど、変子瞭は胸中で愉悦に浸っている。

政議殿に向かう業暈の姿なら、景も何度か見かけたことがある。中背にも拘わらず大きな巌《いわお》を連想させる、景にもひと目で国の柱石とわかる人物だった。それほどの人物が謀反という大事件を起こして、変子瞭はどうしてあんな顔ができるのか。いったい何が彼をほくそ笑ませるのか。

だがそれ以上に景の目を捉えて放さないのは、超魏を挟んで変子瞭と対の位置に立つ、童樊の姿であった。

変子瞭が読み上げた罪状経緯によれば、童樊の訴えによって業暈は罪に問われたという。業暈は童樊を抜擢した、いわば恩人ではないか。たとえ業暈が謀反を企んでいたとしても、夢望宮に密告などする前に、その身を挺して恩人の無謀を食い止めるべきではないか。

罪人として跪く恩人をただ黙って見下ろすなど、それは景の知る童樊に似ても似つかない。

「逆徒・業暈を斬首に処す」

超魏の厳かな宣告に対して、変子瞭も童樊も微動だにしない。ただ業暈だけがわずかに首をもたげて、ほとんど開かない目で祭殿を見上げた。

「……愚か者め」

低く、掠れていたというのに、その声はどうしてか広場を囲む一同の耳に等しく響き渡った。

超魏は己に向けられた言葉と解釈したのか、真っ赤な顔で「首を刎《は》ねよ！　そやつにそれ以上喋らせるな！」と叫ぶ。業暈の傍らに控えていた処刑人は、超魏の言葉に急かされるかのように業暈の肩を押さえ、大剣を振り下ろした。

鈍い音と共に首が飛び、切り口から血飛沫が噴き上がる。

首は血溜まりの上を、ごろりごろりと転がっていく。血塗れになった業暈の首は、景のいる建屋に面を向けながら、やがて動きを止めた。

半ば以上塞がった瞼の下で、光を失った目が景を見つめている。

「恐るべき大逆を未然に防ぐことができたのは、ひとえに童樊将軍の功績である。耀の行く末を真に任せうる人物は、もはやそなたを措《お》いてほかにない」

業暈の斬首を見届けたことで、頭に上った血も引いたのか。いつの間にか厳かな口調を取り戻した超魏が、童樊の功績を讃えた。

童樊は前に掲げた両腕の間に顔を埋めている。彼がどんな表情で超魏の言葉を聞いているのか、景からは窺い知れない。

「童樊、そなたを新たな衛師に任ずる。奮《ふる》って励め」

「謹んで拝命致します」

超魏の下命に、童樊が恭しく答えた。この瞬間、童樊はついに耀の武人の頂点に立った。衛師となった童樊は、夢望宮への登殿が許される。それはつまり、景との面会も可能ということだ。

いつか必ず景を迎えに行くという約束を、童樊はとうとう現実のものとしてみせた。

でも、と景は問わずにはいられない。

業暈が処刑され、衛師が空席となったからこそ、童樊はその座に上り詰めることができた。それはまるで二人が相見《あいまみ》えるために、業暈が犠牲になったかのようではないか。

——こうまでしなければ、私たちが会うことはできなかったの？——

首となった業暈が、いつまでもこちらを見つめている。その目から景は視線を逸らすことができないでいた。

業暈の首が、声なき声で訴えている——景にはそうとしか思えなかった。

# 第五章　落魄《らくはく》

## 一

業暈《ぎょううん》刑死の報せを、業燕芝《ぎょうえんし》は渓口砦《けいこう》建設を指揮して回る最中に受け取った。

「戯《たわ》けたことを申すな！」

細い眉を吊り上げ、父に似た大きな眼《まなこ》を血走らせながら、業燕芝は報せをもたらした男に詰め寄った。

「父上が謀反を企て、あげく斬首だと？　そんなふざけた話があるか！」

業燕芝の痛罵を、男は悲痛な面持ちで受け止める。彼は夢望宮《むぼうきゅう》や衛府《えいふ》が寄越した正式な使者ではない。都・嶺陽《れいよう》における業暈邸に勤める下男であった。彼が長年業家によく仕えてくれたことを、誰よりも業燕芝こそがよく知っている。

だから業燕芝は彼を罵りながら、その凶報が真実であると理解するほかない。

なによりこれほどの大事を私人である彼が伝えるという点からして、事態は既に異常であった。

「屋敷には武装した神官たちや衛府の兵が踏み込んできました。私は燕芝様に必ずやお伝えせねばと思い、なんとか彼らの目を逃れてここまでたどり着いたのです」

「なんと、神官のみならず衛府の兵まで」

業燕芝と共に聞いていた更禹《こうう》も、その報せに絶句する。ましてやその他の諸将は、あまりの変事に声も出せない。

「……衛府の兵とは、誰の兵だ」

無理矢理に声音を静めた業燕芝が、男の顔を食い入るように見つめた。瞳には、まさかそんなはずはという、切なる願いが滲んでいる。

だが男の答えは、そんな望みを無情にも断ち切るものであった。

「童樊《どうはん》将軍の兵です」

聞くや否や、業燕芝の大きな目が飛び出さんばかりに見開かれた。瞳はぶるぶると震え、嚙み締めた唇の端から血が滲む。全身がわななく。

やがて腰に佩いた剣の柄を握り締めた業燕芝は、言語も不明瞭な慟哭《どうこく》と共に、抜き出した剣を振り回す。闇雲に剣を振るう彼女の憤りように、更禹をはじめとする諸将は怖れをなして後《あと》退《ずさ》った。

およそ信じがたい父の横死に、童樊が加担したとまで聞かされて、業燕芝の怒りはとどまることを知らない。

「なぜだ、童樊！」

嵐のように振るわれていた剣先は、落雷の勢いをもって地面に突き立てられた。柄の上に両手を置いた業燕芝は、その上に半ば被さるように身体を支えながら呻く。

「父上は、あれ程お前のことを目にかけていたではないか！　いずれ衛師《えいし》の座も託そうとしていた父上を、なぜ裏切った！」

そして私もお前のことを――その言葉を業燕芝は辛うじて呑み込んだ。

男として少なからず想う相手だった。だからこそ、童樊の所業は到底許せるものではない。

諸将が見守る中、おもむろに顔を上げた業燕芝は、全身に怒気を纏ったまま号令を発した。

「砦の建設は中止だ。全軍、出立の用意をしろ！」

「燕芝様、いかがなさるおつもりですか」

更禹の問いに、業燕芝は何を訊くのかと言わんばかりに怒鳴りつけた。

「知れたこと。嶺陽に戻り、父上に着せられた汚名を雪《そそ》ぐのだ！」

「なりません」

老将が立ち塞がるようにして業燕芝を叱咤する。

「今戻れば、燕芝様も閣下の係累として捕らわれますぞ」

「望むところだ。渓口の全軍をもって、死に物狂いで抗ってみせよう」

「落ち着かれよ、姫！」

長く業燕芝を見守ってきた老将は、幼い頃の彼女の呼び名で活《かつ》を入れた。

「怒りに任せて嶺陽に攻め込んでも兵は少なく、みすみす首を渡すのみとなりましょう。自ら夢望宮の思惑に嵌まるおつもりか」

「ならばどうしろと言うのだ。このまま黙って指を咥えていろと言うのか」

更禹の言葉は道理であるからこそ、業燕芝は歯噛みする。すると老将は腰を屈め、声を低くして言った。

「夢望宮の行いは許しがたく、もはや忠誠を捧げるに価しません。ですが今の我々には力が不足しております。いずれ相応しい報いを与えるためにも、ここは一度身を隠すべきです」

「身を隠す、だと」

思いがけない進言に、怒りが方向を見失う。戸惑いの表情を浮かべる業燕芝に、更禹は小さく頷いてみせた。

「まずは夢望宮の目の届かぬ地へと姿を晦《くら》まし、復讐の機会を窺うのです。無論、この老骨もお伴致します」

そう言うと更禹は、業燕芝の前に跪いた。

それは突然足下から立場が揺らいだはずの業燕芝に、なおも付き従うという決意の表明にほかならない。そして彼の行動に続くかのように、他の将たちも同様に業燕芝の前に跪き出した。

率先して恭順の意を示した更禹の姿を見て、諸将たちもまた、引き続き業燕芝の下にとどまることを決心したのである。

「わかった、更禹。お前の言に従う」

自らの前に頭《こうべ》を垂れる将たちを前にして、業燕芝も興奮から冷め、同時に意を決した。

「我々は一時、耀《よう》の地から姿を消す。だがいずれ必ずや嶺陽に戻り、父上の無念を晴らしてみせる！」

その晩の内に業燕芝率いる軍は渓口から立ち去って、しばし彼らの行方は杳《よう》として知れなかった。

＊＊＊



「それはまことか」

墨尖《ぼくせん》の問いに、秉沸《へいふつ》は神妙な顔で頷いた。

「嶺陽に忍ばせた間諜の報告以外にも、既にこの乙中《いっ》で話題になっております」

墨尖の軍が鱗《りん》の海賊・上紐譲《じょうちゅうじょう》を配下に組み込んだのは、およそ半月前のことだ。その後上紐譲の船団に乗り込んだ墨尖軍は、鱗を発ち内海を西へ向かい、ついに乙にたどり着いた。

そこで彼らを出迎えたのが、旻《びん》王の代理として乙との交渉役を務めていた秉沸である。

「業暈が処刑されたのは、まず間違いないでしょう」

船を降りた墨尖に、挨拶もそこそこに秉沸がもたらしたのは、驚くべき報せであった。

「信じられん」

墨尖の反応も当然であった。破谷《はこく》を失った耀にとって、業暈の手腕は最後の頼みの綱であったはずだ。その綱を自らの手で断ち切るとは、よほどの理由がなければ有り得ない。

「秉沸、もしやお前がなんらか手を下したのではないか」

あるいは秉沸であれば、夢望宮と業暈に離間の計を仕掛けてもおかしくない。だが秉沸は墨尖の言葉に、苦笑気味に首を振った。

「それは墨尖様の買い被りすぎです。今回、私は無関係ですよ」

「それではますます意味がわからん。業暈を処刑して、その後の耀を背負って立つ人材がいるというのか」

「後任の衛師は童樊だそうです。業暈の右腕と名高い将軍ですが……」

「童樊？」

秉沸の言葉に反応したのは、墨尖ではない。その声を発したのは、彼の後ろに控える、錫杖を手にした縹《ひょう》であった。

「童樊将軍をご存知ですか、縹殿」

穏やかな笑みの中に、秉沸が探るような視線を交えて寄越す。その目と目が合って、縹の微かな手の動きに伴い錫杖が鳴った。

上紐譲の手下たちに捕らえられた縹は、その上紐譲一味が墨尖の配下となった結果、今度は墨尖軍に身柄を引き渡されていた。そして墨尖軍を出迎えた秉沸と、思いがけず再会したのである。墨尖も縹が秉沸の知己と知ってか、こうして彼ら二人の会話に縹が加わることを咎めようとはしない。

それにしても秉沸の報せは、縹にとっても当然の驚きであった。

「童樊将軍は私の同郷です」

縹の答えに、墨尖も振り返る。秉沸の柔和だが抜け目ない瞳と、墨尖の冷徹な眼に見据えられて、縹の顔はやや緊張気味に強張った。

「耀軍に志願して、業暈様の下で栄達を果たした出世頭でしたが、まさかその後を襲うことになろうとは」

「なんと世間は狭い。縹殿が、あの童樊将軍の馴染みとは」

秉沸は微笑みながら、言外にいかにも含みを持たせている。どういう意味かと目で尋ねる縹に、秉沸はすっと笑みを打ち消して答えた。

「業暈の罪状は謀反だそうです。その罪を夢望宮に訴えたのが、ほかならぬ童樊将軍ともっぱらの噂。恩人を告発した上でその座を手に入れようとは、なかなかの梟雄《きょうゆう》ぶり」

童樊が、まるで衛師の座を求めて恩人に罪を着せたと言わんばかりの言いように――しかし縹には、自分でも驚くほどに違和感がなかった。

樊兄《にい》ならもしや、と頷ける自分がいる。

守人衆《もりびとしゅう》を率いる頃の童樊は、頭が切れ、逞しく、頼りになる男だった。ただ彼の中には、明らかな優先順位があった。

童樊にはなによりも、景《けい》が一番なのだ。

それは縹だけではなく、楽嘉村《らくかそん》の住人であれば誰の目にも明らかであった。だから彼が景のいなくなった村から出奔しても誰も不思議がらなかったし、むしろ当然のことと納得されていた。

童樊は彼個人の私利私欲のために非道に振る舞うことはないだろう。だが景のためであれば、どんな卑怯も不忠も躊躇《ためら》わないだろうという確信がある。

大恩を踏みにじり、衛師の座に就くこと自体にどのような意味があるかまではわからない。

だがそこには何らか景の身に関わる事由があったに違いない。

「それが真実だとして、童樊将軍がいかなる思惑で業暈衛師を告発されたのか、私にはあずかり知らぬこと。まったく考えも及びません」

当たり障りない答えに見せて、それは縹の本心であった。

童樊の意図など、自分にわかろうはずもない。それどころかこの世のあらゆる事象が、今の縹にはどれも手出ししようもないものに思えた。

海賊に襲撃されたあの夜以来、縹の心の内には明らかな翳《かげ》りがある。

同じ船に乗り合わせた人々が、賊の凶刃によって造作もなく斬り捨てられていく。その光景が、今でも脳裏にこびりついて離れない。自分はろくな抵抗もできず、ただ殺戮を眺めることしかできなかった。

神官などと名乗りながら、その証である錫杖が守ったのは縹のみであった。

無事の船旅を願掛けされておいて、おめおめ生き残ったのは自分ただ一人だった。

あれほど己の非力に打ちのめされたことはなかった。

あんな思いは、もう二度と味わいたくない。だからこそ記憶の奥深くに閉じ込めて、全て忘れ去ろうとしたはずなのに——

とめどない思考が脳裏で口走った呟きを、縹自身が聞き咎める。その一言一句を声に出さずに繰り返して、眉間に微かな縦皺が浮かぶ。

二度味わうとはどういう意味か。何を閉じ込め、忘れ去ろうというのか。

いったい自分は何を考えているのか。

混乱する縹の横顔を、秉沸の細い目が見つめている。彼はしばし顎先に指を当てていたが、やがてそうと気づかれぬ程度に片眉を上げた。

「先日お会いした時からまだそれほど経ていないというのに、縹殿はますます神獣めいてきましたな」

「……どういう意味でしょう」

縹の声には、自分でも驚くほどの苛立ちがある。すると秉沸は、むしろ愉快そうに、細い目を一層細めた。

「言葉通りの意味です。縹殿が旅立たれる前に、私が申したことを覚えていますか」

もちろん覚えている。しがらみに囚われない、気儘に天下を旅して回る自由な存在であるという彼の言葉は、縹に自分自身について考えさせる契機ともなった。

果たして自分は何者なのだろうという問いは、だが海賊に襲われた晩を境にして、全く異なる意味を持って響く。

「あらゆるしがらみから解き放たれて見える、あなたを羨む気持ちに変わりはありません。ですが同郷の童樊将軍をも突き放す、今のあなたを見て思うところがあります」

「突き放すとは大袈裟な」

「童樊将軍が何をしでかそうとも所詮自分には及ばぬことと、仰ったばかりではありませんか」

秉沸の物言いは穏やかだが、縹はそれ以上反駁できない。思わず唇をかみしめる縹に、秉沸がそっと歩み寄る。

「きっと縹殿は、世の事柄について己が及ぶことはない、眺めるほかないと悟られたのではありませんか。ですが私に言わせれば、それこそまさしく神獣の如し」

縹の内心を看破する、秉沸の眼力はさすがだ。だがその先の言葉が意味するところが、縹には理解しかねた。訝《いぶか》しげに見返すと、秉沸はあくまで穏やかな微笑を浮かべた。

「神獣とは、この世のあらゆる事象を見守り続けるほかない、力無き存在なのですから。今の縹殿と瓜二つではありませんか」

柔和な表情を崩すことなく言い放たれた秉沸の言に、啞然とした。

庶民であればいざしらず、彼のような貴人の口から神獣を誹《そし》る言葉が吐き出されるとは、思いもよらなかった。仮にも神官として、到底首肯《しゅこう》できるものではなかった。

だが何よりも縹を困惑させたものは、縹自身の内にあった。

ただ見守るしかない、神獣の無力を嘆く言葉には、はっきりと覚えがある。

「私の非力を神獣になぞらえるなど、畏れ多いにもほどがある」

動揺を悟られまいと、厳しい表情を取り繕う。すると秉沸は縹の顔を覗き込みながら、囁くようにして告げた。

「この世を生み出した神獣は、まこと尊ぶべし。ですがその先は、神獣に生み出された我々自身の手で築かれるべきでしょう」

「それは――その通りかもしれませんが、しかし」

「だというのに、夢望宮の神官たちは神獣という権威に甘えて、自ら政《まつりごと》を為そうという気概もない。もはや彼らには任せてはいられないと、旻王陛下はお考えです。この世を見守る神獣を煩わせぬためにも、夢望宮の旧弊を取り除くべし」

そこまで語り終えたところで、秉沸はまるで自身を窘《たしな》めるように額を押さえた。

「いけませんな。縹殿の前では、つい弁を振るってしまう」

「まったくだ」

それまで二人の会話に入ろうとしなかった墨尖が、ようやく口を挟んだ。

「秉沸ともあろう者が、いささか余計なことを喋り過ぎではないか」

「まあ、良いではありませんか」

苦言を呈されても、秉沸は涼しい表情で答えた。

「彼にはこのまま私の客として、我が軍に同行してもらいます。であれば監視も行き届くし、また多少のお喋りも許されるでしょう」

墨尖がむうと口を噤《つぐ》むのを確かめてから、秉沸は縹を見返した。

「我々はこれから、乙と共に耀を攻めます」

そういうことかと、縹はようやく理解した。

旻は鱗の上紐譲一味を配下に組み込み、念願の水軍を手に入れた。だがそれだけでは飽き足らずに乙を目指したのは、内海最強の乙水軍と合流するためだったのだ。

乙は利に聡《さと》いという。海賊衆を従えた旻と、破谷も業暈も失った耀を天秤にかけて、前者と手を組むことを決めたということか。そして旻が水軍をもって乙と共に攻め寄せるなど、耀の誰にも考えもつかないだろう。

「……旻王陛下は、耀を攻め滅ぼすおつもりですか」

「果たして陛下の御意がいずこにあるか。縹殿には、ただ眺むるのみという神獣の視座をもって、この戦の行末を見届けるがよろしい。その後は旻王陛下にもお引き合わせいたしましょう。陛下はきっとあなたに興味を持たれるであろうこと、この秉沸が請け合いますよ」

一層柔和な笑みを浮かべる秉沸の前で、縹はただ無言を貫くほかなかった。そもそも選択権などあるはずもない。非力な自分は、ただ流されることしかできないのだ。

――眺めるほかに術はなし――

耳朶《じだ》にこびりついた言葉を反芻する。それはかつて、縹が記憶の奥底に沈めたはずの、自嘲の言葉に相違なかった。

二

嶺陽は、不気味な静けさに包まれている。

英雄視されていた衛師の刑死という前代未聞の事態を迎えて、民衆の動揺は計り知れない。彼らの予測不可能な暴発を抑え込むため、嶺陽の街中には辻ごとに衛府の兵が配置されて、いわば戒厳令下にあった。

常ならば大勢の人で賑わう往来に、行き交う人影はごくわずかとなってしまった街並み。それは夢望宮とて例外ではない。神官たちもまた、滅多な用事が無ければ動き回ることを固く禁じられている。

広大な敷地内に、人っ子一人見当たらない。まるでもぬけの殻と化したような夢望宮で聞こえるのは、境内に立ち並ぶ木々が風に揺れるざわめきと、草木に紛れた虫が奏でる鳴き声と、そして――

さながら獣の如き咆哮が、夢望宮を震わせている。

雄叫びはもはや人語の体《てい》を成さず、何を意味するか聞き取れる者はない。

延々と噴き出される火山の溶岩に似た、激情に任せるままに発せられるその声は、ひと組の男女の激しい情交がもたらす啼《な》き声であった。

「……なんという、おぞましい声だ」

嫌悪もあからさまに、超魏《ちょうぎ》は苦々しげに言葉を吐き出した。

「あろうことかこの夢望宮で、男女の交接に耽《ふけ》るとは。あの男は神獣への崇敬どころか人倫すら持ち合わせぬ、ただの畜生に過ぎん」

そう言って骨と皮ばかりの両手で顔を覆う超魏を見て、変子瞭《へんしりょう》は最初冗談でも聞いているのかと思った。寝台の端に腰掛けた超魏は両肩に寝衣を羽織って、その下には痩せて浮き出た肋骨と突き出た下腹をだらしなく晒《さら》している。

そして彼の背中を片肘突いて眺める変子瞭は、全裸の腰から下を上掛けで覆うばかりであった。

「連日連夜あの声が谺《こだま》し続けて、このままでは気が狂いそうだ」

窓から差し込む月明かりの下の超魏の横顔が、どうやら本気で渋面《じゅうめん》を作っている。そうと知って、変子瞭は超魏の言葉が本心であるとようやく理解した。

「彼はこの日のために栄達を目指したと聞きます。思いの丈が積もり積もって、まだまだ飽き足らんのでしょう」

変子瞭が気持ちのこもらない慰めを口にしても、憤懣やるかたないといった超魏の肩は震えが止まらない。

「だからどうしたと言うのだ。そもそも神獣に仕える祭踊姫《さいようき》を手に入れようなど、下賤極まる！」

未だに祭踊姫の処女性を尊しとしている超魏が、変子瞭にはどうにも度し難い。そもそもというなら、夫婦《めおと》の約束をしていたあの二人を引き裂いたのは自分自身であるということを、超魏は自覚しているのだろうか。

そんなわけがないと、変子瞭はすぐに自らその問いを否定した。そこまで見通すような目があれば、常日頃から地に足着かない空論を理想に掲げるようなこともないだろう。

変子瞭は寝台の上で上体を起こすと、床に落ちた寝衣を拾い上げた。

「確かにこれ以上は我らも寝不足になってしまう。そろそろ真面目に仕事に臨むよう、ちと諫《いさ》めに参りましょう」

寝衣を纏いつつ、変子瞭はそう言うと背後を振り返ろうともせずに、超魏の私室を後にした。

＊＊＊

深夜の夢望宮は、常ならば敷地内にいくつもの篝火が焚かれて、明かりに事欠かない。だが今はそれすらも禁じられて、遍《あまね》く暗闇の中にある。幸い今宵の月は満月に近く、変子瞭は白《しら》んだ月光を頼りに、長い廊下を歩いて行く。

耳に入るのは床板が軋む音以外には、今も響き続ける男女の慟哭とも紛う雄叫びばかり。超魏の言う通り昼夜の区別のない咆哮は、夢望宮の敷地どころか厳戒態勢を敷く街中にまで聞こえ及ぶという。

　業暈の刑死は住人の間でもその正当性を疑われていたが、嬌声とも狂声ともつかない咆哮が轟くようになって、さらに疑念は深まっている。人の往来は禁じられているというのに、巷間にはまことしやかな噂が流れているという。

　いわく、祭踊姫の美しさに心を奪われ、道を誤った不忠者。

　あるいは色香をもって将軍を誑《たぶら》かした、傾城《けいせい》の妖姫《ようき》。

　悪評を増す二人が籠もる部屋の前に着いて、足を止める。戸の隙間から廊下にも熱気が漏れ出していたが、変子瞭は躊躇せず勢いよく開けた。

　引き戸が柱を叩く音と同時に目に飛び込んできたのは、寝台の上で荒々しい息遣いのまま振り返った童樊の、鎧のように逞しい背中であった。

　引き締まった筋肉に覆われた全身が、水でも浴びたかのように汗に塗れている。その太い腕の下には、やはり全裸の景が組み敷かれていた。童樊以上に湿り気を帯びた彼女の白い肌は、上気して桃色に染まっている様がわかる。

　室内には二人の汗や体液の匂いが充満して、まるで水中のように湿度が高い。だが変子瞭は意に介さず、いつも通りに涼しげな顔で足を踏み入れた。

「お前たち、そろそろ大概にしろ。せめてひと休みしたらどうだ」

　そう言うと変子瞭は、勝手知ったるという具合に室内に腰を下ろす。童樊と景はなおも瞳に剝き出しの野性を宿したまま荒い息を吐いていたが、変子瞭の振る舞いを眺めている内に、やがてその息遣いも整っていった。

「最中に踏み込むなんて、無粋だね」

童樊の腕の下からゆっくりと身体を起こした景が、豊かな乳房を隠そうともせずに、傍らの卓に手を伸ばす。よほど渇いていたのだろう、景は手にした小瓶の注ぎ口に直接口をつけた。

喉を鳴らしながら水を飲み干す景の横で、寝台の端に腰掛けた童樊が変子瞭を見返す。その目がひたすら暗く見えるのは、月明かり以外に室内を照らすものがない、そのせいばかりではなかった。

「失せろ」

未だ渇望を満たし切っていない、虎狼の如き視線を向けられて、さすがに変子瞭もごくりと唾を飲み込んだ。

「嫌われたものだな」

「貴様の面を見ると虫酸《むしず》が走る」

「といって、私も言われるまま引き下がるわけにもいかん」

努めて冷静な口調で応じる変子瞭に、童樊が殺気立った目を向けた。そのままゆらりと立ち上がった彼の手には、寝台の脇にでも放ってあったのか、鞘に収まったままの刀が握られている。

童樊は無造作に鞘から刀身を引き抜くと、その刃を変子瞭の首筋に当てた。

「首を刎ねられたくなければ、出ていけ」

「……衛師に任ぜられたお前がやったことといえば、都中に兵を配して、後はひたすら麗姫《れいき》と貪り合うばかりだ。これでは業暈も死んでも死に切れまい」

「黙れ」

眉間に縦皺を刻む童樊に睨みつけられて、変子暸はこめかみに冷や汗を滲ませながらも、舌を繰り動かし続ける。

「巷でお前がなんと噂されているか知っているか。祭踊姫の色香に誑かされた、とんだ不忠者だとさ。それだけならまだしも、今じゃ麗姫までが傾城の悪女呼ばわりだ」

その言葉に景が眉をひそめても、変子暸は童樊を仰ぎ見たまま口を閉じようとしない。

「もっともお前が夢望宮に籠もり続けるというなら、その噂も否定しようがないな」

「黙れ！」

童樊の瞳が怒りに染まって、柄を握る手に力が入る。変子暸は首筋に立てられた刃が肉に食い込もうとする感触を覚えながら、なおも言い放った。

「許せぬと言うなら、お前も務めを果たしてみせろ」

変子暸の挑発的な物言いにも、童樊の剣に込められた力は弛むことはなかった。

なんとなれば、今この状況を引き起こした端緒は変子暸にある。変子暸に唆《そそのか》されるままに恩人を裏切ってみせた童樊が、今さら彼の言うことに引け目など感じるだろうか。

「それ以上ほざくな」

童樊がひと息に刃を押し込もうとした瞬間、景の声が彼を制止した。

「私の部屋で殺生は勘弁だよ、樊」

いつの間にか寝台から降りた景が、上掛けを巻きつけた身体を童樊の背中に重ね、耳元に語りかける。

「それに、今やあんたは押しも押されもせぬ衛師様じゃないか。耀を守れるのはもうあんたしかいないって、変子暸様の言うことももっともだよ」

「衛師の座など、もののついでだ。お前を獲り返すための手段に過ぎねえ」

変子暸の首筋から外した剣をゆっくりと下ろしながら、童樊の声には猛りが残っている。全身剝き出しの肌から、未だ匂い立つような獣性を漂わせながら、童樊は変子暸に言い放った。

「そのための対価は十分に払った。だというのにこいつは、後からまだ足りんと喚いているだけだ。これ以上俺が何かしてやる義理はない」

「衛師の務めすら果たす義理もないと。よくも言ったな、童樊」

童樊の言い草に、変子暸はむしろ感心して頷いた。

「お前の心を占めるのは、真に景麗姫のみなのだな。いっそ潔いとも言えるが――」

傷口から血の筋が滴って、変子暸の寝衣の襟元が赤く染め上げられていく。対照的に青白い面持ちの中、湿った唇が言った。

「猊下《げいか》は既に、お前に見切りをつけようとしているぞ」

変子暸の言葉に、童樊は太い眉を大きく跳ね上げた。

「なんだと」

「なにしろ神事方には潔癖を旨とする御方だ。ここのところのお前の行状に頭を抱えていらっしゃる。いい加減働きを見せねば、せっかくの麗姫と会う資格をまた失うやもしれん」

「目障りを取り除いたから、俺はもう用済みってことか」

童樊の太い右腕が伸びて、変子暸の血に染まった胸倉を乱暴に引き寄せる。その瞳に怒りが満ちていることを確かめて、変子暸は薄く笑った。

「なあ、童樊。お前の悪評は今さら覆しようもない。だったらいっそ、とことん悪評を極めようとは思わんか？」

変子暸の真意を量りかねたのだろう。童樊も、その背後に立つ景も、目にはあからさまに不審が浮かんでいる。

「何が言いたい」

襟元を摑み上げる手にさらに力を込めて、童樊が問い詰める。すると変子暸は、こともなげな口調で告げた。

「いっそ猊下も弑《しい》してしまえ。然る後、お前が耀王を名乗れば良い」

まるで甘く囁きかけるようなその言葉に、さすがに童樊も目を見開いた。彼の後ろでは景が驚きのあまり、両手で口元を押さえている。

しばし不気味な沈黙に支配された室内で、童樊が生唾を呑み込む音がやけに大きく響いた。

「……太上神官の側付の貴様が、どういうつもりで――」

「それを言うならお前こそ、業暈衛師の右腕と称されていたではないか。不思議がることもあるまい」

途端、童樊の右腕が勢いよく振り下ろされた。激しい音と共に床に叩きつけられた変子暸の長身を、憤怒に満ちた童樊の視線が突き刺す。

「息をするように妖言を吐く、貴様なんぞと一緒にするな！」

変子暸は痛みに顔をしかめつつ、童樊に向かって開きかける口元には未だ笑みが張りついている。

「妖言とはあんまりだな。私はお前たちに憧れて、心に正直に従ったまでというのに」

「あんたが何考えてるんだか、私にはさっぱりわからないよ」

荒ぶる童樊の前に進み出て、今度は景の目が変子瞭を見下ろした。

「私はただ、お前たちに倣っただけだ」

変子瞭は心持ち目を細めて、戸惑いを浮かべる景の瞳を見返した。

「童樊はお前を取り戻そうとあらゆる手を尽くし、お前は童樊を信じてひたすら待ち続けた。どんなしがらみもお前たちを止めることはできなかった。そこまで真っ直ぐに貫けるお前たちは、羨望に値する」

「あんだけ好き勝手してたあんたが、今さら私たちの何を羨《うらや》むってのさ」

「これまでの私など、所詮は夢望宮という籠の中で囀《さえず》る鳥と変わらん」

自嘲気味な台詞を呟きながら、変子瞭はどこかしら清々しくすらあった。

「極めつけは、あの縹という青年だ。彼が私の箍《たが》を外した」

思いがけない名前を耳にして、景の困惑が増す。

「縹が、いったいなんだって？」

「この世で最も雁字《がんじ》搦《がら》めなはずの神事方が、彼にはそれすら天下を巡り回るための手段に過ぎない。私には新鮮な驚きだったよ。そこまで自由な彼を知って、自分がいかに囚われてきたか、己を曲げてきたかを思い知らされた」

縹のことを語るうちに、変子瞭の顔にうっとりした憧憬《どうけい》が滲む。

夢望宮で気儘に振る舞うことで、鬱憤を少しでも晴らしたつもりでいた。だが望みに向かって邁進する童樊や、未来を信じて耐え続ける景の強靱な心根を見せつけられると、無性に居心地が悪い己に気づいていた。

それでも変子瞭が内心を皮肉で紛らわせていたところに現れたのが、縹であった。

どこにあるやも知れぬ景色を探し出すために神官になろうという彼との再会は、変子瞭が自身の苛立ちの正体を見極める契機となった。

「望むまま、求めるままに振る舞うことを、私も今さらながらに覚えたのだ。お前たちには感謝しかない」

全てを吐き出したかのように晴れ渡った表情を浮かべて、変子瞭はおもむろに床から立ち上がった。

「ともあれ言うべきことは言った。衛師の座にしがみつくつもりなら、相応の働きを見せろ。そのつもりがなければ――」

そこまで言いかけた変子瞭は、口元を引き結んだまま睨み続ける童樊の顔を認めて苦笑する。

「いや、なんでもない。これ以上余計なことを言って痛めつけられては、さすがに私も身が保たない。そろそろ失礼しよう」

「変子瞭様」

踵《きびす》を返した変子瞭を、景が呼び止めた。

「思うままに振る舞うと決めた、あんたの望みってなんなのさ」

振り返った変子瞭の目に、怪訝とも不安ともつかない景の顔が映る。

一瞬口を開きかけた変子暸は、だが声を発することなく口を閉じ、含みのある笑みだけを残してその場から立ち去った。

三

稜《りょう》の守将は、集可成《しゅうかせい》という。三年前、業暈は彼の事務処理能力の高さを買って、稜を任せた。紅河《こうが》を実質支配する大都市・稜は、強力な水軍を擁する軍事拠点である以上に、南天《なんてん》最大の経済都市だ。多くの住民のみならず雑多な人の出入りで溢れ返る稜の守将に求められるのは、軍事以上に都市運営の才であった。

本来であれば稜の廟堂の堂主こそが果たすべき役割である。だが超魏が太上神官となって以来、神官たちは信仰の強化ばかりに熱心で、政は疎《おろそ》かにされていた。代わりに守将が都市の運営を担うようになったのは、必然であったと言える。

「住民の動揺は、表面上収まったかに見える」

守将の執務室に座する、集可成の顔つきは厳しい。それは彼と向かい合う如南山《じょなんざん》も同様であった。

「あくまで表向きは、です。一歩裏道に入れば、今でも夢望宮を罵る声が絶えませんよ」

「業家と縁深い者が多いからな。致し方あるまい」

業暈刑死の報は、稜の住民にとっても驚天動地の出来事であった。耀を支える天下一の名将という住民たちの誉れが、まさか謀反の咎で処刑されたのだから無理もない。

驚き、悲憤した住民たちの怒りの矛先は、夢望宮と同一視された廟堂に向けられた。身の危険を感じた神官たちは、集可成に保護を願い出た。それどころか堂主ら高位者たちはすっかり心身を病んでしまったため、今は如南山が廟堂の代表を務めている。

「渓口軍の行方は摑めぬか」

集可成の問いに、如南山は力なく首を振った。

「近隣の廟堂にはそれらしき軍勢を見かけたら報告を上げるよう伝えてますが、未だなんの報せもありません」

「相当な数のはずなのに、いったいどこに消えたのか」

業畢刑死の後、日を置かずして業燕芝が率いる渓口軍が行方を晦ましている。嶺陽にその旨を報告した集可成は、すると渓口軍の捜索を命じられた。

その指示を下したのが新たに衛師となった童樊ということに、少なからず思うところはある。だが集可成はあくまで耀に仕える身であって、誰が衛師であろうとその指示を拒もうとはしなかった。どこまでも能吏であることが、集可成という男の本分である。

渓口軍の捜索に当たり、集可成は如南山に依頼して、付近の廟堂から目撃証言を集めさせていた。だが今のところ、芳《かんば》しい成果は出せていない。

「ですが将軍。渓口軍ではありませんが、気になる情報が届いております」

知らず声をひそめる如南山の顔色が優れない。ここ最近の事態の急変に追いつくだけで精一杯なのだ。

「ここ数日、渓口以東に点在するはずの山村から、ぱったりと連絡が途絶えているそうです」

その情報の意味するところを量りかねて、集可成は眉をひそめて問《と》い質《ただ》す。

「それはつまり、どういうことだ」

「わかりません。ただあの辺りの出身である私に言わせれば、山村の民が鳴りを潜める理由といったら、一つしか思いつきません」

そこでごくりと唾を飲み下してから、如南山は一層声を低くして告げた。

「戦の気配を感じ取った場合、彼らは危険から逃れるため山に逃げ込みます」

あくまで如南山の憶測に過ぎない。だがそれは集可成にとって、不吉極まる憶測であった。

「……破谷が陥落して以来、ろくな報せが入ってこない。先日は乙から戻った商人が突拍子もない報告を上げてきたが、こうなるとあながち法螺《ほら》とも切り捨てられん」

「突拍子もないとは、どのような報告か伺ってもよろしいですか」

如南山が尋ねると、集可成は苦々しげに答えた。

「その商人が言うことには、乙の港で旻の〝水軍〟を見かけたそうだ」

想像以上の報告内容だったのであろう、如南山はあんぐりと口を開けた。

「旻の、水軍？　それは、しかしいくらなんでも有り得ないでしょう。旻は海に面せず、大きな川もありません。水軍の持ちようがないはずです」

「私とて信じがたいが、破谷が失われて以来、あの国の真偽は全く不明だ。確かめようがない」

破谷の失陥《しっかん》とは、単に旻に対する防御拠点の喪失だけを意味しない。最前線として、旻国内の情報収集も担っていたのだ。だがその破谷を失ったことによって、旻の内情を探る術も失われてしまった。

だから旻の水軍などというありえない情報にすら、神経を使わざるを得ない。

「渓口以東の異変については、嶺陽に報告して指示を仰ぐ。如南山殿は引き続き、各地の廟堂からの情報収集に努めてくれ」

周囲の状況が見えない集可成が下せる指示は、それが精々であった。

＊＊＊

稜の集可成からの報告を受けて、童樊はすぐさま出陣を決めた。

「紅河を水軍で下るのか」

今や副将的な立場として側に控える礫《れき》が、童樊に問う。

目の前で鐸《たく》が惨殺されて以来、礫はもう昔のように軽口を叩くことはない。その変化に一抹の寂しさを感じつつ、童樊は首を振った。

「我々は陸路で稜の救援に向かう。旻軍は破谷から余水《よすい》沿いに進軍し、稜を攻めるつもりだろう。その横を突く」

童樊もまた如南山同様に、山村の民の動向は即ち旻軍襲来の予兆と捉えた。そして渓口の業燕芝軍が失踪した今、稜までの道中で旻軍を防ぐ手立てはない。

かといって稜に援軍を出すにしても、水軍で急行するわけにはいかなかった。道々で募兵しながらでなければ、兵数が足りないのだ。

旻軍には稜を攻めさせて、童樊率いる援軍はその横っ腹を急襲することで挟撃する。それが童樊の立てた戦略であった。

「でもそれじゃ、楽嘉村は──」

「旻軍は既に破谷を発っているだろう。今から救《たす》けに向かっても間に合わん」

その点、童樊の意見は生前の業暈と変わらない。抗議を一顧だにされることなく口を噤む礫に、童樊は先鋒として旻軍の動きを探るよう告げた。

「稜で旻軍を叩きのめせば、そのまま追撃して破谷まで一気に獲り返せる。全てはお前の働き次第だ。頼むぞ、礫」

信頼を口にされたことがよほど思いがけなかったのだろう、礫は表情を取り戻しながら頷いた。そのまま出陣の準備に向かった礫の後ろ姿を見て、童樊は小さくため息をつく。衛師に任じられたとはいえ、今の衛府が童樊に心服しているとは言い難い。別働隊を任せられるような人材といえば、礫しかいないのが実情であった。

礫の先鋒隊が出立して三日後、童樊率いる本隊も嶺陽を発った。本隊は先鋒隊に合流するまでに、必要なだけの兵を集めなければならない。

嶺陽から稜へはこれまで水軍で直行するのが常であったから、この辺りの村々での募兵は麓《ろく》南《なん》の戦い以来となる。そのため兵となる人数も十分にいるはずと見込んでいた童樊だが、案に相違して募兵は順調とはいかなかった。

人がいないわけではない。募兵に応じる必要がないほど、村の人々の生活が潤沢というわけでもない。

それでも馳せ参じる兵が少なかったのは、ひとえに童樊の悪名のためであった。

童樊が業暈を裏切って衛師の座を掠め取ったという噂は、都・嶺陽から離れれば離れるほどに脚色されて民衆に広まっていた。ことに稜に近づくほど童樊憎しの気配が高まり、結局先鋒隊と合流するまでに掻き集められたのは、予定の三万人を大きく割り込む二万人弱でしかない。

やむなく礫と再会した童樊は、早速旻軍に関する情報を求めた。

「旻軍の数は、およそ三万。既に稜城塞から半日の距離に陣取って布陣している」

三万という数は童樊軍を上回るが、稜軍と挟撃できれば勝利の可能性は十分ある。

だが童樊はさらに礫がもたらした報告に、思わず耳を疑った。

「旻軍は、どうやら旻王が自ら率いてるぜ」

「そんなことが有り得るか。今の旻王は女王だろう。先代のような武人とは聞いてないぞ」

「俺だって見間違いかと思ったよ。でも〝枢智《すうち》〟の旗印と一緒に進む立派な輿《こし》を、俺自身が確かめたんんだ。間違いねえ」

礫がそこまで言い張るなら、その通りなのだろう。だが当代の旻王・枢智蓮娥《れんが》は、これまで深窓の令嬢に過ぎなかったと聞く。その彼女がわざわざ戦場に乗り込んできたのはどういうわけか。

戦場で兵士を鼓舞する女王という存在は、それ自体が士気を上げる。だがそれだけが理由だろうか。もっと意図のある仕掛けがあるように思える。

童樊の疑問は、やがて訪れた稜からの伝令によって氷解した。報告によれば、紅河を遡上して稜を目指す大船団があるという。

「大船団だと。どこの船だ」

「信じ難いことですが、乙と旻の旗印を掲げております」

それは二重の意味で童樊陣営に驚きをもたらした。乙が耀に歯向かうという事実以上に、旻が水軍を有しているとは、青天の霹靂《へきれき》以外の何物でもない。

「だがこれで合点がいった。旻王は自らを餌に俺たちを引きつけて、その隙に水軍で稜を攻め落とすつもりか」

水軍が出陣するとなれば、稜城塞に残る兵も最小限となる。童樊軍と連携して旻軍を挟撃する余裕はなくなるだろう。

「どうするんだよ、樊兄」

心細げに見返してくる礫に比べて、童樊は迷わなかった。

「水軍の相手は集可成に任せる。稜には投石陣もある。相手が数で勝ろうとも、滅多なことでは負けはしない」

「じゃあ、俺たちは」

「女王がわざわざ首を差し出しに来たんだ。その誘いに乗らないわけにはいかないだろう」

童樊にとっては、窮地を覆す最大の機会としか思えない。それが罠とわかっても、罠を食いちぎって相手の喉笛を嚙み切るだけの自信が童樊にはあった。

四

紅河を遡上する敵は、集可成が稜水軍を率いて撃滅せよ——

衛師・童樊の指示を受けた集可成は、急ぎ稜の川港に待機中の水軍を出動させた。

集可成の将才は、都市運営の手腕に比べれば際立ったところはない。その点は彼自身もわきまえている。一方敵する旻・乙の水軍は、稜水軍を上回る大船団だという。

それでも集可成には、十分な勝算がある。稜の城塞よりやや下った川沿いに設けられた投石陣が、自信の根拠であった。

盛り土された砦に設置した数種類の投石器が、幅広い紅河を万遍なく狙い撃つ。投石陣は集可成の指示によって日頃から入念に整備されており、その威力も精度も疑いない。この投石陣と水軍が連携すれば敵船団の撃退は可能であると、集可成は確信していた。

もっとも敵も投石陣の存在は承知している。旻・乙連合水軍は投石陣の脅威が及ぶ手前で踏みとどまり、着弾範囲に布陣したのは稜水軍であった。

「無謀にも紅河に踏み込んだ敵に、目に物見せてやれ！」

集可成の鬨《とき》の声と共に稜水軍から大量の矢が放たれ、旻・乙水軍もまたそれ以上の矢で応じた。大船団同士の間で、いつ果てるともない矢の応酬が繰り広げられる。

紅河の下流から攻め上る旻・乙水軍に対して、上流に構える稜水軍はあえて包み込むように両翼を広げた形で布陣している。この場合数に勝る敵にとっては、稜水軍の中央を突破して分断し、そのまま各個撃破する形が望ましい。

だが投石陣の存在が、敵の中央突破を許さない。

もし旻・乙水軍が稜水軍の中央を突き破って進み出れば、そこは投石陣の着弾範囲だ。途端に投石器の攻撃に晒されて大打撃を蒙ってしまう。混乱する最中に反転した稜水軍から攻撃を受ければ、まず敗北は免れない。

そうとわかっているから、旻・乙水軍は前に出ることができない。稜水軍は川の流れに任せて攻めかかり、左右からじわじわと敵の戦力を削っていけば良い。

「これぞ必勝の布陣だ」

旗艦の船尾甲板上で、集可成がほくそ笑む。やがて双方とも矢を打ち尽くして、いよいよ両軍が距離を詰めようかと思われたが――

「奴ら、投石陣を恐れて腰が引けたと見える」

矢戦の後も積極的に前へ出て来ようとしない敵を、集可成は嘲《あざけ》った。

船戦といえば最終的には敵船に接し、船上での白兵戦が相場と決まっている。だが旻・乙水軍は大船団をずらりと並べたまま、集可成の眼前でただ佇むのみ。当然攻めかかってくるものと待ち構えていた集可成には、拍子抜けも良いところだ。

だがこれは同時に好機である。敵が出て来ないのなら、このまま予定通り左右から挟み込んでしまえば良い。

集可成が全軍前進を命じようとした、まさにその瞬間。旗艦の右横を併走していた僚艦が、突如轟音と共に半壊した。

「な――」

突然のことに、集可成はそれ以上声を発することもできない。

全身を強張らせたまま、さらに別の僚艦の上に降り注ぐ巨大な岩を目撃する。

「と、投石陣？　なぜ――」

狼狽しながら岸に顔を向けた集可成が最期に見たものは、彼の乗る旗艦目がけて天から迫り来る岩石の塊であった。
＊＊＊

稜城塞から東に進んで半日の距離には、ところどころ草むした緩やかな丘陵地帯が広がり、その背後には鬱蒼とした木々が繁っている。

樹林を背にした丘の上に本陣を構える旻軍に、城攻めに取りかかる気配はない。旻軍はまず稜城塞の北辺にある投石陣を攻撃すると童樊は読んでいたのだが、どうやら後詰めに現れた童樊軍の迎撃を優先させたらしい。

童樊としては、本来なら投石陣を攻める旻軍を後背から脅《おびや》かしたい。だが彼らがこちらに狙いをつけているのであれば、応じざるを得なかった。

両軍がついに激突したのは、紅河で水軍同士の戦いが始まる、その二刻半ほど前のことである。

旻軍は枢智蓮娥を守るため、本陣に一定の兵を割かざるを得ない。そのため野戦で対峙した両軍の数は、旻軍が耀軍を若干上回る程度であった。正面からぶつかった両軍は、互角の戦いを繰り広げる。

童樊は全軍の指揮を執りながら、時折り丘の上に見える旻軍本陣に目を向けた。

「頼むぞ、礫」

この戦闘に先立って、童樊は三百人から成る別働隊を選りすぐっていた。いずれも童樊同様に山村出身の、樹林中の行軍をものともしない兵たちだ。

童樊は彼らを礫に預け、戦場を大きく迂回させた上で森林地帯に向かわせていた。

別働隊が森林地帯を突っ切って、旻軍の本陣を背後から突く——童樊が率いる主力軍は、その時間を稼ぐための囮《おとり》であった。戦闘が長引けば長引くほど、旻軍は本陣の兵を削って救援を差し向けるだろう。その分、旻軍本陣は手薄になる。旻軍本陣の兵力をできるだけ削ぐためにも、童樊は戦況の膠着化に専念した。

勝ちすぎれば旻軍は撤退してしまうだろうし、かといって敗れれば元も子もない。童樊は戦況がどちらにも傾くことがないよう、細心の注意を払い続けた。その甲斐あってか、戦闘開始から五日経っても趨勢は決しない。両軍共に一進一退を繰り返しつつ、決定機を見出せないまま睨み合いが続く。

お互いに次の一手を探り合う緊張感の只中、童樊の帷幕に伝令が駆け込んで告げたのは、別働隊の帰還であった。

「礫はどうした」

すると伝令が答えるよりも早く、その彼を押し退けて礫が幕内に姿を現した。

刀を支えによろよろと歩く礫は、顔中に乾いた血がこびりつき、鎧には何本もの矢が突き立てられている。

その姿を見て、諸将たちの誰もが別働隊の失敗を悟る。

「済まねえ、樊兄」

　息も絶え絶えな礫は、残る力を振り絞りながら報告した。

「森を抜けて旻軍本陣までは上手くたどり着いた。だけど森から飛び出した途端、本陣周りに潜んでいた弓兵に囲まれて狙い撃ちにされた」

　策は見破られていたのか。内心歯噛みする童樊に、礫はさらに告げる。

「弓兵を率いてたのは、更禹のおっさんだった」

「……なんだと」

　それは別働隊の失敗どころではない、驚くべき報告であった。間違いないかという童樊の問いに礫が無言で頷いて、諸将が顔を見合わせる。童樊も眉根を寄せながら、唸り声を抑え込むのがやっとであった。

　更禹が旻軍にいる。それも、旻軍本陣を狙った礫たちを待ち伏せしていたという。それはつまり、彼が旻軍に降ったということにほかならない。

　そして更禹が一人で降るとは思えない。むしろ彼のいた渓口軍が、丸ごと降ったと考えるべきだ。

　であれば、渓口軍を率いていた業燕芝も旻軍にいる――

「戦闘を切り上げろ。我々は急ぎ稜に向かう」

　童樊が放った命に、諸将はこぞって目を剝いた。

　合戦の最中、敵を前にしての撤収は難事である。唐突な決定に戸惑う諸将の問いを、童樊は目で封じた。今の童樊にはその理由を説明している暇はなかった。

一刻も早くという童樊の命に従って戦場から離脱した耀軍は、案の定旻軍の追撃を受けて、それまでの戦闘による被害を上回る死傷者を出す。だがそれでも、童樊は稜に向かわなければならなかった。

わずかな可能性に賭けながら稜城塞に急行した童樊の元に、今度は先行する兵から報せがもたらされた。

「り、稜の城楼に、旻の旗が掲げられております！」

それは童樊にとって、最悪の予想が的中したことを意味していた。

「なぜ、稜に旻旗が！」

「他にも混じっているぞ。あれは――」

稜城塞が間近に迫るにつれて、城楼にいくつも翻る旗印が目に入る。その中に見慣れた旗印があることに気づいた者が、驚愕の声を上げた。

「業家の旗だ！」

城壁の手前で狼狽《うろた》える耀軍の目の前で、やがて城楼にずらりと兵士たちが現れた。彼らは全員が弓を構えて、童樊たちに狙いを定めている。

そして兵士たちに遅れて城楼に立ったのは、栗色の肌に凜々しさで鳴らした、耀軍の誰もがよく知る女将軍の姿であった。

「業燕芝将軍……」

誰かの口から漏れ出たその名前は、童樊には今や災いでしかない。

童樊たちが旻軍と野戦に明け暮れている間――それよりも前のことかもしれない。彼女は秘かに稜に潜入して、旻に寝返るよう働きかけていたのだ。

業家の生地である稜の民は、そもそも業暈の刑死に憤っていた。そこに遺児である業燕芝が乗り込めば、住民たちに夢望宮を見限らせるのも容易《たやす》かっただろう。

おそらく既に投石陣も旻軍の手に落ちて、稜水軍も敗北している。

「童樊！」

その声に応じて、馬上の童樊は口元を固く引き結びながら顔を上げた。

城楼の上の業燕芝の目は血に浸《ひた》したかの如く真っ赤に染まって、睨みつけるという言葉も生温い、まるで射貫かんばかりの眼光を放っている。

「なぜ父上を裏切った！」

胸も張り裂けんばかり、絶叫にも似たその問いの語尾が、わずかに震えていたことを聞き取った者はどれほどいただろうか。対する童樊は太い眉の下で両の眼を見開いて、業燕芝の視線を真っ向から受け止めながら答えた。

「私は大逆人の罪を訴えたまで。一片も後ろ暗いところはない」

「父上を大逆人呼ばわりするか！」

「業燕芝、貴様がこうして旻に与《くみ》したという事実こそなによりの証し。大逆人の子は、やはり大逆人ということだ！」

その言葉に業燕芝は憤怒のあまり全身をわななかせたかと思うと、次の瞬間には弓を構えながら叫んでいた。

「貴様だけは殺しても飽き足りん！」

同時に業燕芝の弓から、渾身の一矢が撃ち放たれる。

すかさず童樊が身体を捻ると、矢は肩当てを掠めて馬の足元に突き刺さった。眉間を射貫くつもりだったろう、地上に射立てられた矢を一瞥してから、童樊が馬首《ばしゅ》を返す。その動きにつられるようにして、耀軍は嶺陽への撤退を始めた。

城楼から見下ろす業燕芝は、片手に弓を握り締めたまま動こうとしない。

退却する耀軍の後ろ姿を見つめる、彼女の胸中はいかばかりか。業燕芝の燃えたぎるような目を思い返しながら、童樊は背後を一顧だにすることはなかった。

五

稜水軍が彼らの誇る投石陣の攻撃を浴びて壊滅する様を、秉沸の〝賓客《ひんきゃく》〟たる縹は、旻水軍の旗艦の上から眺めていた。

稜水軍の旗艦は開戦早々に大破して、おそらく指揮官もろとも川底に沈んでしまったのだろう。混乱する稜水軍は旻・乙の連合水軍に襲いかかられて為す術なく、紅河の会戦は半刻もしない内に大勢が決してしまった。

「稜を丸ごと寝返らせるのなら、わざわざ乙を伴わせる必要もなかった」

望外の戦果にも不満げな墨尖を、秉沸が宥《なだ》める。

「そう仰らずに。業燕芝の転向は我らにも予想外でした。ここは無用な損害を出さずに済んだことを喜びましょう」

目の前で話す二人は、今さら縹に何を聞かれようとも気にかける様子はない。捕虜同然という現状をわきまえつつ、縹は彼らの会話に登場した人名に覚えがあった。

嶺陽で童樊との面会を求めて衛府を訪ねた際、彼に対応した女将軍が、確か業燕芝といった。業暈を父上と呼んでいたから、おそらくその娘なのだろう。

ほんの二言三言の言葉を交わしただけだが、褐色の肌にきりりとした面立ちの女性だったと覚えている。男装を纏っていたが、童樊の話題を口にしたときの表情は、景のそれと良く似通っていた。

父を処刑されて、彼女は旻に転向したのか。だとすれば童樊と戦場で相対したのだろうか。いったい二人はどのような表情で相見《あいまみ》えたのか。脳裏に過ぎった連想を、縹は首を振って打ち消した。それはあまりにもやり切れない、想像するだに心苦しい。

やがて縹は墨尖と秉沸に連れられて、稜城内に足を踏み入れた。

稜は業燕芝の説得によって、住民の大半が旻に降ったと聞く。そのせいか城内は比較的日常が保たれて、縹が以前に訪れたときと比べてもそれほどの変化があるようには思えない。

ただ廟堂の前の広場には、無造作に敷かれた板の上に、いくつか斬首された首が晒されていた。彼らは最後まで投降を拒んだり、また稜の責任者だったりした者だという。

ずらりと並べられた首の、その中のひとつの前で、縹は思わず足を止めた。

「如南山様……」

人懐こい笑みが似合うはずの長い顔が、半開きになった口からだらりと舌を垂らし、苦悶の表情を浮かべている。廟堂の神官だった彼は、斬首から免れられなかったのか。

その場で跪いた縹が、如南山の首に向かって震える両手を差し伸べる。指先で虚ろに開かれていた目を閉じてから、なおしばらく首を凝視していた縹は、やがて両手で錫杖を縦に構えて瞼を伏せる。

せめて死者を弔おうと詠唱を口にしかけて、縹は首筋に硬く冷たいものが当たるのを感じた。見上げるとそこには、縹の首に剣の刃先を押し当てる人影がある。殺気のこもった目で見下ろすのは誰あろう、業燕芝その人であった。

「この首は稜の責任者の一人にして、憎むべき童樊の同郷だ。お前はそうと知って、弔いの詩《うた》を唱えるか」

どうやら業燕芝は、縹の顔を覚えていないらしい。以前の記憶とは程遠い、血走った目を向ける彼女に、縹は静かな口調で答えた。

「……如南山様は、私が師事した楽嘉村の堂主・如春《じょしゅん》様のご子息であり、我が兄弟子でもあります。常夢《とこゆめ》の世から失われた彼の魂が無事天界にたどり着けるよう、弔うことをお許し下さい」

「ならん。のみならずお前も童樊の縁者というなら、ここで共に首を晒せ」

言うなり縹の首を刎ねようとする業燕芝の腕が、大きな手に摑まれる。

二人の間に割り込んだのは、墨尖であった。

「業燕芝将軍だな。勝手な真似は慎んでもらおう」

「私は童樊に連なるものは全て滅ぼすと誓ったのだ。放せ」

「この男は陛下への献上品だ。転向したばかりの身で、陛下の気分を損ねる気か」

墨尖の鋭い瞳と業燕芝の燃えるような瞳が、しばし互いの顔を覗き込む。一触即発にも思えた二人の睨み合いは、やがて業燕芝が剣を下げたことで収まった。

「命拾いしたな、神官。お前は楽嘉村の数少ない生き残りだ」

剣を鞘に収めながら業燕芝が口にした言葉は、縹が眉をひそめるのに十分であった。

「それはいったいどういう意味でしょうか」

「文字通りの意味だ」

業燕芝は踵を返しつつ、肩越しに視線を寄越して言い放った。

「楽嘉村は、我が手によって何もかも滅した。お前の師とやらも、この剣で斬り捨ててやったわ」

＊＊＊

「業燕芝将軍は降るに際し、衛師・童樊と彼に係累するもの悉《ことごと》くをこの世から消し去ることを望んだのだ」

鈴を鳴らすが如く耳に心地よい声が伝えたのは、その声音に似合わぬ血生臭い内容であった。

「そこで余は、彼女にその許可を与えた」

元は稜の廟堂だった建物の、広間の上座に仮の玉座があつらえられている。そこに腰掛ける枢智蓮娥は、急拵えの玉座を持て余すかのように華奢でたおやかだ。

「破谷からの道中、楽嘉村とかいう小村だけは住民も皆殺しにしたと聞いたが、なるほど童樊の生地であったか」

そう言って細い指先を添えられた女王の唇が、可憐な微笑の形を作る。彼女の前で額を床に押しつけんばかりに平伏している若い神官を、左右にずらりと並ぶ旻軍の武官たちが見下ろしている。端に立つ業燕芝は、彼女が首を刎ね損ねたその男に、殺意を押し殺した目を向けていた。向かいの列からは墨尖が冷ややかな視線を寄越していたが、業燕芝は意に介さない。

「縹殿は夢望宮で正式に叙任された神官です」

玉座の傍らに侍《はべ》る秉沸が、枢智蓮娥の耳元に囁きかける。

「私は乙で顔見知ったのですが、これが若さに似合わぬ見識の持ち主。きっと陛下のお役にも立つかと思い、お連れした次第です」

「神官か」

秉沸にそう言われて、枢智蓮娥が発した声にはさして関心を示すような響きはない。

「夢望宮という旧弊を一掃せんという余に、わざわざ神官を引き合わせるか。秉沸、いったい何を考えている」

「夢望宮が直々に任じた神官を陛下が従えれば、夢望宮の動揺は甚だしいことと存じます。そう億劫がらずに、どうぞお声掛け下さい」

秉沸の思惑を聞かされて、女王は仕方なしといった具合に、縹の頭に向かって声を放った。

「そなたは楽嘉村の出自だそうだな」

縹は顔を上げぬままに「はっ」と短く答える。その様子を見て、女王は瞳にかすかな愉悦をゆらめかせた。

「つまり、余が業燕芝に消し去ることを許した相手でもある。今こうして命を繋いでいるのは、たまさかそなたが秉沸と墨尖に保護されていたからに過ぎぬ」

女王の言葉に、唇を噛み締めて表情を抑え込んでいた業燕芝の頬がわずかに引き攣《つ》れた。枢智蓮娥の視線はひとたび業燕芝に注がれて、また縹の頭に向けられる。

「そなたの故郷も親しい者共も、ことごとく焼き払われ、殺し尽くされた。この世の民が心懸けるべき安寧からは程遠いと、そなたたち神官に言わせれば、まさに神獣を眠りから醒ましかねん所業だろう」

そう言うと枢智蓮娥は玉座で細い足を組み、身体を心持ち乗り出した。

「恨めしくはないか。全てを奪った者が、それを許した余が、今そなたの目の前にいるぞ。それとも神獣に仕える神官が、己の憎しみに身を焦がすことは許されざるか」

枢智蓮娥の口調には、小動物をいたぶる肉食獣の響きがある。無情な問いかけに、縹は身じろぎもせずただひれ伏し続けるのみ。その態度がさらに彼女の嗜虐心《しぎゃくしん》をくすぐるのか、枢智蓮娥は縹に「面を上げよ」と命じた。

「陛下にも業燕芝将軍にも、恨み辛みなど抱くはずもなし」

落ち着いた声で答えながら、女王に促されてようやく持ち上げられた縹の顔は、滂沱《ぼうだ》する涙に覆われていた。

「私に能《あた》うことといえばただひとつ。もはや会うことのかなわぬ人々を想い、悲しむのみです」

両眼からはらはらと落涙させながら、縹の言葉は一言一句が確かで震えはない。涙で滲んだ瞳ははっきりと見開かれて、玉座を真っ直ぐに見据えている。

業燕芝は彼の表情を予想だにしていなかった。その場に居合わせた誰もがそうだったろう、何人か息を呑む音が聞こえた。

「誰も彼も、いずれは命尽き果てる。そのことが、私にはひたすら悲しい」

縹の言うことは、業燕芝にはあまりにも当たり前のことに思えた。枢智蓮娥は細い眉をひそめて、頬を涙に濡らす縹に言う。

「人はいずれ死ぬ。当然ではないか」

「仰る通りでございます。そんな自明の理を、私は今さらながらに思い出しました」

答えながらもなお、縹は止めどなく涙を流し続けていわく。

――あれほど良くしてくれた如南山は、首と成り果てた。己を導いてくれた如春も、世話になった楽嘉村の人々も、皆が命を失った。

どんなに多くの人と交わっても、皆やがて通り過ぎていってしまう。そして己の元に残るのはどうしようもない寂寥感と、底知れぬ孤独だ――

「皆が私を置き去りにしていくのです。私はただ、彼らの生き死にを見送ることしかできない」

当たり前を口にしているはずの縹の一言一言が、臓腑に重くのしかかる。滔々《とうとう》と述べる縹を前にして、一同は訳もわからず息苦しさを感じていた。一種異様な空気が立ち込めつつある中、縹の語りは続く。

「彼らだけではありません。今この場にいる皆様も、いずれは私を置いてこの世から失われていくのです。私はこれからも様々な人々と出会い、交わり、そして過ぎ去られていく。それがあまりにも耐えがたいから、今日まで目を逸らし続け、記憶から追いやろうと努めてきたというのに」

ようやく泣き止みながらも、縹は涙の跡を拭おうともしない。少しく視線を床に落として、微かに頭を振った縹は、やがて絞り出すようにして言葉を吐き出した。

「そんなことをしても所詮まやかしに過ぎない。近しい人の死に触れれば、己を欺き続けることなどかなうはずもありませんでした」

「……不思議なことを言うな、縹とやら」

玉座から静かに発せられた声は、相変わらず玲瓏《れいろう》として、にも拘わらずそこはかとなく剣呑な響きがあった。

「この場の皆々もいずれこの世から失われると申したな。その中には、余も含まれておるのか」

枢智蓮娥のあげつらった点は、なるほど聞きようによっては不敬の誹りを免れない言上であった。

女王の問いは直截で、逃げ口上を許さない。縹は玉座を見上げながら、「ご推察の通りです」と言い淀むことなく答えた。

「陛下もまた、いつかは私を置いて過ぎ去られていくお一人にございましょう」

「躊躇無い物言いに免じ、王の死を語る無礼は不問としよう。だが縹、そなたは自身が誰よりも生き存《ながら》えることを、まるで天の理《ことわり》の如く口にする」

それこそが彼女の勘気に触れたというのだろうか。だが女王の顔には、苛立ちの片鱗さえない。むしろ朗々とした笑みさえ浮かべながら、枢智蓮娥は一層玉座から身を乗り出した。

「たとえば余がここで一言命じれば、そなたの首は瞬く間に刎ねられよう。そうと知ってなお、自らは置き去りにされる身と嘆くか」

すると縹は跪いたまま、そこで初めて組んだ手を前に掲げ、両腕の合間に顔を埋めるという礼を示した。

「これまで幾度試みようとも、必ずや何らかの障《さわ》りに阻まれて参りました。この果ての見えぬ哀惜から解き放たれることは、今もってかないません。ですがあるいは陛下であれば、我が本望を果たしてくれるやもしれず。この期に及んで私が望むことはただ、陛下のご慈悲に縋るのみでございます」

面を伏せた縹がどのような顔でそんな台詞を言い放ったのか、周囲には窺い知れない。ただその言葉に虚勢はなく、業燕芝の耳には心底本心から吐き出されたものとしか聞こえなかった。

「哀れよのう」

枢智蓮娥の唇が、同情を口にする。

と同時に彼女は、細い肩の上で小さく頭を振った。

「しかし縹、余の望みは夢望宮の愚かしさを排除せしめんこと。それ以上はかえって及ばぬものと心得ておる」

その言葉を聞いて両腕の間から上げられた縹の顔に、一縷《いちる》の望みを絶たれた絶望が浮かんでいる。

「よってそなたにかける慈悲はない」

女王はいったい、何をもって慈悲というのか。

枢智蓮娥にはっきりと言い渡されて、縹は両腕をだらりと下げ、見た目にもわかるほど肩を落とした。

しばし口もきかず項垂《うなだ》れるままの縹に、女王は「去れ、縹」と告げた。

「そなたのいつ果てるとも知れぬ彷徨は、運命《さだめ》ですらない。そなた自身が夢見たものであろう」

やがてゆらりと立ち上がった縹は、退出の礼もそこそこに、玉座の前から去りゆく後ろ姿はさながら幽鬼の如くであった。

六

稜の陥落を受けて、嶺陽は混乱の極みにあった。

紅河の門番として名を馳せた水軍も、秘密兵器の投石陣も、旻軍には歯が立たなかった。稜から嶺陽に至るまで、もはや立ちはだかるものは無い。嶺陽の民は貴人から賤民まで、一刻も早く逃げ出す算段に追われている。

しかも旻軍は道中で童樊の生地・楽嘉村を焼き払い、住民も皆殺しにされた。その噂が、人々の恐怖に拍車をかけた。

「本当なの、樊？」

夢望宮で噂を耳にした景が、真偽を質す。その問いに童樊はただ無言で頷くしかない。すると景はいよいよ青ざめて立ちすくんだ。

故郷が失われ、親しい人々がことごとく命を落としたという衝撃は、景が一人で受け止めるにはあまりにも巨大すぎたろう。やがて立っていられなくなった彼女の身体を、童樊の両手が抱きかかえる。

「景、気をしっかり持て」

「……みんな、みんな殺されてしまったの？」

焦点の合わぬ景の両眼を、やがて溢れ出した涙が覆う。

「堂主様も、堂子《どうし》や村のみんなも、誰も彼も死んでしまった……」

「業燕芝の仕業だ」

景の悲痛な嘆きに、童樊は憎々しげな口調でそう答えた。

「あいつは俺への恨みを晴らそうとして、俺に関わる悉くを手にかけるつもりだ。俺だけを狙えばいいものを」

「……ねえ、樊」

虚ろな表情のまま、涙で滲んだ景の目が、童樊を見る。

「どうしてこんなことになっちゃったの？」

彼女の口が呟いたのは、様々な感情や思索が涙に洗い流された末に残った、純粋な疑問であった。

「業暈様を裏切り、鐸を殺して、楽嘉村まで滅ぼされて。私たちが夫婦《めおと》になろうとしたら、どうしてそんなことになるの？」

「それは」

愛する女の痛切な問いに、童樊は言葉を詰まらせる。

彼女にかける言葉が見当たらない。なぜなら童樊自身、景と同じく何度も自問自答してきたからだ。

自分はただ、太上神官に攫われた景を、再びこの手に取り戻したかっただけなのだ。そのために軍に入り、手柄を立て、将軍となった。それでも景と相見えることはかなわなかった。さらにその先を求めるためには、恩人を陥れ、友を斬らなければならなかった。その先に故郷が滅ぼされるという悲劇が待ち受けていたとしても。

――この世は、俺と景が引き合うことを良しとしないのか――

童樊にはそうとしか思えない。

彼が、景が、互いを求めれば求めるほど、この世は二人を拒絶していく。

自分たちはここまで追い詰められなければならないのか。もっと他の手段が有り得たというなら、どうして誰も導いてくれなかったのか。

――俺たちを拒むというなら、こんな世の中、こちらこそ願い下げだ――

景の細い身体を抱きしめながら、童樊の瞳に浮かぶのは、なお望みを果たさんという執念であった。

＊＊＊

「そなたらはいったい、かかる事態をどのように考えているのか！」

夢望宮の政議殿《せいぎでん》では、太上神官・超魏が上座から立ち上がって、居並ぶ神官・武官たちを睨《ね》め回していた。だが政議殿に集まった顔ぶれは、定員の半数にも満たない。

旻軍襲来を前に恐慌に陥った嶺陽でも、とりわけ混乱したのが夢望宮である。誰もが予想だにしなかった稜の失陥を受けて、高位の神官からも秘かに嶺陽を脱出する者が後を絶たなかった。

そして超魏自身が、今後の方針を示すこともできなかった。彼がいくら喚き立てようとも、列席者は口を噤み俯くばかりで、これでは迫り来る破滅から逃れられるわけがない。

「衛師、そなたはこの苦難を招いた責任をなんとする！」

超魏の矛先は、当然の如く敗将たる童樊に向かう。だが童樊は太い眉をぴくりと跳ね上げただけで、嘲笑を隠そうともしなかった。

「破谷の割譲を気前よくお認めになった猊下であれば、稜のひとつやふたつ失ったところで気にされることもないでしょう」

童樊の顔を超魏が血走った目で睨み返すが、反論が口を衝《つ》くことはなくただ歯嚙みするのみ。この白髭《しらひげ》の老人に対して、もとより敬意を抱く謂れのない童樊は、もはや取り繕う必要すら感じていなかった。

衛師となった童樊は、後ろめたさを振り払うためであったとしても、彼なりに責務を果たすべく稜の救援に向かったのだ。しかも戦場には旻王がいた。その首を獲れば窮状を覆すことも可能であった。罠であることは一目瞭然であったが、そうとわかって飛び込まざるを得なかった。

結果として業燕芝の策にしてやられた。その策を見抜けなかった童樊に責任があることは疑いようもない。だがそこで彼を問責したところで、今さらなんの意味があるだろうか。

稜が陥落した時点で、嶺陽の命運はもはや尽きたも同然であった。耀最大の経済都市でもある稜は、全国から掻き集めた大量の糧食を日々嶺陽に運び込む。その稜が失われたということは、嶺陽の食が絶えると同義である。嶺陽の城壁がいかに堅牢だとしても、その前に兵も住民も飢えてしまうだろう。

耀という国家の滅亡を、童樊はとうに確信している。

「変子瞭の姿も見えぬのはどういうことだ」

苛立たしげな超魏の問いに、神官の一人がおそるおそる答えた。

「変子瞭殿は民心を慰撫するため、祭踊姫の舞を手配されております。今頃は祭殿の内舞台で待機されているかと」

不安の限界に達した住民たちが、なんとかしてくれと日々夢望宮に殺到している。祭踊姫の舞を披露して彼らを少しでも宥めよと命じたのは、ほかならぬ超魏自身であった。

「穢《けが》れた祭踊姫が舞ったところで、今さら神獣の加護も期待できぬわ」

政議殿の床に向かって唾棄する超魏に、童樊が険しい顔を向ける。

「祭殿に上がる祭踊姫はどなたですか？」

するとは超魏は口髭をわずかに持ち上げて、目の端で童樊を見返した。

「聞こえなんだか。舞うのはそなたが手込めにした景麗姫よ」

「……なんだと」

地の底から響くような唸り声を上げながら、童樊はその場から立ち上がった。

不忠と罵られる童樊以上に、景は今、民の憎悪の格好の標的とされている。傾城の妖姫、淫蕩女と罵声を浴びせかけられることを見越していながら、超魏は彼女に祭殿での舞を命じたのか。

「猊下はいったいどういうつもりで、景麗姫に舞を命ぜられたのか」

「民が抱える不満を発散させるには、手っ取り早い贄《にえ》が必要だとは思わぬか。今の彼女には相応しい役どころであろう」

豊かな白髭の下で、超魏の口は明らかに笑みの形に歪んでいる。この老人はもはや、童樊や景に対する悪意を露わにして憚《はばか》らないつもりらしい。

「てめえ！」

童樊の太い両腕が伸び、超魏の紫色の衫《はおり》を力任せに引き寄せる。老人は悲鳴を上げて、怒りに満ちた瞳の前に引きずり出された。

「落ち着かれよ、衛師閣下！」

「誰に向かって狼藉を働いているか、おわかりか！」

驚き、慌てふためく周囲が宥める声も、童樊の耳には届かない。砕けんばかりに歯を軋らせる童樊を、超魏もまた睨み返した。

「業暈が衛師であれば、耀はこのような苦難を迎えてはおらん！　今は貴様のような下郎を信じた、己の不徳を恥じるばかりよ」

「言うに事欠いて何をほざく。業暈様を除けと命じたのは、てめえだろうが！」

「世迷い言を。私がそんなことを命じるはずがない！」

「なにい」

この老人はついに耄碌《もうろく》したのか。童樊は手にした衫を固く握り締めながら、確かめるように超魏の目を覗き込む。襟首を締め上げられて、太上神官は息苦しそうに喘ぎながら、その瞳に浮かぶ童樊への敵意は揺るがない。

超魏の振る舞いは許しがたい。だが、甘すぎる理想に浮かれてきたこの男が、事ここに至ってなお過去の所業を偽ることができるものか。

恥も外聞も無く、堂々と自己を正当化してこそ、超魏という人物ではなかったか。

何かがおかしい。

振り返れば、最初からおかしかったのだ。景を人質に取られたと聞いた瞬間から、童樊はそれ以外考えられず、状況を見極めようともしなかった。

そして童樊から冷静な判断を失わせたその者こそ――

「変子暸――！」

その名を叫ぶや否や、童樊は両手を振るって超魏の身体を床に叩きつけた。ぎゃっと叫んで横たわった老人を、居合わせた人々が慌てて助け起こす。

童樊は呻く太上神官を一瞥することなく踵を返し、足音も荒々しく政議殿を飛び出していった。

＊＊＊

夢望宮祭殿前の広場は、興奮した民衆で溢れ返っていた。

迫り来る旻軍に恐れ惑う人心を慰めるべく、夢望宮が祭踊姫の舞を披露すると聞いて、詰めかけた人々の数は神獣安眠祈願祭をも凌ぐ。

慰撫の舞を披露されたところで、旻軍が嶺陽を避けて通るわけでもない。だがどうすることもできない人々が脅威を前にして求めるのは、ひたすら心の安寧であった。来たるべき急変を迎えるのに、せめて平静でありたいと思う民の顔が、広場を埋め尽くしている。

だからこそ、祭殿の舞台に上がる祭踊姫が景と知った途端、人々は一斉に冷やかしとも罵りともつかぬ様々な声を上げげた。

「将軍を誑かした淫売じゃねえか」

「てめえの舞なんぞ、かえって神獣が臍を曲げらあ！」

「引っ込め、傾城の妖姫！」

「死ね！」

「死んじまえ！」

悪罵はやがて割れんばかりの大喚声となる。その有様に怯んで舞台上で動きを止めた景に、広場に敷き詰められた小石のひとつが投げつけられた。

誰かが投じた一石が、やがて舞台一面に降り注ぐようになるまで、あっという間のことであった。祭踊姫も奏者たちも逃げ惑う中、最前列にいた景は額に小石が当たり、そのまま足をもつれさせて倒れ込む。

敷板の上に崩れ落ちた景に、次々と小石が投げつけられる。容赦なく降り注ぐ小石の雨は、彼女が纏う白い絹衣を、その下の肌を裂いた。景の全身にぽつぽつと滲み出る血の赤を目の当たりにしても、群衆の狂乱は止むことがない。

舞台から板戸一枚を隔て、内舞台を取り囲む廊下に待機していた変子瞭は、投石に晒され続ける景の姿を無言で眺めていた。

板戸の隙間から覗く景は、舞台の上で俯せて身体を丸めながら、罵られ、数多《あまた》の小石に痛めつけられ、嵐が過ぎ去るのを待つが如く動かない。

このまま死んでしまうかもしれない。そんなことを考えても、変子瞭は彼女を助け出そうとはしなかった。

住民たちの不安は既に限界に達している。彼らが神官たちに向けて暴発しないよう、景はその矛先逸《そ》らしのために人身御供《ひとみごくう》に捧げられたのだ。

超魏という男は高邁な理想を説き大徳を装いながら、窮地を迎えれば保身のため、このように酷《むご》い措置も躊躇わない。政議殿が定数を満たさないのは、超魏の本性を目の当たりにして離れる人も多いということだろう。

超魏の狼狽ぶりを目の当たりにするのは、変子瞭にとっては愉悦でしかない。だが一面で満たされないものがあることを、彼は己の内に認めていた。これ以上求めるものなど無いと思っていたのに、未だ消化不良な想いが胸中にくすぶる。

人知れず煩悶《はんもん》を抱きながら、住民たちの興奮がいつ萎《しぼ》むかと待ち続けていた変子瞭は、やがて異変を察知した。

群衆の右手、変子瞭からはまだ見えない位置から、複数の悲鳴が聞こえる。「助けて」「逃げろ」という声が上がり、数が増え、その内に人々は広場から脱出しようと夢望宮の正門に向かって殺到した。その間にも老若男女問わぬいくつもの悲鳴が、徐々に舞台へと迫ってくる。

何事かと目を凝らしていた変子瞭の視界にやがて飛び込んだのは、広場から舞台に連なる階段を一歩ずつ昇る、返り血に染まった童樊の姿であった。

右手には鮮血を滴らせた刀が握り締められている。

「もう大丈夫だ、景」

景の元に跪き、その身体を抱え起こした童樊の顔に、沈痛がよぎる。男の両腕の中で、景が瞼を震わせながら目を開けた。

「樊、どうして……」

「お前をこんな目に遭わせた輩《やから》を、斬り捨てに来た」

そう言って童樊は顔を上げる。変子瞭の目には、板戸越しに己の顔を見据えているかのように見えた。

一瞬後、変子瞭の身に強烈な一撃が加えられた。

童樊が蹴破った板戸もろとも叩きつけられて、変子瞭は廊下を越え、内舞台まで吹き飛ばされた。

「変子瞭！」

板戸の残骸の下から這い出ようとする変子瞭を、血に塗《まみ》れた童樊が憤怒の形相で睨みつける。

「よくも俺を謀《たばか》ったな！」

咆哮と共に、童樊の刀が振り下ろされる。変子瞭は辛うじて寸前で身を躱《かわ》し、剣先が板敷に食い込んだ。

その隙に立ち上がり、内舞台の奥へと後退《あとずさ》りながら、変子瞭の口から漏れ出たのは、自身にも思いがけない嗤《わら》い声であった。

「貴様、太上神官の命を偽ったな。業暈様を除けとは、貴様の口から出任せか！」

笑声を嘲りと受け取ったのだろう。さらに顔を赤黒くした童樊の追及に、変子瞭は喜色を浮かべて頷いてみせた。

そういうことかと、変子瞭は一人勝手に得心していた。

「よくぞ真実にたどり着いた、童樊」

私は見破って欲しかったのだ。自分が最後に為したことを、誰かに知って欲しかったのだ。それが私の謀りに踊らされ続けていた童樊ならば、これ以上痛快なことはない。

「我が望みを果たすべく、そなたは実によく働いてくれた。礼を言うぞ」

「抜かせ！」

何もかも変子瞭の掌の上で転がされていたと知って、童樊の怒りはいかばかりか。力に任せて振るわれた刀が、変子瞭が纏う衫の袖を掠める。

さらに後方へと飛び退いた変子瞭は、ついに内舞台の手摺りまで追い詰められた。

「どういうことなの、変子瞭様」

内舞台の端で対峙する二人の間に割って入ったのは、よろめきながら童樊の後を追って現れた景の声であった。

「全部あんたの企みだったってこと？　なんで、そうまでして果たしたかったあんたの望みって、いったい何？」

童樊の傍らまで歩み寄った景は、そこで力尽きたように膝を突いた。額から幾筋も血を流し、ところどころ絹衣が裂けた間に傷痕や痣を覗かせながら、景は信じられぬものを見るように瞳を震わせている。

刀を突きつける童樊と、問い詰める景。二人を交互に見比べながら、変子瞭は背後の手摺りに両手をのせた。

「私はただ、阿呆の超魏に現《うつつ》の有様を突きつけたかっただけだ」

そう言って変子瞭は手摺りにのせた両手に力を込め、自身の長身を押し上げる。

「何年も私を嬲《なぶ》り続けてきた奴は今、現実に抗う術もなく、惨めにも全てを失おうとしている。奴の醜態を見届けられて、こんなに愉快なことはない」

そのままひらりと手摺りの上に立ち上がった変子瞭を、こめかみに青筋を浮かべた童樊の瞳が睨み上げた。

「そんな下らんことのために、どこまでも勝手な」

「存分に勝手を極めたのは、お前たちこそだろう。だが恥じることはない。勝手気儘な戯れこそが神獣の習い。私は神獣やお前たちという先人に従ったに過ぎん」

変子瞭の足下は、手摺りを一歩でも踏み外せばすぐ奈落の底だ。五層の建物に等しいとされる深さの下に、小さく黒々とした水面が見える。剝き出しの岩壁に設けられた階段沿いに灯る松明《たいまつ》の明かりに、ゆらゆらと照らされる変子瞭の顔は、転落を恐れるどころか涼やかですらある。

いよいよ憤然とした童樊が、変子瞭を斬り捨てるべく振り上げようとした右腕を、景の手が摑んだ。

「神獣が勝手気儘なんて、あんたは本気で言ってるの」

青ざめたまま変子瞭を見る景の顔に浮かぶのは、怒りよりも情けなさであった。

「湖の底に沈んだまま、この世で私たちのやることなすことをただ眺めるしかない、こんな不自由があったもんか。裏でこそこそ企むなんて、神獣からは一番縁遠いのに」

童樊の袖に縋りながら、ゆっくりと立ち上がった景の目に、憐憫とも失望ともつかない表情がよぎる。

彼女の視線を受けて、だが変子瞭の唇は薄い笑みを象《かたど》ったままであった。

「目の前の事象にただ指を咥えたままではいられん。それは私が人間であることの証しだ。ならば手出しもせず見過ごすばかりの神獣こそ、よほど非道だろう」

悪びれずに嘯《うそぶ》かれて、景が絶句する。さらに舌を動かそうとする変子瞭に、今度こそ童樊が太刀を振るった。

「それ以上口を開くな！」

童樊の剣先は、変子瞭の胸元を確実に捉えたはずが、空を切った。

なんとなれば変子瞭は、手摺りの向こうへと仰向けに身を投げ出していた。

「神獣などありがたがる、お前たちは阿呆ばかりだ！」

それは変子瞭の、この世に対する手向けの言葉であった。

童樊と景が目を見張る中、高らかな哄笑《こうしょう》と共に落下する変子瞭の身体は、やがて巨大な水飛沫と共に地底湖に呑み込まれていった。

# 終章　夢現の神獣　未だ醒めず

## 一

稜《りょう》を完全に手中にした旻《びん》軍は、数日後には駐留部隊を除く全軍が進発した。目指すはもちろん、耀《よう》の都・嶺陽《れいよう》である。

自ら軍を率いる女王・枢智《すうち》蓮娥《れんが》は、紅河《こうが》を遡上せずに陸路からの進軍を命じた。

「なぜ水軍を使わぬ」

馬上の業燕芝《ぎょうえんし》は、並んで馬を進める墨尖《ぼくせん》に尋ねた。業燕芝は稜攻略の殊勲を認められ、全軍を指揮する墨尖の副将――実のところは墨尖の監視下に配されている。

しかつめらしい表情を保つ墨尖は、業燕芝を振り返ることなく答えた。

「嶺陽では稜陥落を受けて、太上神官・超魏《ちょうぎ》と衛師《えいし》・童樊《どうはん》が大いに仲を違《たが》えているという」

「敵が混乱しているというならばこそ攻め時ではないか。そのような状況で、童樊は我らに太刀打ちできまい」

童樊の名を口にするとき、業燕芝の頰は我知らず引き攣れる。だが彼女の表情に拘わらず、墨尖は無機質な口調で答えた。

「逆だ。敵が我らに対する余裕もないというならば、無理に攻め寄せる必要も無い。我らが悠々と軍を進めるだけで、戦わずとも嶺陽は屈するだろう」

そう告げると墨尖は馬を進めて、業燕芝の先を行った。

つまり旻軍は直接の戦闘を避け、ただ軍容をもって嶺陽を震え上がらせ、自ら降らせようというのだ。

だが業燕芝は一刻も早く嶺陽を攻め、童樊の首を上げることを求めている。旻軍の方針と自身の目的の間に横たわる隔たりが、業燕芝には歯がゆい。

彼女の焦燥をよそに、嶺陽に向かう旻軍は、まるで行楽に出向くかのようにゆったりと進んだ。

威容を見せびらかすように歩む大軍を見て、進路上にある村々のことごとくが旻軍に無抵抗で降った。枢智蓮娥は彼らを手厚く持て成したと聞いて、さらに多くの拠点が旻に恭順する。嶺陽は確実に外堀を埋められつつあった。

枢智蓮娥といえば、旻の王宮に集めた豪族たちを虐殺したという逸話や、夜な夜な男を漁り続けるという淫蕩ぶりばかりが伝わる、他国では狂女呼ばわりされる女王であった。だが着実に耀を制圧していく様を目にして、業燕芝の先入観は否応もなく上書きされる。

必要とあらば血を流すことも躊躇わず、だが必要以上の血を流すことは無駄と知る。即位するまではほとんど表に出ることがなかったと聞くのに、枢智蓮娥の政治的手腕はおそらく天性のものなのだろう。その手練手管は、あるいは父・業暈《ぎょううん》を上回るかもしれない。

いわんや超魏のように現実に目を瞑《つむ》る妄想家では、到底相手にならない。

業燕芝が痛感した通り、それとも墨尖が説いた通りというべきか。嶺陽の城塞が眼前に迫った紅河畔では、旻軍を迎える者たちがあった。

動きを止めた旻軍が遠目に窺えば、百を超える人影はどうやら兵士たちではない。純白の衫《はおり》を纏ったそれぞれが、手にした錫杖を地に突き立てて、その中央には紫の衫の老人の姿が見える。

「夢望宮《むぼうきゅう》の太上神官より、旻王に申し伝える！」

錫杖を支えに背筋を伸ばしながら、喉も裂けんばかりに声を張り上げる超魏の姿が、軍中の業燕芝からもはっきりと見て取れた。

「事ここに至り、雌雄は決した。我らにはこれ以上争う意志はない」

彼らは旻に降伏するつもりなのだろう。にも拘わらず、未だに天下を治めてきたという自負を拭えない物言いに、業燕芝は苦笑した。

「嶺陽には未だ無辜《むこ》の民が数多《あまた》在り、この地を逃れる術もない。旻王は彼らに深い慈悲をもたらすべきである」

枢智蓮娥の乗る輿は、軍の奥深くにある。傍らの馬上にある秉沸《へいふつ》から、超魏の一言一句を伝え聞いた女王は、すると御簾《みす》の向こうから何事かを告げた。秉沸は女王の言葉に頷き、すぐさま馬を走らせる。

秉沸の駆る馬は墨尖や業燕芝を通り過ぎ、旻軍から単騎で飛び出したかと思うと、やがて居並ぶ神官たちの前で足を止めた。

「旻王陛下は太上神官猊下《げいか》との謁見を所望です。どうぞ猊下お一人で、私と共にお越し下さい」

下馬することなく平然と宣《のたま》う秉沸に、超魏は肩を震わせて、手の内の錫杖が小刻みな音を立てる。それは夢望宮の神官たちが辛うじて保とうとした尊厳を、無残に打ち砕く振る舞いだったに違いない。

秉沸が馬首《ばしゅ》を返すまでに、幾ばくかの時間を要した。だがついに観念した超魏が、秉沸の後を徒歩で付き従う姿は、さながら囚人の如し。

かつて身命を賭して守り続けてきた耀の、その最高権力者が恥辱に塗れる様を目の当たりにして、だが業燕芝の胸中はざわつきもしなかった。

父に刑死を言い渡した男の惨めな姿を目にしても、胸がすく思いの欠片《かけら》もない。

ただ業燕芝には、目の前を通り過ぎようとするこの老人に、確かめなければならないことがあった。

「なぜ童樊がいない」

不意に声をかけられた超魏は、暗い面持ちを上げて、そこに業燕芝がいるということにようやく気がついたらしい。

「そなたは、業暈の」

「童樊はどうしたと聞いている」

馬上から冷ややかに問う業燕芝を見上げて、超魏はわずかに目を見開いたかと思うと、やがて吐き捨てるように答えた。

「あの男なら、とうに逐電した」

「……なに?」

その言葉の意味するところが俄に信じられず、業燕芝は問い返さずにいられなかった。

「仮にも衛師が、敵を目の前にして逃げ出したというのか」

「逃げ出したのだ。奴は祭踊姫《さいようき》と共に、いつの間にか姿を晦《くら》ましおった。つくづく見下げ果てた男よ」

太上神官の口から告げられた事実を、業燕芝は咀嚼できない。秉沸に促された超魏が立ち去ってしまっても、頭には混乱が渦巻くばかりであった。

まさか衛師ともあろう者が、敵を目の前にして逃亡するのか。父を裏切ってまで手に入れた衛師の座を、こうも容易く投げ出せるのか。

お前は祭踊姫を手に入れる——本当にそれだけのために、父を、私を裏切ったのか。それどころか嶺陽からも姿を消して、私から復讐の機会すら奪うのか。

いったいお前はこの業燕芝を、どこまで踏みにじれば気が済むのか。

＊＊＊

嶺陽を無血開城せしめた枢智蓮娥は事実上、耀の地を治める新たな支配者となった。是は名実共に南天《なんてん》随一の大国にのし上がった。

だが、だからといって耀の名がこの世から消え去ったわけではない。耀は嶺陽一都市のみを治めるという体裁が許された。

「天下の政《まつりごと》は余にお任せあれ。太上神官猊下にはこの世の些事に煩わされることなく、人心の安寧と慰撫に専念されよ」

枢智蓮娥の目的は、神獣信仰そのものの否定ではなかった。夢望宮を祀り上げつつ、彼女が欲したのはその実権である。特に耀や旻にとどまらない、夢望宮に連なる全国の廟堂こそが、女王の真の狙いであった。

各地に点在する廟堂から納められる、貢納品《こうのうひん》という名の莫大な税収。現地からの豊富な情報。そして玄《げん》や燦《さん》、乙《いつ》への甚大な影響力。いずれも今後の旻が大国として振る舞うのに欠かせないものばかりである。

これらを取り上げられた夢望宮は、嶺陽の一廟堂に成り下がった。その権威は貶《おとし》められこそしないが、今後全国の廟堂に指図しようにも旻王の許可が要る。それどころか夢望宮そのものの運営も、旻王から割り当てられた金子《きんす》で賄わなければならない。

そして旻軍が嶺陽を占拠して以来、超魏は夢望宮の敷地内の、本殿や私室を含む限られた空間に閉じ込められている。旻王からの呼び出しが無い限り、その外に踏み出すこともかなわなかった。

「猊下の望み通りとなったではありませんか」

その晩、本殿に一人こもって瞑想中の超魏の耳に、どこからともなく少年のような声が聞こえた。

「猊下は神獣を奉ずる民に理想を説き、政は業暈衛師が司る。それが猊下の理想とする耀の在り方でした。業暈衛師を旻王に置き換えれば、まさに猊下が思い描かれた通りでしょう」

瞑想中は本殿に近づかないよう、側近たちには伝えていたはずだ。いったい誰の声かと超魏が瞼を開けると、本堂の片隅の明かりに照らされて、やや遠ざかった正面に若い男の姿があった。

少年とも青年ともつかぬ男は、座する超魏と同じ格好で向かい合っている。側近の誰でもない、だが穏やかな顔つきに見覚えのある男を前にして、超魏の胸にはどういうわけか驚きも警戒も湧かない。

突然現れた男を当然のように認めながら、超魏の口を衝いて出たのは苦々しい慨嘆であった。

「思うまま動き回ることもできず、今の私は虜囚と変わりない。何が望み通りなものか」

「理想とは程遠いと仰いますか」

嘆く超魏に、男は確かめるように問う。超魏が「然《しか》り」と答えると、男は「ならば」と微笑んでみせた。

「旻王に目に物見せる――それどころかこの世をひっくり返し、全てを無きものとする術を、猊下はご存知でしょう」

薄明かりに照らし出される男の顔は、あくまで穏やかに見えるのに、その声には超魏の背筋をぞくりとさせる響きがある。

「何が言いたい」

超魏が辛うじて尋ね返すと、男は心持ち目を細めた。

「神獣の真名《まな》を唱えればよろしい」

何気ない口調で恐ろしい一言を吐かれ、超魏は思わずごくりと喉を鳴らす。しんと静まりかえった本殿に、唾を飲み込む音がやけに響いた。

「太上神官たるこの私に、天下万民ことごとくを掻き消せと申すか」

「猊下の絶望を慮《おもんぱか》れば、それもまた一つの手段でございましょう」

男が微かに同情めいた表情を見せる。だがもっともらしい口上に対し、超魏は豊かな白い髭の下に嚙み締めた歯を覗かせた。

「我が絶望にこうまで露骨につけ込むとは、そこまでして覚醒を望むか」

超魏に睨み返されて、男の口の端に滲み出ていた笑みがすうっと消える。超魏が男の正体を看破するには、それで十分であった。

「思い出したぞ、縹《ひょう》。かつてこの本堂で我が説法に神妙に頷いていたそなたは、この世に遣わされた神獣の現身《うつしみ》であったか」

超魏の言葉を、縹は肯定も否定もしない。ただその目は老人の視線を逸らすことなくまっすぐに受け止めているから、超魏は己の指摘が正しいと確信した。

「なれば神出鬼没もお手のものというわけか。そなたがこうして現れようと、驚こうとも思わぬ」

「……あの折は、未だ己の正体を思い出すに至らず、決して猊下を欺くつもりなどございませんでした。何卒ご容赦くださいませ」

「赦すも赦さぬもあるまい。私はそなたの夢の中に生きる凡夫に過ぎん」

低頭する縹を見つめる超魏の胸中は、我ながら不思議なほど冷静だ。

「その凡夫に巧言を弄してまで、そなたは真名を唱えさせようとするか」

「猊下には小細工をもって臨みましたこと、重ねてお詫び申し上げます。ですが——」

「辛いのか」

その一言に縹はぴくりと肩を震わせたかと思うと、やがておもむろに顔を上げた。

「辛《つろ》うございます」

先ほどまでの穏やかな表情に代わって、縹の顔を覆うのは悲痛な面持ちであった。

「何千何万という人々と死に別れ、置き去りにされていく。その耐えがたきこと、筆舌に尽くせるものではございません」

「想像もつかぬことだ」

縹の言葉をそのまま受け取れば、超魏が嘆く不遇など足下にも及ばぬ苦痛に違いない。何を言ったとしても、いかばかりの慰めにもならないだろう。

「だが、私にはお前の願いを叶えることは能《あた》わぬ」

心苦しげな超魏の言葉に、縹の目が少なからず見開かれた。さらに何事か訴えようとする縹に先んじて、超魏は告げた。

「神獣の真名を知るのは、歴代の一番姫のみ。それ以外には知る由もない」

軽はずみに口にされることは許されない言葉。決してこの世に知れ渡ってはいけない神獣の真名を、夢望宮は祭踊姫の黙唱《もくしょう》にのみ埋め込んで、その他の記録から消し去っていた。

末端の廟堂はもちろん、夢望宮のいかなる書物にも、神獣の真名は記されていない。そして堂主から太上神官に至るまで、全ての神官にもその名を知る者はない。

縹の顔に、まざまざと落胆が浮かぶ。同時に超魏は、質《ただ》さずにいられない。

「そこまで真名で呼ばれることを欲しながら、なぜ真名を秘中に沈めたのだ」

超魏はこれまで、なによりも神獣の安眠が保たれることを目指してきた。それこそがこの世のためであるという信念に基づいて、彼はひたすら理想を説き続けた。

だがそれもこれも、神獣の永遠とも思える苦しみの上に成り立つものだという。

「眠りから醒めぬことを望んだのは他でもない、そなた自身ではないか」

穏やかな声音に、詰《なじ》るつもりはない。ただ神獣の安眠を願い続けてきた超魏には、その真意を確かめないではいられなかった。

「……私が浅はかだったのです」

だが超魏に問われた縹は、まるで咎《とが》められた罪人の如く視線を落とした。

「夢と現《うつつ》は表裏一体であることをわきまえず、真名を秘すれば永く夢に微睡《まどろ》み続けられると考えたのです。目覚めぬ夢に彷徨《さまよ》い続けることがどれほど孤独に塗《まみ》れたものか、思いもよらなかったのです」

肩を小刻みに震わせて、痛ましくすらある縹の姿を前にして、超魏はいたたまれずに瞼を伏せる。

「そなたがいかほどの孤独を漂うてきたか、察するに余りある。だが――」

しかし超魏もまた、神獣の夢の中に住まう民の一人に過ぎない。

この世の住人にとって、神獣とはあくまで崇《あが》め奉《たてまつ》られるべきであり、決して憐憫の対象では有り得ない。

「この超魏は、落ちぶれたりとはいえ太上神官。天下万民の安寧を祈願する身上である。その私が、たとえ神獣の真名を知っていたとしても、そなたに呼び掛けることは有り得ぬよ」

それは神獣の夢中に生きる人としては、むしろ当然であり――そして旻王の傀儡《かいらい》にまで身をやつした超魏にとっては、最後に残された矜持であった。

老人の決然とした言葉を突きつけられて、縹がくぐもった声を飲み込む音が聞こえる。

「ご無礼仕《つかまつ》りました」

消え入りそうな言葉を耳にして、超魏がゆっくりと瞼を開けると、目の前には誰の姿も見当たらない。

本堂の片隅に灯る明かりが照らすのはただ一人、超魏のみであった。

二

「私はねえ、神獣の真名を知ってるんだよう」

背中に背負った景《けい》の、かさついた唇の合間から漏れる声が、耳に吹きかかる。童樊は肩越しに振り返りながら、声に応じた。

「神獣が目を覚ますっていう、あれか」

「それ、それ。なんで私が知ってるかっていうとねえ」

童樊の広い背中におぶさられながら、景は懐かしいものを思い出すように語りかける。

「一番姫だけに伝わる黙唱に、真名が隠されているんだあ」

「黙唱？」

「口は動かすけど、声に出さない歌。一番姫は月に一度、そいつを唱えながら神獣に踊りを捧げるんだよう」

景の口調は、どこかしら夢見心地のように聞こえる。厳しい現実から目を逸らしたいためだとしたら、それも無理は無かった。

祭殿で投石の雨を浴びて、そして変子瞭《へんしりょう》には神獣の存在を完膚なきまで貶められて、景の心はすっかり打ちのめされてしまった。普段は言葉も発せずぼんやりとして、たまに口を開くとしたら過去に纏《まつ》わる話ばかりである。

積もり積もった疲労に押し潰されて、かつて夢望宮の祭殿で堂々と舞い踊っていた景麗姫《れいき》は、今や見る影もない。

花簪《はなかんざし》に華やかに彩られていた黒髪は、手入れも行き届かぬまま荒れ放題に乱れている。純白の絹衣に劣らず白く滑らかだった肌は、投石に痛めつけられ、道中の塵芥《ちりあくた》にも吹き晒されてひび割れだらけだ。それどころか、左足の脛《すね》に巻かれた包帯がめくれた下からは、赤黒く腫れた傷痕が覗く。派手な装いが似合うはずの顔立ちも、すっかりやつれ果ててしまった。

そして景を背負って歩く童樊もまた、疲労の限界を迎えつつある。

嶺陽を逃げ出して以来、一日たりとも心が安まる日はない。

童樊、景、礫《れき》を含む十名余りが秘かに嶺陽を離れたのは、変子瞭が神獣の眠る地底湖に身を投げた、その晩のことである。

迫り来る旻軍に打つ手も無く、しかも童樊は景を助けるためとはいえ、何人もの民を手にかけてしまった。挙げ句には変子瞭に踊らされていたと知って、これ以上この地にとどまる意味も、義理もない。嶺陽を見捨てることに、童樊はわずかな躊躇もなかった。

童樊は当面、嶺陽の南方に点在する村々にでも身を潜めようと考えた。だが最初にたどり着いた村には、彼らの行方を追う者たちが既に待ち構えていた。それが旻軍の追っ手と知って、村に押し入る寸前だった童樊たちは慌てて行く先を変更した。

次に訪れた村には、まだ追っ手の姿は見当たらなかった。廟堂の本堂を借り、ようやくひと息をついたその晩に、一行は村人たちからの闇討ちに遭った。

「てめえらの首にゃ、お宝が懸かってるんだよ！」

殺気立った人々に襲いかかられて、三人が命を落とした。景が左足に怪我を負ったのも、その際のことだ。童樊は襲い来る村人たちを斬り伏せ、廟堂に火を放ち、這々《ほうほう》の体《てい》で村から逃げ出した。

昼も夜もない逃亡中、景の怪我は悪化するばかりであった。ろくな手当も施せず、傷は見るうちに化膿して、やがて景は歩くこともままならなくなってしまった。

「なんで俺たちのことをそんなに追い回すんだよ」

礫の嘆きはもっともだった。既に旻は耀を支配したのだから、今さらなんの力も無い童樊たちを目の敵にする必要もないだろう。

いったい誰が、こうも執拗に追いかけるのか。そう考えた童樊の脳裏に浮かんだのは、憎悪に歪んだ業燕芝の顔であった。十中八九、追跡者を指揮するのは彼女としか思えなかった。

童樊に骨髄まで恨みを抱く業燕芝は、彼を見つけ出し、八つ裂きにするまで、捜索の手を緩めることはないのだろう。こうなればさらに南に連なる山々を越えて、遠く南蕃《なんばん》の地にでも逃れるほかかない。人里離れた山の麓の洞窟に身を隠していた童樊が一行にそう伝えた翌朝、彼の周りには景と礫しか残っていなかった。

離反者たちが童樊たちの命まで奪おうとしなかったのは、せめてもの情けだったかもしれない。だが移動手段としての馬も奪われて、手元には水の入った竹筒とわずかな糧食のみ。三人は悲愴な面持ちで、鬱蒼と木々が生い茂る山の中へと分け入った。

童樊が景を背負い、その後に無言の礫が続く。

どうやら人が踏みならしたらしい、道とも呼べぬ山道を進む三人の足取りは、遅々として進まなかった。風や獣が通り過ぎる度にざわめく葉擦れに、思わず足を止めた。追っ手が現れないかと、何度も後ろを振り返った。神経をすり減らしながらの道中で、携えてきた糧食は食い尽くし、竹筒の中身もあっという間に空になった。しかも山に入って以来、強風に吹きつけられることはあっても、雨の一粒も降り出す気配もない。

「どこかに食い物はねえか、川は流れてねえか」

礫は時折り、取り憑かれたようにそう呟いた。山育ちの童樊たちにも、南藩との国境に当たる山々の植生は見慣れないものばかりであった。試しに手当たり次第に草切れを千切って口に入れても、苦いばかりでとても食えたものではない。かえって空腹を思い知らされて、足取りはますます重くなっていく。

童樊の背で揺られ続けていた景が、不意に益体《やくたい》もないことを語り始めたのは、空腹を紛らわすためか。それとももはや、状況を把握できないほど朦朧としているのかもしれなかった。

「黙唱には真名が隠されてるっていうけどねえ」

他愛もない話題を口にする景も、その顔には表情が乏しい。

「どれが真名なのか、私にはちいともわからなかった」

「はは」

童樊は精一杯に笑い返したつもりだったが、渇き切った喉の奥から出るのは掠れた声だけであった。

もう、これ以上歩き続けるのは無理かもしれない。そう思った矢先に礫が、これも掠れた声を上げた。

「小屋が見える」

こんな山奥に住まう者があるのか。いかに遠目が利く礫であっても、空腹と渇きが見せた幻覚ではないか。だが童樊たちはもう、その言葉に縋るしかない。

一片の食物でも、一滴の水でも、口にできれば――

ほとんど尽きそうな力の最後の一滴を振り絞り、さらに登り続けた童樊たちがやがて目にしたのは、見るからに人気《ひとけ》の無い廃屋であった。

いや、廃屋と呼ぶのもおこがましい。四隅に立つ柱を支えに載せられた板は屋根代わりなのだろうが、半分以上は腐り落ちて大きな穴が開いている。その上に背の高い木々が枝葉を翳《かざ》しているから、辛うじて日差しを遮る程度だ。同じようにぼろぼろの板が三方を囲むように立てかけられているが、壁の役目を果たすのは一枚だけで、残りはほとんど原形を留めていない。地面に敷かれた板も同様である。

それ以外には何もない。ただ雨宿りができるかもしれない程度の、良く言って四阿《あずまや》にも劣る代物を前にして、童樊たちはついにその場に膝を突いてしまった。

背に負った景を下ろし、かつて板敷きだったものの上にそろりと乗せる。顔に張りついた乱れ髪を払うと、そこには衰弱しきった景の虚ろな表情が現れた。

「……ここ、どこ？」

重たそうに瞼を押し上げながら、景が童樊を見上げる。

「ちょっくらひと休みだ」

景の傍らに腰を下ろした童樊の答えに、嘘はない。ただ、いくら休んだところで、もはや回復の手立てもなかった。

「……そっか」

口元を微かに動かして、景は再び瞼を閉じた。彼女の目の周りには、くっきりと隈が浮かんでいる。頬は削ぎ落とされたように痩《こ》けて、艶やかだった唇は割れてかさついている。

「喉、渇いた……」

「後で、川を探そう」

子供をあやすように景を宥める童樊も、そんな体力が残っているか心許ない。二人の様子を、柱に凭《もた》れて蹲《うずくま》る礫が生気の無い目で眺めている。

朽ち果てた小屋の下で、三人ともこれ以上は動けなかった。

いったいこれからどうすれば良いのかという、対策を練る頭すら働かない。

疲れ切った脳裏に去来するのは、どうしてこんなことになってしまったのか、あのときに選択を間違わなければという、不毛な回想ばかりだ。

業燕芝が旻軍に寝返ったことを知っていれば。

夢望宮に取って代わることを、業暈に説得さえできていれば。

変子瞭の下らぬ目論見を見抜けてさえいれば。

水攻めによる破谷《はこく》奪還を強行していれば。

そもそも景が太上神官一行に連れ去られようという時に、二人で逃げ出してさえいれば、どこか遠く離れた地で平穏に暮らせていたかもしれないというのに。

今、衰弱して横たわる景を前にして、童樊には何もできることがない。

腰に佩《は》いた剣など、人知れぬ山の中でいったいなんの役に立つだろう。精々疲れた身体を支える、杖代わり程度でしかない。

＊＊＊

小屋に着いてから、随分と長い時間が経ったかのように思える。だが実際のところはほんの数刻だったかもしれない。

横になったままの景が、不意に童樊の名を呼んだ。

「……樊」

彼女の隣で胡座《あぐら》をかいたまま俯いていた童樊は、その声に力なく面を上げる。

「どうした」

「……やっと、わかったよう」

もはや土気色に近い景の顔は、だが不思議と喜色を湛えていた。

「さっきからずっと、頭の中を、黙唱が流れてた」

「へえ」

また夢望宮の頃を思い返していたのかと、童樊が相槌を打つ。だがいったい何がわかったのだろう。

「真名だよ」

「ああ、神獣の真名か」

「良かったあ、ずうっと気になってたんだあ」

そう言って景は、満足げに笑みを浮かべる。ここ数日記憶にない景の笑顔を、童樊は久々に見た気がした。

「知りたい？」

景は首を微かに傾けて、童樊の顔を見返した。彼を見つめるその瞳には、どこかしら悪戯っぽい表情が覗く。かつて楽嘉村《らくかそん》にいた頃には散々見慣れた、景らしい顔だ。

「だけどお前、知りたいったって、そいつを口にしたら」

真名を唱えれば神獣が目を覚まし、この世は雲散霧消するという話は、童樊も如春《じょしゅん》に何度も聞かされてきた。童樊自身はたいして本気に受け取っていなかったが、楽嘉村にいた頃から祭踊姫という神事方を務めてきた景には、天下の理《ことわり》として刻まれているはずだ。

その景が真名を口にする可能性を仄《ほの》めかすなど、童樊の知る彼女らしくない。

童樊が戸惑いながら見返すと、半ば笑っているような景の顔の、目尻から一粒の涙が溢れ出した。

「……だってもう、みんな死んじゃったよう」

彼女の身体に残ったなけなしの水分が、瘦せこけた頰を伝うのを見て、童樊はようやく理解した。

景は、とっくに絶望していたのだ。

故郷を失い、懐かしい人々を失い、名声も失い。

そして先も見えないまま、彼女自身がこのまま朽ち果てようとしている。

ならばせめて、童樊と共にいるこの時に、この世を終わらせてしまいたい。そう思い詰めるほどの絶望を抱いていたのだ。

「わかったよ、景」

景がそう望むなら、是非もない。

神獣が夢に見るというこの世界が、途端に泡と消えても構わない。それがまやかしだとしても、せめて彼女が口にする神獣の真名を聞き届けよう。

童樊の言葉に、景が安心したように微笑む。そして彼女の身体を抱き起こそうと、童樊が手を伸ばしかけた、その時――

それまで身じろぎもしなかった礫が、不意に声を上げた。

「誰か、来る」

よろめく身体を柱で支えながら、礫の落ち窪んだ目は、彼らが来た道の先を見つめていた。

「追っ手か？」

その声につられて、童樊も景の側を離れて立ち上がる。

「いや、錫杖の音が聞こえる」

耳を澄ませば礫の言う通り、葉擦れの音に紛れてしゃん、しゃんという聞き慣れた音が耳に届く。錫杖が鳴らす音は、徐々にこちらへと近づいてくる。

「旅の神官か」

童樊は低い声で呟きながら、腰の刀を抜き出した。同じように礫も刀を構えた。二人は柱の陰に隠れて、さながら獲物を狙う肉食獣の如く待ち受ける。少しずつ接近する錫杖の音と共に、やがて童樊の目もしかと捉えたのは、青年とも少年ともつかない年若い男の姿だ。背負子《しょいこ》に荷を積んで見えるから、山を越えるだけの十分な水や食糧を携えていることだろう。

男が一歩、二歩と近寄るにつれ、刀を握り締める童樊の手に力が入る。次に踏み出したら斬りかかろうと決意したところで、人影は歩みを止めた。

「樊兄《にい》」

男に名を呼ばれて、童樊の太い眉が跳ね上がる。さして大きくない、だが不思議とよく通るその声に、童樊は聞き覚えがあった。

「礫も、そこにいるんだろう。俺だよ、縹だよ」

背負子をその場に下ろして呼び掛ける男を前にして、先に柱の陰から出たのは、剣を構えたままの礫であった。

「ほ、本当に縹か?」

震える剣先を向けながら、なおも警戒の色を見せる礫に、縹がにこりと笑いかける。

「見ての通りさ。そんなことよりほら、水だ。喉が渇いたろう」

そう言って縹は荷を解き、中から竹筒を取り出した。途端に礫は目を剝いて、刀を放り出すのももどかしそうに、縹の手から竹筒を引ったくる。

「そんなに慌てなくても、まだあるよ」

苦笑する縹の声など聞こえないとばかりに、礫が竹筒を呷《あお》って喉に水を流し込む。その様を、童樊は唖然として眺めていた。

どうしてこんなところに縹が、しかもご丁寧に水まで用意して――

あまりにも都合の良すぎる縹の登場に、童樊の頭が混乱する。彼の胸中を知ってか知らずか、縹は新たな竹筒の束を取り出した。

「樊兄も、ほら」

釈然としないままの童樊の手に、縹が二本の竹筒を押しつける。

「早く景姉《ねえ》に飲ませてあげとくれ」

そう言われて童樊ははっと目を開き、慌てて背後を振り返った。

そうだ、縹の登場が不可解だとかそんなことは後回しで良い。今は一刻も早く、景に水を与えるべきだ。

横たわる景の側に駆け寄って、童樊は彼女にも見えるように竹筒を振り回してみせた。

「景、水だ！」

だが景から返事はない。既に反応すらできないほど弱っているのか。痩せ細った身体を抱え起こしながら、童樊は栓を抜いた竹筒を景の口元に当てた。

「ほら、飲みたがってたろう、景。飲め、飲め」

半開きになった唇の間に、無理矢理に流し込むようにして竹筒を押しつける。だが景の喉は、注がれた水を飲み下そうとしない。

腔内《くうない》を満たした水は、そのまま唇の端から溢れて零れ落ちていく。

「景」

童樊の手から、竹筒が転げ落ちる。中から流れ出た水が、腐り果てた板敷きに黒い染みを作る。

「景……」

童樊は腕の中に抱えた景に呼び掛ける。何度もその名を口にする。

だが潤いを失った景の唇は、もはや童樊の名を呼び返すことはない。細い腕は、童樊の首に絡みつくこともない。光を宿さない瞳は、童樊を見つめることもない。

死んでしまった。

それどころか、最期を看取ることすらできなかった。

腕の中にある景の亡骸《なきがら》を抱えて、童樊の腹の底から込み上げるものは、絶望であり、後悔であり、悲嘆であり、哀惜であり。

嵐のように荒れ狂う感情に襲われて、童樊は嗚咽する。全身を震わせて慟哭《どうこく》する。

＊＊＊

物言わぬ景を抱き締めながら、童樊が泣き喚く。その様を見て、全てを悟ったように瞼を伏せる縹に、礫の声が問うた。

「縹、なんでお前、ここにいるんだよ」

立て続けに竹筒を二本空にして、礫はすっかり生気を取り戻していた。彼は空いた竹筒を放り投げると、縹に怪訝な顔で尋ねた。

「俺たちがこの山にいるって、どうしてわかった」

「……でも、景姉には間に合わなかった」

縹の答えに、かえって礫の顔色は訝《いぶか》しさを増した。だが縹は気にとめることなく、悲痛な面持ちで首を振った。

「これでもう、神獣の真名を聞き出すことはできなくなった」

「そんなもん聞き出して、どうしようってんだ」

礫には、神獣の存在を鼻で笑い飛ばす、童樊のような気概はない。堂子《どうし》として育ったからには、むしろそれが当然なのだ。神獣の真名を知ろうなど、大半にとって正気の沙汰ではない。聞き出した、その先に何もあるはずが無いのだから。

先があるとすれば、それは真名を呼ばれて目を覚ます、神獣自身ぐらいしか有り得ない——

「まさか神獣の現身《うつしみ》でもあるまいに」

礫の揶揄は無論、本気ではなかったろう。

だがそうと口にした瞬間から、彼の周囲で空気が急激に重くなる。

戸惑いながら縹の顔を見返す、礫の目が捉えたのは、これまで見たこともない眼差しであった。

睨むでもない。殺気立つでもない。

しかし正面から受け止めようにも、顔を背けずにはいられない。

戦場でも感じたことのないような圧を受け、脂汗を滲ませて後退《あとずさ》りながら、礫はもつれそうな舌をなんとか動かした。

「……待てよ、縹。お前、そんな――」

「ふざけるな！」

礫が口にしようとした台詞は、辺りの空気を震わすような咆哮によって掻き消された。

吠えるような叫びに怖れをなしたのか、周囲の木々も草むらに潜む獣も静まりかえる。それは横たえた景の亡骸の前に立ち上がった、童樊の声であった。

縹を振り返った顔は太い眉を高く跳ね上げ、その下に覗く瞳には激情がとぐろを巻いて、今にも溢れ出そうとしている。

「お前が神獣だというなら、なぜ景を見殺しにした」

童樊は縹に問いながら、その手に握り締めた剣を突きつける。

「それとも神獣は、俺たちの右往左往を、高みから見物するだけか」

両の眼《まなこ》は、睨む先にある縹を焼き殺さんばかりの憤怒に染まっている。

景を助けることができなかった、童樊は己を許せない。だがもし縹が神獣の現身だというならば、彼を責めずにはいられない。

この世の造物主とされる神獣なら、景を救うなど容易《たやす》いのではないか。にも拘わらず景が死ぬに任せたというならば、童樊にとって神獣など憎むべき対象でしかないだろう。

童樊の顔を、縹の瞳は静かに見つめ返している。

縹は一瞬口を開きかけて何事か言おうとして、しかしすぐ思い直したように言葉を飲み込んだ。

それから一度瞼を伏せ、再び目を開いた後に告げたのは、童樊の言葉を認める一言であった。

「そうだよ、樊兄」

そう口にした縹の顔に、微笑と呼ぶにはあまりにもの悲しい、諦観に満ちた笑みが浮かぶ。

「俺は――神獣はただ、皆の生き死にを眺めるだけ。それ以上は何もしないし、できないんだ」

淡々とした縹の言葉は、童樊の逆鱗《げきりん》を的確に触れた。

瞳から決壊した激情は顔一面を覆い、声にならぬ声を上げながら、童樊の手が剣を振り上げる。

だがその剣先が、縹の頭上に振り下ろされることはなかった。

剣を振りかざしたまま縹の顔を見下ろしていた童樊の目が、唐突にくわと見開かれる。

やがてゆっくりと視線を下に落とした先で、彼の胸元から突き出た剣先が血に塗れていた。

「そいつを殺したら、この世が消し飛んじまうじゃねえか」

刀を取り落とした童樊の背中から、礫のくぐもった声が聞こえる。同時に童樊の口から鮮血が零れ出した。

背後から礫に突き刺されたのだとわかっても、喉を逆流する血に咳き込んで、童樊は言い返しようもない。

「俺はまだ、死にたくねえ」

そう言うと礫は、童樊の胸を貫いていた剣を力の限りに引き抜いた。すると童樊の身体はがくりと膝を突き、弾みで傷口から迸《ほとばし》った血の滴りが、呆然とする縹の顔に降りかかる。

刀についた血を振り払いながら、礫は苦々しげに言い放った。

「あんたにはもう、つき合いきれねえよ」

血溜まりの中に突っ伏した童樊には、既に礫の顔を見返す力も残っていなかった。呻くその背に、礫が唾を吐きかける。

そして礫は縹に一瞥をくれることも無く、その場から逃げるように駆け出していってしまった。

朽ち果てた小屋に残されたのは、景の亡骸と、瀕死の童樊と。

そして立ちすくんだままの縹だけとなった。

「樊兄」

それだけをようやく口にして、縹は童樊の傍らに跪《ひざまず》き、両手を突く。

「済まない、樊兄。俺のせいだ」

童樊であれば、あるいは縹という男の命を断ち切れるやもしれぬ。さすれば夢からの覚醒を果たせるやもしれぬ。

そんな浅ましい願いの、顚末がこれだ。

己の愚かしさを呪うほかない。縹の目尻から伝った涙が、童樊の頰に落ちる。

その顔を見返すこともかなわない、童樊の焦点の定まらない目が、何かを探し求めるかのようにに震えた。

「景……」

残る力を振り絞るようにして、童樊の口から掠れた声が漏れ出る。

やがてその舌さえ動きを止め、両眼からは急速に光が失われていく。

童樊という男の命の灯火が消え去る様を、ただ黙って見届ける以外に術はない。それは縹がこれまでに幾度と無く経てきたことの繰り返しでしかなかった。

## 結

童樊の名は史上稀に見る不義不忠の代名詞として、傾城《けいせい》の妖姫《ようき》という悪名を残した景と共に、その後も長らく語り継がれることとなる。

ただ、嶺陽を逃げ出した童樊たちの顚末については、諸説が飛び交った。

名を変えて燦王に仕える童樊を見たという証言があれば、南藩で暴れ回った盗賊こそ童樊だという者もいる。無論、どこかで野垂れ死んだに違いないという声もある。

いずれにせよ逐電後の童樊についてははっきりと確かめられたことはなく、やがて世間も彼の行方について関心を失っていく。

旻が耀の地を併呑して数年後、なお童樊の名を口にする者といえば、ごくわずかに限られていた。

「どこにいる、童樊」

獣道と見紛う山道を、女の人影が踏み締めていく。

うなじの後ろでまとめ上げられた長い黒髪の下に、栗色の肌が覗く。かつては凜々しさを讃えられた眼差しは、もう何年も血走ったまま真っ赤に染まり続けている。

それはとうの昔に打ち切られた童樊の捜索を諦めきれず、周囲の声も振り切って一人で歩き回る業燕芝の姿であった。

「お前の首を上げぬことには、父上に顔向けもできん」

業燕芝が燃やし続ける執念は、歳を経るごとに妄執となり、今や呪縛としか言いようがない。誰もが忘れよと声をかけるほど、彼女はより一層童樊に執着し、取り憑かれていった。

「童樊、出て来い」

まるで呪文のようにその名を繰り返しながら、業燕芝は何処ともしれぬ山中を歩き続ける。

やがて道の傍らに立つ、半ば朽ちた四本の柱が、業燕芝の目に入った。一見したところ屋根も見当たらない。四阿の残骸とも呼べないその場所に、業燕芝は足を止めようとも思わなかった。

ましてや腐りかけた柱の陰などに、目を向けることもない。

「どこだ、童樊」

深々と木々が生い茂る道に、業燕芝は分け入っていく。

彼女の後ろ姿を見送るのは、朽ち果てた小屋の名残と、そして。

柱の陰の草むらに半ば隠れて覗く、まるで寄り添うように並べられた、二つの石塚であった。

＊＊＊

憧れの君が　振り向けど
大将首を　獲ろうとも
この世はなべて　彼奴《きゃつ》の夢
彼奴が目覚めりゃ　泡と消ゆ

彼奴の寝床は　紅河《こうが》の上
夢望《むぼう》の宮の　湖《みず》深く
日々侍《はべ》りしは　畏《おそ》る畏る
俺たちゃ忘れて　漫《そぞ》ろ漫ろ

夢中の天下を　廻り巡り
彼奴が眺むは　数多《あまた》なる生《しょう》
そは快男児の　倒《こ》けつ転《まろ》びつ
稀代の美姫《びき》の　朽ち果つる様
燕《つばくろ》が舞うは　はなだの天

彼奴の眼《まなこ》は　未だ醒めず
取り残されて　涙《なだ》枯れて
あわれ夢中を　一人旅

あな　悲しや悲し　虚しや虚し
悲しや悲し　虚しや虚し

本作は、日本ファンタジーノベル大賞２０２３受賞作、武石勝義「夢現の神獣　未だ醒めず」を改題し、単行本化したものです。

なお刊行に際し、応募作に加筆、修正を施しました。

装画　zunko

**武石勝義**（たけし・かつよし）
1972年、東京生まれ。早稲田大学第一文学部卒。学生時代の創作欲が五年前になって突然再燃し、以来インターネット上の様々な小説投稿サイトを主に、作品を公開するようになる。本作で日本ファンタジーノベル大賞2023大賞を受賞。

# 神《しん》獣《じゅう》夢《む》望《ぼう》伝《でん》

発行 二〇二三年六月二〇日

著者 武石《たけし》勝義《かつよし》
発行者 佐藤隆信
発行所 株式会社新潮社
〒一六二-八七一一 東京都新宿区矢来町七一
電話 編集部(〇三)三二六六-五四一一
読者係(〇三)三二六六-五一一一
https://www.shinchosha.co.jp

装幀 新潮社装幀室
印刷所 株式会社光邦
製本所 株式会社大進堂

価格はカバーに表示してあります。

乱丁・落丁本は、ご面倒ですが小社読者係宛お送り下さい。

送料小社負担にてお取替えいたします。

© Katsuyoshi Takeshi 2023, Printed in Japan ISBN978-4-10-355081-5 C0093

鯉姫婚姻譚　藍銅ツバメ

若隠居した大店の息子が移り住んだ屋敷には、人魚がいた。生きる理の違う彼らが築いた愛と歪な幸せの形とは——。「日本ファンタジーノベル大賞2021」大賞受賞作。

迷子の龍は夜明けを待ちわびる　岸本惟

少年の消えたその山で、私は私の運命と出会う——。訪れた屋敷には、哀しい事件の真相と龍の秘密が眠っていた。日本ファンタジーノベル大賞2020優秀賞受賞作。

こいごころ　畠中恵

また会いたい、それだけを願っていた。永遠の命を持つはずの妖にとっての最期とは——。感涙必至の初恋に胸キュンが止まらない「しゃばけ」シリーズ最新刊！

チェレンコフの眠り　一條次郎

猫のまたぐらよりも暑い夏の日の午後、飼い主であるマフィアのチェレンコフが銃殺され、アザラシのヒョーはひとり世界へ繰り出す。唯一無二の奇才が放つ傑作長編。

不村家奇譚　ある憑きもの一族の年代記　彩藤アザミ

一族に受け継がれる怪異の血脈。それは、忌むべき業か、或いは天が与えし恩寵か。異形のものたちの悲哀を流麗にして妖気溢れる筆致で描く、衝撃のホラーミステリ。

キツネ狩り　寺嶌曜

迷宮入り事件の再捜査で使われるのは、犯人を特定できても逮捕できない未知の能力！　全ては事件解決のため、地道な捜査が特殊設定を凌駕する新感覚警察小説。

厳島　武内涼

兵力四千の毛利元就軍が、七倍の兵を擁する陶晴賢軍を打ち破った「厳島の戦い」。〝戦国三大奇襲〟に数えられる名勝負の陰で繰り広げられる、壮絶な人間ドラマ。

木挽町のあだ討ち　永井紗耶子

ある雪の降る夜、芝居小屋のすぐそばで、美少年・菊之助によるみごとな仇討ちが成し遂げられた。後に語り草となった大事件には、隠された真相があり……。

御家の大事　近衛龍春

信長、秀吉、家康が天下を掌握した時代に、祖父幽齋の教えを糧に生き延びた細川興秋、家康に挑む女城主・遠江の椿姫など、実在の勇者たちによる比類なき猛戦。

ドラゴンズ・タン　宇佐美まこと

古の中国にて生まれた生命体「竜舌」の目的はいずれこの世界を滅ぼすこと。人類の歴史と巧妙に絡み合い、災いを生み出す異形の存在に気付いた者たちの運命は——。

咲かせて三升の團十郎　仁志耕一郎

芸と女にどっぷり生きた！　歌舞伎の光と影をすべて背負った役者人生。この上なく華やかで、時に愚かで愛すべき、七代目市川團十郎の波瀾万丈を描く傑作時代小説！

しろがねの葉　千早茜

戦国末期、シルバーラッシュに沸く石見銀山。孤児の少女ウメが、欲望と死に抗って生き抜こうとする姿を官能の薫りと共に描き上げた、著者初にして渾身の大河長篇！

## ループ・オブ・ザ・コード　荻堂顕

〈抹消〉を経験した彼の国で、極秘調査を命じられた「私」。謎の病とテロ事件に隠された衝撃の真相とは。破格のデビュー二作目にして近未来諜報小説の新たな地平。

## あの子とQ　万城目学

見た目は普通の高校生、でも実は吸血鬼。そんな弓子のもとに突然、謎の物体「Q」が出現。巻き起こる大騒動の結末は⁉ ミラクルで楽しい青春×吸血鬼小説！

## #真相をお話しします　結城真一郎

リモート飲み、精子提供、YouTuber……。緻密で大胆な構成と容赦ない「どんでん返し」で現代の歪みを暴く！ 日本推理作家協会賞受賞作を含む戦慄の5篇。

## 怪談小説という名の小説怪談　澤村伊智

呪いの物件、学校の怪談、作者のわからない恐怖小説——。古今に紡がれてきた〈恐怖〉を、ホラーとミステリ両界の旗手が戦慄のアップデート。戦慄&驚愕の怪談集。

## 空を切り裂いた　飴村行

絶望と狂気に彩られた作家・堀永彩雲。五〇で自害した作家の作品は、世間からは忘れ去られたが、一部に狂乱の読者を生んだ。令和の『ドグラ・マグラ』降臨！

## 怪物　東山彰良

毛沢東治世下の中国に墜ちた、台湾空軍スパイ。彼は飢餓の大陸で〝怪物〟と邂逅する。魂を震わせる圧倒的エンターテインメント。傑作『流』はこの長編に結実した。